THE X FILES™

THE X FILES™

손안의책

X

팀 레본 외 지음 | 안현주 옮김

아무도 믿지 마라

TRUST NO ONE PART A

THE X FILES™

DEDICATION

〈X-파일 Vol.1: 아무도 믿지 마라〉
의 저자들은 시작부터 스컬리와 멀더를 지지해 온
많은 팬에게 감사하고 싶습니다.

우린 당신이 믿고 싶어 한다는 것을 알고 있어요.
우리도 그렇습니다.

THE X FILES™

PART A
CONTENTS

THE X FILES™

Introduction

'X-파일.'

그 이름을 들을 때마다 나는 즉시 상반되는 두 가지 생각을 떠올리곤 한다.

아무도 믿지 마라.

나는 믿고 싶다.

항상. 빵, 빵. 동전의 양면처럼 함께이지만 서로 다른 이 생각들을 떠올린다.

아무도 믿지 말라는 이유는, 어이, 믿을만한 사람이 없지 않나. 이런 세상에서는(그렇다, 잠깐 멈춰서 그 배우의 목소리로 이렇게 말해 보라). 형태를 변형하는 외계인 현상금 사냥꾼들, 성 정체성이 뒤바뀐 근본주의자 외계인들, 뱀파이어들, 이중 삼중 첩자인 수사관들, 정부의 음모들, 우리 사이에 존재하는 외계인들, 마인드 컨트롤, 그리고 경험에서 얻은 것은 오류이고 특정 지식은 농담거리거나 죽음을 초래할 전략적 흠임을 증명하는 수많은 다른 증거들이 존재하는 세상에서는.

아무도 믿지 마라.

거리에 죽은 채 뻗어 있는 정부의 한 비밀 정보원, 자기네 사람들에게 당한 것이 거의 틀림없는 한 남자가 남긴 현명한 조언이다.

아무도 믿지 마라.

그렇지만.

나는 믿고 싶다.

그렇다. 정말로 믿고 싶다.

외계 생명체가 존재할 가능성뿐만 아니라, 그 모든 것을 믿고 싶다. 저지 데빌[1]도, 디벅[2]도, 북미 원주민의 주술사들도, 사정에 밝은 음모론자 청부살인업자들도, 무언가를 본 우주 비행사들도, 온갖 것들을 본 작은 마을 보안관들도, 하수관 작업자들까지, 그리고 그 외 모든 이들을. 저 밖에는 무언가가 있고 나는 기꺼이 그에 대한 믿음을 품고 싶다. 열렬히 믿고 싶다.

대체로, 나는 보다 멀더에 가깝다. 저 너머에 있을 법한 것들을 찾고 싶다. 아무도 그 어둠 속에 손전등을 비출 만큼 용감하지 않았기에 감추어져 있던 것들을. 문명화된 눈먼 무관심 덕에 우리 문화 주변부에서 맴도는 것들을. 우리와 철저하리만치 달라서 우리가 미처 어떻게 반응해야 할지 깨닫지 못한 것들을.

오, 그리고 그 나쁜 놈들. 숨기고, 헷갈리게 하고, 대놓고 거짓말하는 놈들. 목소리를 잠재우기 위해서라면 기꺼이 방아쇠를 당기는 검은 양복을 입은 사람들. 나는 그들도 환한 빛 속으로 끌어내고 싶다.

나는 그 모든 것들을 원한다.

---

1) Jersey Devil. 뉴저지 주의 작은 마을에서 비롯된 전설의 악마.
2) dybbuks. 산 사람의 몸에 들어가는 악령.

설사 내가 회의적인 스컬리적 순간들을 겪게 된대도, 그럼 또 어떤가. 어쩌면 나는 믿는 것 이상을 바라는지도 모른다. 확인하고 싶은지도 모른다. 실험하고. 저울질하고 측정하고. 의심의 여지없이 증명하고 싶은지도.

이건 'X-파일'이다.

이것은 크리스 카터[3]가 난데없이 끄집어낸 쇼가 아니었다. 'X-파일'은 지표를 뒤흔들 정도로 획기적이지만 그것이 흔드는 지표 자체는 대다수 사람에게 공통된 것이다. 저 밖에는 회의주의자도 많고 편집광도 많다. 하지만 그들과 어깨를 나란히 하고 있는 이들은 바로 저 호기심 많은 회의주의자다. 믿지 않지만 진실을 찾기 위해 기꺼이 덤불 밑으로 기어들려는, 혹은 지하실로 숨어들려는, 혹은 쏟아지는 폭우 속을 꾸준히 나아가려는 이들. 틀렸음을 입증하려는 것이 아니다, 정녕코 아니다. 그들은 속으로는 멀더를 닮았다. 그들은 믿고 싶어 한다.

우리 중 상당수가 그렇다.

'X-파일'은 우리 머릿속에 있는 비밀의 문을 열어 우리의 의심과 편집증과 합리화와 끝없는 호기심이 전부 뛰쳐나오게 했다. 우리는 흠을 잡고자 중요 다큐멘터리를 끝까지 지켜보는 군중의 열정을 품고 이것을 지켜봐 왔다.

우리는 믿고 싶다.

우리는 알고 싶다.

'X-파일'과 같이 지적인 쇼를 보는 일은, 알고 싶어 하는 이들과 지식을 비밀로 간직하고자 하는 이들 사이의 대화에 우리가 참여할

---

3) Chris Carter. 드라마 〈X-파일〉의 각본가.

수 있게 한다. 그리고 우리는 스컬리와 멀더가 아홉 번의 시즌과 두 편의 영화, 만화, 게임, 소설로 우리를 가차 없이 몰아가게 했다….

우리는 여전히 믿고 싶다.

그런가 하면, 여전히 믿을 만한 사람이 없다.

이는, 우리를 알루미늄포일 모자[4]를 덮어쓴 군중이 되지 않게 지켜주는 일종의 현실 확인이다.

그래서 이런 단편 선집이 나오게 되었다. 알루미늄포일 모자가 아니라. 물론 그런 모자를 쓰는 경우도 있겠지만.

아니, 내가 그토록 많은 저명한 미스터리, 스릴러, 호러, 판타지, SF 작가들에 연락을 취한 것은 'X-파일'에 대한 평생에 걸친 사랑 때문이다. 이 책에 실린 모든 작가는 'X-파일'에 대한 그들의 애정 때문에, 'X-파일'이 어떤 식으로 똑딱거리는지에 대한 그들의 이해 때문에, 그리고 그들 이야기의 우수함 때문에 엄선되었다. 진짜 보일러를 찾기 위해 미적지근한 무언가를 읽어낼 필요가 없는 것이다. 〈X-파일 : 아무도 믿지 마라〉의 모든 작가는 우리에게 진지한 게임을 제공했다.

열정도 제공했다.

마치 그들 모두가 믿는 것처럼.

그리고 그들은 연방 수사의 세세한 내용들에 대한 자신들의 자연적인 회의주의와 분석적인 관심을 제공했다. 그들은 아무도 믿지 않는다.

하지만 그들 모두 믿고 싶어 한다.

---

4) 1927년 영국 생물학자인 줄리언 헉슬리의 SF 단편 〈The Tissue-Culture King〉에 처음 등장한 이후, 주로 음모론자들이 마음을 읽을 수 없게 텔레파시나 전자파 등을 차단한다는 믿음으로 사용되었다. 알루미늄포일을 모자 형태로 만들어 머리에 얹는다.

당신도 그럴 것이다.

여기 열다섯 편의 어둠과 관련된 이야기들이 있다. 인간의 공통된 경험을 뛰어넘고 우리의 옷 아래 숨어 있는 훨씬 더 개인적인 어둠에 미치는 그런 어둠. 이 이야기들은 일상적인 오후를 보내기 위한 이야기가 아니다. 이빨이 있는 이야기들이다. 그리고 발톱도. 그리고….

뭐, 당신 스스로 발견하게 되리라.

이미 'X-파일'이라는 마법에 사로잡히지 않았다면 당신은 이 책을 읽으려 들지 않았을 것이다. 하지만 당신이 그저 가볍게 드라마를 즐겼든, 론 건맨[5] 구성원의 이름을 완벽하게 댈 수 있는 헌신적인 팬이든, 이 책에는 새로운 무언가가 있다. 문을 걸어 잠그게 하고, 전화가 제대로 연결되어 작동하는지 확인하게 하며, 전등을 켜놓게 하는 새로운 무언가가.

나는 믿고 싶다. 정말로 믿고 싶다.

진실이 저 너머에 있기 때문이다.

그 진실을 찾으러 떠나자….

—편집인, 조나단 마베리(Jonahtan Maberry)

---

5) 드라마 〈X-파일〉에서 음모론의 실체를 파헤치려는 단체. 세 명으로 구성되어 있다.

THE X FILES™

THE X FILES

긴장증

Catatonia

팀 레본

TRUST NO ONE

매사추세츠 주, 라이넛 사운드
1994년 10월 12일, 오전 3시

"내가 깨웠어요?"

"멀더? 음…, 아뇨, 전화 받으려고 일어나긴 했지만. 맙소사, 새벽 세 시잖아. 당신은 잠도 안 자요?"

"왜요?"

"피곤하잖아요. 눈이 무거워지고. 자는 거죠."

"아, 잠이요. 가끔 자요. 하지만 지금은 안 돼요."

"왜 안 돼요?"

"당신 도움이 필요해서요."

"정말요? 새벽 세 시에?"

"내일까지 사건을 내버려둘 수야 있겠지만요."

"그 '사건'이라는 게 정확히 뭔데요?"

"라이넛 사운드. 매사추세츠에 있는 작은 마을이에요. 이틀 전에 네 아이가 집에서 사라졌다가 어제 아침 그 지역 숲에서 모두 발견되었어요. 긴장증[6] 상태로요. 집으로 데려왔고 건강하지만, 전혀 반응이 없어요. 흥미롭게 들리지 않아요?"

---

6) Catatonia. 주위 자극에 대한 반응 없이 표정, 행동 등이 정지해 버리는 혼미 상태, 혹은 과도한 흥분을 나타내는 흥분 상태 등을 나타내는 정신운동성 장애.

“아이들이 집단으로 약에 취한 것처럼 들리네요.”

“아이들 체내에선 약물이 발견되지 않았어요, 스컬리.”

“그럼 집단 최면이겠죠. 아이들은 최면 걸고 놀기 좋아하잖아요. 영향을 덜 받은 아이들이 겁이 나 집으로 도망치면서 나머지 친구들을 숲에 남겨둔 거죠. 아이들은 잔인해요.”

“그 아이들은 모두 따로따로 사라졌고, 친구 사이도 아니에요. 서로 어울려 논 적도 없었고요. 스컬리, 당신 진지하게 하고 있는 거예요?”

“하다니 뭘요? 어쩌면 그냥 흉내 내기인지도 모르죠. 종종 있는 일이에요. 그중 한 아이가 희귀한 형태의 수면무호흡증인지도 모르겠네요. 다른 아이들은 그게 멋지다고 생각해서 자기들도 관심을 받으려고 똑같이 하고 있고요. 전형적인 청소년기의 불안 증상이에요.”

“항상 하던 대로 해봐요. 이성적으로 해석해 보라고요.”

“이봐요, 도와달라고 전화한 건 당신이에요!”

“당신 화나니까 목소리가 섹시하군요.”

“화난 게 아니에요, 피곤한 거예요.”

“그럼, 당신 피곤하니까 목소리가 섹시하네요.”

“젠장, 당신은 왜 잠을 안 자요? 그리고 어쨌든, 우린 더 이상 같이 일하지 않잖아요.”

“공식적으로는 그렇죠.”

“그래요. 그런데 왜 내가 이 사건에 필요해요?”

“늘 같은 이유로요. 당신 없이는 같을 수 없으니까요.”

“내가 이성의 목소리란 말이군요.”

“이성이야말로 우리가 추구하는 거니까요. 내일 오후에 볼까요?”

"라이넛 사운드, 맞아요?"

"마을 바로 밖에, 마셜스라고 불리는 식당이 있어요. 그곳에서 봐요. 당신이 거절하지 못할 줄 알았어요."

"나 다시 자야겠어요, 멀더."

"잘 자요, 스컬리."

식당은 멀더가 방문한 곳 중 가장 건강에 좋지 않은 곳이었다. 자갈 덮인 주차장 가장자리에 세워져 있는 트럭 두 대는, 바퀴는 사라졌고 앞 유리는 부서져 있었으며 의자는 찢어져 내장재가 다 삐져나와 있었다. 좁다란 길 반대쪽에 있는 도랑에서는 무언가가 죽어있는 듯한 냄새가 났다. 그 건물은 한때 주유소였고, 주유기는 없어졌지만 망가진 지붕이며 엎질러진 기름의 지독한 악취는 그대로 남아 있었다. 멀더가 차 문을 닫고 그 구역을 가로지르는 중에도 냄새는 대기 중에 떠돌았다. 톡 쏘는 휘발유 냄새와 뜨겁고 두툼하며 기름기가 자글거리는 베이컨 냄새가 뒤섞이자 그는 희미한 메스꺼움을 느꼈다. 멀더는 거의 스물네 시간 동안 굶었지만, 이 장소는 조금도 그의 식욕을 자극하지 않았다.

벽면은 페인트가 벗겨져 있었고, 문은 문틀에 꽉 끼어 있었으며, 그 앞에는 울퉁불퉁하고 페인트가 줄줄 흐른 글씨로 '마셜스 디너'라고 손수 쓴 표지판이 붙어 있었다. 이곳은 애용되기를 원하지만, 필요 때문에 만들어진 장소 같았다.

하지만 일단 안으로 들어서자, 카운터 뒤에서 커다란 여자가 웃으며 친근한 손짓으로 그를 맞이했다. 다른 손님은 없는 것 같았다. 그것이 좋은 징조는 아니겠지만, 적어도 얼핏 봤을 때 식당 안은 잘

손질된 데다 깨끗해 보였다. 그리고 멀더는 갑자기, 놀랍게도 배가 고파졌다.

"자아, 여기 커피가 한 잔 필요한 남자분이 오셨군요." 여자가 말하며 대답을 기다리지도 않고 커피를 따랐다.

"커피 맛은 좋은가요?" 멀더가 카운터 앞의 의자에 앉으며 물었다. 커피를 따르면서 여자는 무성한 눈썹 아래로 그를 올려다보았다. 그녀는 혈색 좋고 둥글둥글한, 기운찬 요리사의 전형이었다.

"이 사람이 커피 맛이 좋은지 묻네요, 패튼!"

"좋으냐고? 동부 최고의 커피지." 대답한 늙은 남자는 창가 자리에 웅크리고 앉아 있었다. 너무 조그맣고 쭈글쭈글한 데다 머리카락도 없어서 멀더는 그가 의견을 물어볼 만한 사람인지 의심스러웠다. 그의 테이블에 놓인 머그잔은 거의 그 자신만큼이나 커 보였다.

"패튼이라고요?" 멀더가 물었다. 그 노인은 마치 파리라도 쫓듯이 머리 주변에서 손을 팔랑거렸다.

"내 어머니는 나를 좋아하지 않았지, 아버지는 나를 알지도 못했고."

"성입니까, 이름입니까?"

"아침에 내가 침대 어느 쪽으로 내려오느냐에 따라 다르다오."

멀더가 웃으며 고개를 흔들 때 그 여자—마셜이라고 추측했지만, 성인지 이름인지는 알 수 없다—가 그에게 크림과 설탕을 가져왔다. 멀더는 뜨거운 잔을 집어 들어 신중하게 한 모금 마시고는 패튼이 틀리지 않았음을 확인했다. 그 커피는 그가 오랜만에 맛본 최상의 커피였다.

커피를 홀짝이면서, 그는 카운터벽 위에 걸린 널찍한 판에 분필로

서툴게 쓰인 메뉴를 훑어보았다. 메뉴에는 유쾌하게도 독창적이면서, 간혹 걱정도 되는 종류의 것들이 제시되어 있었다. 베이컨과 따뜻하고 달콤한 견과 시럽을 곁들인 팬케이크, 양이 세 배인 죽음의 버거[7], 주님께 꼭 어울리는 천상의 으깬 감자를 곁들인 미트로프, 경이와 사랑으로 구운 다양한 페이스트리. 조심스럽게, 그는 설거지한 접시들을 쌓고 있는 마셜의 눈을 바라보았다.

"음식도 커피처럼 맛있습니까?"

"당신은 겉보기로만 판단하는군요, 허니?"

멀더는 기름의 악취, 전복된 트럭, 커피를 생각하고는 고개를 저었다.

"당신한테 내 스페셜 아침 식사를 만들어드리지." 그녀는 웃음 짓고는 넓은 문을 지나 뒤쪽 부엌으로 사라졌다.

"내가 처음 직접 그 커피를 만들었지, 거의 사십 년 전이오." 패튼이 말했다. "커피콩을 고르고, 가루 크기를 재고, 나만 아는 방식으로 보관했어. 내가 아는 걸 딸에게 전수했고." 그는 부엌 쪽으로 고갯짓하며, 따듯하게 웃음 지었다. "이제 저 아이가 나만큼 훌륭한 커피를 만들고 있다오. 사람들은 물어보지, 낯선 이든 단골이든 똑같이. 우리가 어떻게 하는지, 무엇을 하는지, 언제 갈고 섞고 따르는지, 얼마나 오래 두는지, 특정한 개울이나 우물에서 떠온 특별한 물을 쓰는지. 사람들은 묻지만 나는 말해주지 않아." 그 노인은 나뭇가지 같은 손가락으로 자기 코를 톡톡 쳤다. "그야 비밀이니까."

멀더는 패튼의 건너편 테이블에 앉았다. 이 노인을 좋아하지 않을

---

7) death burger. 일반적인 햄버거보다 내용물을 훨씬 많이 넣어 칼로리가 무척 높은 햄버거.

수 없었다. 그리고 그 노인이 마셜의 아버지이며 이 식당을 더 따뜻한, 친근하기까지 한 장소로 보이게 한다는 점도 알아차렸다.

"그렇군요. 뭐, 묻지 않겠습니다." 멀더는 말하면서 그 신성한 커피를 한 모금 더 마셨다. "저는 양질의 미스터리들을 좋아하니까요."

"하지만 미스터리란 풀리라고 있는 거 아니요, 응?" 패튼이 물었다. 그는 멀더를 위아래로 훑어보았다. 그의 주름진 미소는 이전처럼 활짝 벌어지지 않았다. "당신 같은 사람들이 푸는 거지, 내 말은."

"저 같은 사람이요?" 멀더가 물었다.

"경찰 말이오."

"저는 경찰이 아닙니다."

"연방수사관(Fed)이구먼, 그럼."

멀더는 눈을 돌리고 커피를 좀 더 마셨다. 곧 새 커피가 필요할 것 같은 데다, 두 번째 커피 역시 처음처럼 맛이 좋을지 궁금했다. 어떤 미스터리들은 종종 곰팡내가 나는 법이니까.

"저는 당신이 아는 부류의 연방수사관이 아닙니다." 멀더는 부드럽게 말했다. 그는 이 노인을 낯설게 만들고 싶지 않았다. 라이넛 사운드 같은 작은 마을에서는, 패튼 같은 늙은 사람들이 다른 이들이 알지 못하는 것들을 대부분 알고 있기도 한다. 쭈그러지고 늙고 거의 움직일 수 없을지 몰라도, 그라면 이 동네에 정통하리라고 멀더는 생각했다. 사건을 일으킬 수도, 혹은 풀 수도 있는 노른자 정보를 쥐고 있는 것은 종종 이런 사람들이었다.

패튼은 신문지가 구겨지는 듯한 불안정한 소리로 웃었다. "그렇담, 당신은 그 잠든 아이들 때문에 여기 온 거구먼."

멀더는 끄덕였다.

"아이들이라. 취했거나 약에 갔거나, 그랬겠지."

"정말 그렇게 생각하세요?"

"그럼." 하지만 패튼은 더 이상 멀더를 바라보지 않았다. 그는 마치 놓기가 두렵다는 듯 테이블 모서리를 꽉 쥐고 있는 자기 손을 바라보고 있었다. 그의 손마디는 앙상했고, 손톱은 까맣게 변색되어 있었다.

"뭔가 더 있겠죠." 멀더가 말했다.

"천사의 노래야." 노인이 중얼댔다.

"그게 뭡니까?"

"여기 나왔어요, 허니." 마셜이 말한 다음 소리를 낮추었다. "아, 이 사람은 신경 쓰지 마요, 정신 나간 늙은 멍청이니까." 그녀는 멀더 앞에 접시를 놓으면서 그와 패튼을 번갈아 보았다. 이제는 그렇게 친절해 보이지 않았다. "괜찮아요, 아빠?"

"커피 한 잔 더 마실 수 있을까요?" 멀더가 물었다. "제 파트너 것도요. 그녀는 크림은 넣지만, 설탕은 안 넣을 겁니다."

"파트너?" 여자가 물었다.

멀더가 어깨를 으쓱했다. "늦네요."

마셜이 카운터 뒤로 사라지자, 멀더는 팬케이크, 달걀, 바삭바삭한 베이컨으로 차려진 아침 식사를 입 안으로 마구 넣으며 패튼을 흘낏 보았다. 그는 노인이 반짝이는 가죽 의자에 한층 더 몸을 묻고 아주 서서히 긴장이 풀리고 있음을 알아차렸다. 나이 탓에 그들이 이야기를 나누던 도중 정보를 흘려 긴장했다가 풀어지는지도 몰랐다. 하지만 멀더는 그 모습에서 노인의 예감이 서서히 누그러진 것이라 생각했다. 패튼은 멀더가 자신을 좀 더 다그치고, 더 깊이 파헤치리라 예상하여, 그 예감 때문에 두려워하고 있었던 것이다.

그는 지금은 물러서야 한다는 것을 알았다. 파헤칠 구멍이 있음을 아는 것만으로도 충분했다.

"당신 살찌겠어요." 뒤에서 목소리가 들리자, 멀더는 애정이 차오르는 것을 느꼈다. 그는 스컬리가 그리웠다. 그들은 만난 지 거의 두 달이 지났고, 비록 통화는 했지만—그리고 그녀가 때로 불만스러운 척해도 그와 대화하기를 좋아한다는 점은 알고 있었지만—얼굴을 마주하는 것에 비할 바는 아니었다.

"나는 신진대사가 빨라요." 멀더가 말했다.

"네에, 아직도 헛소리군요."

멀더는 일어서서 스컬리를 맞았다. 그녀는 머리를 좀 길렀고 조금 마른 듯했지만 그런 점만 빼면 그가 아는 스컬리였다. 날카롭게 떨어지는 정장에, 더 날카로운 재치, 열 걸음 떨어져서도 남자 한 명쯤 두 조각 낼 수 있는 혀까지.

"와줘서 고마워요. 당신을 보니 반갑군요." 멀더는 말했다.

그녀는 주변을 둘러보며 패튼에게 잠깐 웃어 보였다. "당신은 나를 아주 근사한 곳으로만 데려가네요." 그녀는 멀더만 들을 수 있게 조용히 말했다.

"뭐, 그래도 당신은 이 집 커피를 마셔봐야 해요."

그녀가 웃자, 이번에는 웃음이 눈까지 번졌다. "당신 새 친구는 어디 있어요?"

"크라이첵? 아직 보스턴에서 삼류 건달 보스를 감시하며 내가 교대해 주길 기다리고 있을 거예요…." 그는 손목시계를 흘끔 보았다. "…한 시간 지났네요."

"당신 스키너랑 말썽이 생길 거예요."

"또요?"

"커피 왔어요." 마셜이 말하면서 부엌에서 나타났다. "오, 그래서 이분이 당신 파트너시군. 이분도 아주 예쁘네요."

"미처 몰랐군요. 커피를 가져갈 수 있을까요?" 멀더는 말했다.

"난 여섯 시간이나 운전했다고요!" 스컬리가 항의했다.

"그러니까 더 앉아서 노닥거리지 말아야죠." 그가 말했다. "가요, 스컬리. 갈 곳도 많고 잠든 아이들도 봐야 해요." 뒤에서의 움직임을 느끼고 돌아보니 패튼이 의자에 한층 더 깊이 몸을 묻고 있었다. 의자에서 결코 몸을 떼지 않을 것만 같았다. 그는 스컬리의 존재는 거의 알아차리지 못한 채 멀더를 바라보고 있었다. 그 늙고, 냉랭한 눈으로.

멀더는 테이블 위에 돈을 올려놓고 마셜에게 포장된 커피를 받은 다음, 고맙다고 고개를 끄덕였다.

밖으로 나와 신선한 시골 공기와 누적된 기름 냄새를 맡으면서 스컬리는 하품을 했다.

"난 정말 잠이 필요해요."

"당신도 그 말 알잖아요. 죽으면 잘 수 있다."

"아, 고마워요, 멀더. 정말이지 기운 나는 말이네요."

"자자. 내 차로 갑시다."

"아이 이름은 로라 코널리예요." 멀더가 말했다. "열세 살, 학교생활도 잘했고, 가정도 안정되어 있고."

"왜 그 아이를 보러 가는 건가요?"

"그 아이의 집이 가는 길에서 첫 번째 집이니까요." 멀더는 스컬리에게 매력적인 미소를 던졌지만, 그녀는 정말로 웃을 기분이 아니었다. 피곤한 데다, 아카데미에는 친척이 아프다는 핑계를 대고 빠져나왔다. 변명거리는 고갈되고 있었다. 멀더는 터무니없는 자신의 추적에 그녀를 끌어냈고, 매번 그녀는 따라나섰다. 그저 그에게는 그녀가 필요하다는 단순한 사실에 끌렸을 수도 있다. 혹은….

어쨌든, 스컬리는 지금 너무 피곤해서 그런 생각들을 할 수 없었다. 그림자들과 유령들, 존재해서는 안 되는 것들을 곱씹기에는 너무 지쳐 있었다. 그녀의 과학적인 사고는 그런 영역에서는 결코 편안하지 않았다. 휴식을 잘 취했을 때조차도.

"그래서 로라 사건의 줄거리는 뭔가요?" 스컬리가 물었다.

"다른 셋과 같아요. 아이는 이틀 전에 집에서 사라졌어요. 부모는 그 아이가 행복한 아이라고 증언했고요, 도망칠 리가 없다고. 부모가 아는 한 남자 친구도 없고. 학교를 빠지고 집에 오지 않을 이유도 없다고." 그들은 라이넛 사운드 주변에 다다랐다. 그곳은 스컬리가 방문했던 다른 수많은 마을과 비슷해 보였다. 평범하고, 잘 정돈되어 있으며, 기억에 남지 않을 마을이었다.

"열세 살짜리 딸을 잘 아는 부모는 없어요." 스컬리는 말했다.

"경험에서 나온 말인가요?" 멀더가 물었다. 그는 늘 웃고, 늘 농담을 던졌다.

"내가 좀 알죠." 그녀는 말하면서 웃음을 참지 못했다. 가끔 그는 그녀를 웃고 싶게 했다. "이런 정보는 어디서 얻어요?" 그녀가 물었다. "지역 경찰?"

"내가 아는 한 그들은 손을 뗐어요. 아이가 집에 왔잖아요. 사건 해결인 거죠."

"그럼, 병원? 현지 의사들? 아이는 적어도 진찰은 받았을 텐데요."

"그랬겠죠." 멀더는 말했지만, 어조는 부정적이었다.

"그래서요?" 스컬리는 물었다. '어쩌면 난 알고 싶지 않은지도 몰라'하고 그녀는 생각했다. 멀더에게는 어두운 측면과 종종 의심스러운 정보제공자들이 있었다. 그녀는 이미 그런 점을 알고 있었고, 그에 대한 수사국의 생각도 알고 있었다.

"그냥 아는 사람이에요." 그가 말했다. "다 왔네요."

"어떤 사람이요?"

하지만 멀더는 이미 차에서 내려 작고 깔끔한 집으로 향하고 있었다. 스컬리가 할 수 있는 일이라고는 따라가는 것뿐이었다. 그녀는 차에서 내려 차림새를 가다듬고, 한 손으로 머리카락을 쓸어내리며 자신이 얼마나 지쳤는지, 그리고 아침까지 아카데미에 돌아가지 않으면 얼마나 곤경에 처할지를 잊으려고 애썼다.

"우리 두 사람이 진실을 알아내길 바라는 사람이요." 멀더는 현관을 노크하기 전에 대답했다.

작고 머리가 벗겨진 남자가 나왔다. 그는 초조한 듯이 멀더와 스컬리를 번갈아 쳐다보았다.

"안녕하십니까, FBI입니다." 멀더는 배지를 보였다. 남자는 한층 더 초조해 보였다.

"무슨 일입니까?" 그가 물었다.

스컬리는 멀더 옆에 나란히 서면서 남자를 지나쳐 집 안을 들여다보았다. 커튼이 쳐져 있어 내부는 어두웠지만, 아침 식사와 신선한 커피 냄새가 났고, 아이 두 명이 웃고 떠들며 탁 트인 거실 공간을 이리저리 뛰어다니고 있었다.

"로라에 대해 여쭤보러 왔어요." 스컬리가 말했다. 그녀는 웃으며 그를 안심시키려고 했다. 하지만 남자의 시선은 안정되지 않았다. '약물인가?' 그녀는 생각했지만 아주 잠깐이었다. 그는 약에 취한 것이 아니었다. 두려워하고 있는 것이다. "아이는 아무 잘못 없습니다." 그녀는 말을 이었다.

"FBI가 왜 그 아이한테 관심을 두지요?" 남자가 물었다.

"죄송합니다, 코널리 씨." 멀더가 말했다. "설명 드렸어야 했는데. 우리는 수사국에서도 아주 특별한 부서에 있습니다. 아주 특별한 사건들을…, 그저 조사하고 있어요. 아주 특별한 사람들을요. 그리고 로라는 특별해 보여서요." 그가 아이에 대한 남자의 자부심에 호소하는 거라면, 그다지 효과가 있어 보이진 않았다.

"영장이나 뭐 그런 게 필요하지 않습니까?"

"아뇨." 스컬리가 말했다.

"우린 이제 막 일어났어요, 게다가—."

"로라도 깨어있나요?" 스컬리가 물었다.

남자가 스컬리를 처음으로 쳐다보자, 그녀는 깊고 실질적인 공포를 볼 수 있었다. 자기 아이에 대한 두려움을. "아니요." 그는 말했다.

"저는 의사입니다. 진찰할 수 있다면 좋겠네요. 이미 검사는 받아보셨을 텐데, 아이가 병원에 있지 않다는 점이 놀랍군요."

"그 아이는 아무 이상이 없어요, 그래서 그래요!"

"물론 그렇겠지요." 스컬리는 잠시 가만히 있었다.

"들어와요." 마침내 남자는 말하며 문에서 물러섰다. "내가 안내하지요…. 그냥 나를 따라와요. 그리고…."

"누구예요?" 한 여자가 부엌 문간에서 팬케이크 접시를 들고 나타났다. 그녀는 작고 마르고 예쁘장했는데, 스컬리는 즉시 그녀에게서 어떤 거부감을 느낄 수 있었다. 정확한 이유는 알 수 없었지만, 경험상 그녀는 자신의 본능을 신뢰했다.

"우린 그냥 로라를 한 번 보려고 왔습니다." 스컬리는 말했다.

"'우리'가 누군데요?"

"FBI이라는군." 남자가 말했다.

여자는 거의 공황 상태에 빠질 듯하다가 재빨리 자신을 추슬렀다.

"애들아. 아침 먹어." 두 아이는 속도를 줄여 좀 빠르다 싶게 다가오더니 쟁반에서 각각 접시를 낚아채고는 자신들의 성찬을 지키기 위해 방 한쪽으로 물러났다.

"안내하지요." 남자가 말했다. 그의 아내는 쟁반을 내려놓고 따라왔다.

"끓여 놓으신 커피를 좀 얻어 마실 수 있을까요?" 스컬리가 상냥하게 물었다.

"네에, 운전을 몇 시간이나 해서요." 멀더가 덧붙였다. '좋아. 그 역시 아이 엄마의 눈에서 갈등을 볼 수 있었던 거야.' 스컬리는 그들이 더 이상 공식적으로 함께 일하지 않는다는 사실에 날카롭게 치솟는 아쉬움을 느꼈다. 이런 식의 무심한 일치감이 그리웠다.

여자가 주저하면서 고개를 끄덕이고는 살며시 부엌으로 돌아가는 동안, 초조해하던 남자는 탁 트인 거실 뒤쪽을 지나 복도로 향했다. 스컬리는 잠시 거실을 둘러보았다. 가득한 책장, 벽에 걸린 두어 장의 멋진 그림과 한쪽에 쌓인 보드 게임들. 그녀는 한 장의 그림에 다가갔다가 직접 그린 그림임을 알아차렸다. 베티 코널리라는 서명이 보였다. 이들은 지적이고 창조적인 가족이었으며, 집 안은 깨끗하고 잘 정돈되어 있었다. 하지만 그들은 여전히 무언가를 숨기고 있었다.

어쩌면 단순히, 긴장증 증세를 보이는 자신들의 딸을 병원에 데려가지 않았기 때문에 곤혹스러워하는 것일 수도 있다. 다만 그 자체도 이상한 일이었다.

"저쪽입니다." 아이 아빠가 벽을 등지고 서서 열린 방문 쪽을 가리키며 속삭였다.

스컬리는 의구심이 무너짐을 느꼈다. 그녀는 방이 아니라 남자를 지켜보고 있었지만, 그는 경계하지도 음흉해 보이지도 않았고, 다만 슬프고 상심해 있었다. 멀더가 침실로 들어서자 스컬리도 뒤따랐다.

"내가 커피를 가져오지요." 스컬리가 지나칠 때 남자가 말했다.

"고맙습니다."

"당신이 그 아이를 도울 수만 있다면?"

스컬리는 그 말이 조건인지 부탁인지 알 수 없어서, 대답하지 않았다. 대답할 수가 없었다. 그녀는 아직 자신이 맞닥뜨릴 그 무엇에 대해 아는 바가 없었다.

집 안의 다른 장소들과 달리 침실 커튼은 활짝 젖혀져 있었고, 아침 햇살이 침대에 드리워져 있었다. 벽에 걸린 포스터며, 선반 두 개에 어수선하게 널린 책과 앨범들, 구석 테이블에 놓인 지금은 꺼진 스테레오까지, 전형적인 십 대 아이의 방이었다. 의자와 다른 쪽 구석에 놓인 빨래 바구니에는 옷들이 걸쳐져 있었고, 열린 옷장 속에는 색색의 옷들이 들여다보였다. 화장대 거울에는 사진들이 띄엄띄엄 모서리를 빙 둘러 붙어 있었다. 사진마다 웃고 있는, 행복한 십 대 아이들이 침대에 있는 아이와 함께 찍혀 있었다.

아이는 전혀 사진 속 아이처럼 보이지 않았다. 죽어 있는 듯 보였다.

스컬리는 멀더가 숨을 급히 들이켜는 소리를 들었다. "스컬리…." 그녀는 멀더의 생각을 알아차렸다. 아이는 죽었고, 부모는 자기 딸이 죽었다는 사실을 받아들이지 못해 아이를 여기 두고 있는 것이리라. 끔찍한 생각이었지만, 스컬리는 그런 일이 있었다는 이야기를 들은 적이 있었다.

재빨리 침대로 다가간 그녀는 이불 밖으로 나와 있는 로라의 손을 잡았다. 손은 따뜻했다. 아이의 맥박은 느리지만 강했다. 스컬리는 어깨의 힘을 빼면서 안도의 한숨을 내쉬었다.

"살아 있어요." 그녀는 말했다.

"휴. 그럼, 그들은 무언가 다른 걸 숨기고 있군요."

"그렇겠죠."

멀더가 방을 둘러보는 동안 스컬리는 아이를 진찰하기 시작했다. 아이는 깊이 잠들어 있었다. 눈동자도 움직이지 않았고 호흡도 느리고 골랐다. 피부는 따뜻하게 느껴졌지만 아이를 덮고 있는 이불은 이 시기에 덮기에는 너무 두꺼운 것 같았다. 스컬리는 아이의 코밑을 만져보고 귓불을 꼬집은 다음 발치의 이불을 들어 올려 아이의 발바닥을 긁었다. 로라는 낮은 신음을 내뱉는 것 외에는 아무 반응이 없었다.

"어때요?" 멀더가 물었다. 그는 방 안을 돌아다니며 서랍들을 열어 보고 물건들을 만져 보며 그가 늘 하던 일을 하고 있었다. 멀더에게는 어긋난 것들을 알아보는 눈이 있었다. 가족이 숨기는 것이 무엇이든 그 힌트가 이 방에 있다면, 그가 알아낼 터였다.

"아이는 괜찮아 보여요, 육체적으로는. 적어도 피상적인 검사로는 그래요. 시간이 있다면 감각 테스트를 해 보겠지만 아이 엄마가 자기 딸에게 바늘을 꽂게 해줄지는 모르겠네요."

"눈에 띄게 잘못된 부분은 없고요?"

스컬리는 아이의 편안한 얼굴을 확인하고, 아이의 긴 머리카락을 귓가에서 들어 올리며 다시 들여다보았다. 멀더를 올려다보고는 구석에 있는 책꽂이 쪽으로 고갯짓을 했다.

"아, 알았어요." 그가 말했다.

스컬리는 이불을 제치고 아이의 잠옷 단추를 끌렀다. 아이를 움직이지 않고서는 전신 조사가 불가능했다. 하지만 아이는 매우 건강한 상태의 평범한 십 대 소녀처럼 보였다. 다만 잠들어 있을 뿐이다.

깊이 잠들어 있을 뿐.

스컬리는 로라의 손을 다시 잡았다. 뒤집어서 손바닥을 긁었다. 반응은 없었다. 그런 다음 그녀는 아이의 손가락을 검사했다.

"여기 봐요." 스컬리가 말했다.

"손마디에 상처가 있네요."

"그래요. 긁힌 거예요. 피가 좀 났을 수도 있지만, 많이는 아니었을 거예요. 그런데 아이 손톱 밑을 봐요."

"흙이군요. 아이는 다른 세 명의 사라진 아이들과 함께 숲 속에서 발견됐어요."

"다른 부위는 깨끗해요. 심지어 발바닥까지도요. 아이가 발견된 후에 최소한 한 번 이상은 씻기고 옷을 갈아입혔다는 거죠. 어떤 엄마가 안 그랬겠어요? 이건 더 최근에 생긴 거예요. 그리고 내 생각엔 흙 같지는 않아요."

멀더는 열린 침실 문을 흘끗 뒤돌아보고, 새삼 더 긴장하고 진지해졌다. 그는 주머니에서 주머니칼을 꺼내어 조그만 날을 빼 들었다.

스컬리가 아이의 손을 가만히 잡고 있는 동안, 멀더는 아이의 집게손가락 밑을 칼날로 긁어내어, 그 부스러기를 조심스럽게 들었다.

그는 칼날을 눈높이로 들어 올려 그녀와 함께 바짝 들여다보았다.

"피 같아요." 스컬리가 말했다.

멀더는 손가락을 칼날에 대고 거뭇한 부스러기를 집어 들어 손가락 사이로 문질렀다. 그런 다음 스컬리에게 보여주었다. 양 손가락 끝에 모래 같은 붉은 얼룩이 남았다.

"오래되지도 않았군요." 그는 말했다.

"그 아이를 도울 수 있습니까?" 아이 아빠가 물었다. 그는 아내를 뒤로 한 채 문간에 서 있었다. 커피 잔을 들고 있었다. 김이 오르지만, 그다지 좋은 향이 나지는 않았다.

"숲에서 발견된 뒤 로라가 움직인 적이 있습니까?" 멀더가 물었다.

"아뇨!" 그들은 동시에 대답했다. "아니, 전혀요. 아이들이 발견됐을 때 우리가 처음 한 일은 아이를 집으로 데려온 거였어요." 그는 눈물이 고인 채, 멀더와 스컬리를 지나쳐 자기 딸 쪽으로 고갯짓을 했다.

"아이는 잠들어 있어요, 그리고 꿈을 꿔요." 아이 엄마가 말했다. 그녀는 스컬리와 제대로 눈을 맞추지 못했다.

"무슨 뜻인가요?" 멀더가 물었다.

"아이가 소리를 내요. 자면서요. 마치 아이가…." 그녀의 얼굴이 일그러지자, 스컬리는 그녀에 대해 앞서 자신이 내렸던 판단을 후회했다. "다치는 것처럼." 아이 엄마가 말했다.

"아이는 정말로 병원에 있어야 해요." 스컬리가 말했다. "이 아이는 긴장증이에요. 얕은 수준의 코마와 유사한 상태예요. 혹시 아이에게 다른 정신적 질환이 있나요? 복용 중인 약은? 새로 받은 처방이라도 있나요?" 아이 부모는 둘 다 고개를 저었다. "음, 아이는 전문적으로 돌봐야 할 필요가—."

"안 돼!" 아이 아빠가 다급히 앞으로 뛰쳐나오는 바람에 커피 잔이 흔들리며 뜨거운 액체가 그의 배와 다리를 적셨다. 그가 컵을 떨어뜨리자, 멀더는 벨트에 손을 올리며 물러섰고, 스컬리는 숨을 멈췄다.

남자는 헉하는 소리를 내며 자신의 옷을 움켜쥐고 묻은 커피를 털어 냈다.

"그들은 일단 아이를 데려가면 보내주지 않을 거예요." 여자가 말했다. "아이를 특이 환자 취급할 거라고요."

"왜 그렇게 말씀하시죠?" 멀더가 물었다. 부부는 분명 괴롭고 몹시 불안해했지만, 아무 대답도 하지 않았다. 여자는 한 걸음 물러서며 그들에게 나가라고 몸짓했다.

'그 피에 관해서 물어봐야 해.' 스컬리는 생각했다. 하지만 멀더가 힐끗 던진 시선을 보고 그녀는 그가 자신과 같은 걱정을 하고 있음을 깨달았다. 무언가가 있고, 그 밑바닥에 다다르려면 그들은 신중해야 했다.

그들은 거실 공간을 지나쳐 현관으로 나섰다. 스컬리는 그들을 배웅하는 여자를 돌아보고 그녀의 공포심을 알아차렸다. 돕고 싶었다. 하지만 막연한 비밀을 눈치챈 데다, 아이 손톱 밑의 피도 거슬렸다.

그녀와 멀더는 좀 더 알아봐야 했다. 그런 다음 돌아올 것이다.

"로라는 착한 아이예요." 아이 엄마가 속삭였다.

"그러리라 생각됩니다, 코널리 부인. 하지만 당신이 아이를 도와주셔야 해요."

차로 돌아와서, 멀더는 시동을 걸고 그 집을 떠났다.

"더 잘될 수도 있었는데요." 그가 말했다.

"저 사람들은 겁에 질려있어요." 스컬리가 말했다. "그 아이가 저 집의 중심이에요, 당신도 느꼈어요? 가족들은 그저 아이 주위를 맴돌 뿐이에요. 그리고 무언가가 아이의 현재 상태보다 더 그 가족들을 겁먹게 하고 있고요."

"아이 상태는 어때요?" 멀더는 물었다.

"긴장증은 전통적으로 정신분열증의 징후로 여겨지고 있어요. 하지만 약물중독이나 알코올중독 환자에게서도 발견될 수 있어요, 특히 금단증상을 겪고 있을 때는요."

"내가 보기엔 아이가 알코올이나 약물중독 같지는 않았는데요."

"그렇죠, 나도 그래요."

"게다가 네 사람이 같은 증상이라고요?"

그 부분이 스컬리는 혼란스러웠다. 다른 아이들이 로라와 유사한 상황이라면, 그들은 외부적인 원인부터 찾아야 할 터였다. 그러면 상황은 훨씬 더 복잡해진다.

"아마존에는 인간과 재규어의 잡종이 있어요. 아즈텍족에서 내려오는 전설이죠. 그 잡종은 희생자들에게 숨을 불어넣어 잠들게 하고는 사냥을 시킨다더군요." 멀더가 말했다.

스컬리는 멀더가 보기를 바라며, 눈동자를 굴렸다.

"출입국 관리가 예전 같지 않잖아요." 그는 계속했다. 스컬리는 그의 목소리에서 미묘한 자조를 느낄 수 있었다. 하지만 그녀는 보통 그런 자조가 자기 비하라기보다는 방어기제라고 생각했다. 그녀는 멀더가 그의 그 믿기 힘든 이야기들을 실제로는 얼마나 믿고 있는지 확신할 수 없었다. 다만, 그가 믿고 싶어 한다는 것만은 확실히 알 수 있었다.

"정말 그럴 거예요?"

"그냥 옵션이에요, 스컬리. 이 이야기들도 어딘가에 출처가 있어요. 그리고 어쩌면 아즈텍족이 사람들을 이런 식으로 잠들게 하는 식물 추출물이나, 약 같은 것에 대한 정보를 아는 누군가와 마주쳤는지도 모르잖아요. 그리고 그 식물이 어찌어찌해서 이 지역 숲에서 나게 됐을 수도 있고."

"아니면 웬 재규어 괴물이 아이들을 잠들게 해서 사냥을 시키는지도 모르고요, 응, 멀더?"

"그 외에 이런 일을 일으킬 만한 게 뭐가 있어요? 그리고 왜 로라만 당한 게 아니겠어요?"

"우린 아직 다른 경우들은 보지 못했어요."

"그 생각은 벌써 하고 있어요."

작은 마을을 통과하는 동안, 스컬리는 긴장을 풀지 않았다. 그녀의 눈에는 여전히 피곤함이 가득했지만 로라 코널리를 보았고, 그 부모가 얼마나 겁에 질려있는지를 목격한 이후로, 그녀는 이 사건이 일반적인 사건이 아님을 이미 인지하고 있었다.

멀더와 엮여서 정상적인 사건이 있었다면 모를까. 스컬리는 멀더와 함께 이상한 일들을 보았고, 쉽게 합리화시킬 수 없는 현상들을 자주 경험했다. 노력은 했다. 노력해야만 했다. 그녀는 과학자이자 현실주의자니까. 하지만 때로는 이성적인 해답을 찾아내기가 쉽지 않았다. 그녀와 멀더의 차이는 그녀는 적극적으로 그런 해답을 찾는 반면, 멀더는 의식적으로 그런 해답을 밀어낸다는 것이었다.

"로라의 부모가 아이 손톱 밑의 피를 못 봤을까요?"

"아이를 집으로 데려와 씻기고 눕혔는데 그럴 수는 없어요, 아니에요."

"피가 나중에 묻었다는 뜻이군요."

"내 생각은 그래요."

"아이가 잠들어 있다고 생각될 때 말이죠."

"그래요." 스컬리는 끄덕이며 얼굴을 찌푸렸다. '재규어 괴물을 위해 사냥을 한다', 그녀는 생각했다. '하지만 뭘 사냥하는 거지?'

그들은 마을 광장을 지나 또 다른 길로 접어들었다. 집들은 적당한 간격을 두고 떨어져 있고 커다란 나무들은 그늘을 드리웠으며 사륜구동 차들이 진입로에 서 있는, 널찍한 길이었다. 부유한 동네의 전형적인 이미지였다.

멀더는 커다란 집 앞에 차를 세우며 손에 든 종이를 확인했다.

"여기군요. 이 집은—."

"이런, 젠장." 스컬리가 말했다. "파티에 누가 왔는지 봐요."

친숙한 한 남자가 길 건너편에 차를 주차하고는, 기대어 서 있었다.

"심지어 초대장도 보내지 않았는데 말이죠." 멀더가 말했다.

멀더는 크라이첵을 신뢰하지 않았다. 파트너로 소개받았지만, 멀더 생각에 크라이첵은 감시자, 보초, 멀더와 멀더의 보다 미심쩍은 신념과 관심사들을 쫓아다니는 자에 더 가까웠다. 이런 감시 뒤에 있는 목적이 무엇인지, 멀더는 아직 확신하지 못했다. 하지만 알아내고자 결심한 터였다.

그들은 충분히 잘 지내고 있었다. 비록 친밀감 아래에는 깊은 의심과 불신을 숨기고 있긴 하지만. 멀더는 크라이첵에게서도 그런 점을 느꼈고 그 자신도 숨기려 하지 않았다. 때문에 크라이첵을 남겨 두고 의미 없는 잠복근무에서 빠져나와 여기 온 것이었다.

적어도 멀더의 의도는 그랬다.

멀더와 스컬리가 길을 건너 다가서자, 크라이책은 하품을 하며 하늘을 향해 기지개를 켰다. 그리고 손가락들을 꺾으며 뚝뚝 소리를 냈다. 그는 탄탄하고 강했는데, 이 점을 과시해서 멀더를 위협하려 했다면, 그건 실패였다. 겪을 만큼 겪은 멀더의 진정한 힘은 대부분 감추어져 있기 때문이다.

"우리 친구 모리세이는 어때?" 멀더는 보스턴에서 감시했던 하찮은 폭력배를 언급하며 물었다.

크라이첵은 어깨를 으쓱할 뿐 아무 말도 하지 않았다.

"그가 자네를 눈치챘나?"

크라이첵의 얼굴이 어두워졌지만, 아주 잠깐이었다. "그자는 내일도 여전히 거기 있을 거야."

"나는 아마 여전히 거기 없을 것 같은데."

멀더의 파트너는 그 대화에 벌써 질린 것처럼 무겁게 한숨을 쉬고는 스컬리를 돌아보았다. "데이나, 여전히 근사하군요."

"여기서 보니 놀랍네요, 크라이첵." 그녀가 말했다.

"마찬가지지요."

"새 수사에서 멀더를 돕고 있는 참이에요."

"허가된 건가요?"

침묵이 내려앉았다. 그러고는 크라이첵이 웃음을 터뜨렸다.

"내가 그런 데 신경을 쓴다는 건 아니고, 정말이오, 친구들. 봐달라고. 내가 여기까지 먼 길을 온 이유는 단지 멀더가 재미있는 일에 대한 감이 좋다는 걸 알기 때문이니까."

"나를 어떻게 쫓아왔나?" 멀더가 물었다.

"우린 공통의 친구가 있지."

'엑스가 틀림없군', 멀더는 생각했다. 그는 그 남자의 다른 이름은 알지 못했다. 그에 대해 아는 것도, 그의 의도나 소속에 대한 실마리도 전혀 없었다. 하지만 엑스는 X-파일로 분류될만한 사건들에 대해서 좋은 정보를 제공해주었다. 비록 X-파일이 공식적으로는 더 이상 존재하지 않았지만. 멀더는 자신이 엑스가 대화하기로 선택한 유일한 인물이라고 추정하는 것은 오만하다고 생각했다.

"마셜스라고 불리는 동네 밖 식당에 한 남자가 있어. 패튼이라는 노인이지. 그는 분명히 무언가를 아는데 말을 안 하고 있어. 나와 스컬리는 이미 만난 데다, 우리가 여기에 온 이유도 아니까 자네가 그자한테서 무언가를 알아내기가 더 쉬울 거야."

"나한테 심부름을 시키겠다는 건가, 도깨비? 이제 막 도착했는데." 크라이첵이 물었다.

"수사에 끼고 싶나?" 멀더가 다소 거칠다 싶은 어조로 물었다. "자네도 이미 기본 사실은 알고 있을 텐데. 스컬리와 나는 희생자들을 조사하고 있지만, 그 패튼이란 자가 아는 게 더 많아. 그 사람에게 천사의 노래가 뭔지 물어봐. 이상한 이야기를 했으니까. 그런 다음에는 아마도 우리가 더 큰 그림을 풀어낼 수 있을 거야."

"그래, 어쩌면." 크라이첵은 다시 하품을 하고 그들 주변을 오랫동안, 천천히 들여다보았다. "예쁘고 아담한 장소로군. 왔어도 기억에 남지 않을 곳이야."

"그런 채로 남기를 바랄게요." 스컬리가 말했다.

하지만 멀더는 그럴 것 같지 않았다.

"저 사람은 여기에 빨리도 왔네요." 스컬리가 말했다. 그들은 커다란 하늘색 집의 현관에 서서 누군가가 나오길 기다리고 있었다.

"크라이첵은 흥미로운 일에 대한 감이 좋거든요."

"나는 감 같은 건 안 믿어요." 그녀가 말했다.

문이 열렸다. 반바지에 꽉 끼는 티셔츠를 입은 젊은 흑인 남자가 나왔다. 잘 생겼고 체격이 탄탄했으며 거만함이 묻어났다.

"월터 러셀 씨를 찾고 있습니다." 스컬리가 말했다.

"네에."

"집에 있나요?"

남자는 엄지손가락으로 자신을 가리켰다.

"당신인가요?"

대답이 없었다.

"여기가 로지 러셀의 집인가요?"

남자는 얼굴을 조금 누그러뜨리며 그저 고개만 끄덕였다.

"아이를 볼 수 있겠습니까?" 멀더가 물었다.

"당신들 연방수사관?"

스컬리는 배지에 손을 가져갔지만, 남자는 들어오라고 손짓했다. 멀더는 스컬리에게 로지 러셀, 사라졌다가 긴장증 증세를 보이며 나타난 이 또 다른 아이가 거의 여덟 살이라고 했다. 그래서 스컬리는 적어도 삼십 대 초반의 누군가를 만나리라 예상했다. 그런데 이 남자는 이제 갓 대학을 졸업했을까 싶은 나이로 보였다.

집은 크고 살림도 잘 갖춰져 있어 그 주인들만큼이나 매력적이었다. 안쪽에서 그들은 역시나 젊고 탄탄하며 예쁜 월터 러셀의 아내와 마주쳤다. 그녀는 계단을 올라 자기 어린 딸의 침실로 안내했다.

이전과 거의 비슷했다. 스컬리가 아이를 살펴보는 동안, 멀더는 침실을 돌아다니며 책을 펼쳐 보고, 옷장 안을 들여다보고, 책꽂이를 손가락으로 훑어댔다. 그는 두어 번 낮게 투덜댔지만 아무 말도 하지 않았다. 아이 엄마는 문간에 남아 있었다. 그들은 그녀에게 질문을 했고 그녀는 눈물을 보이며 대답했다. 스컬리는 그녀가 자주 울고 있음을 알 수 있었다. 그 부모는 어떤 질문도 피하지 않았고, 그저 자신들의 딸에 대한 깊은 우려만을 나타냈다. 아이는 마을 의사에게 보였지만 아이를 가라앉은 상태로 유지하고 있는 그 이상한 잠 외에는 건강하다는 진단을 얻었다.

스컬리는 아이의 손과 손톱을 확인했다. 깨끗했다. 하지만 온몸이 다 깨끗하지는 않았다.

밖으로 나와 차 옆에 서서 쏟아지는 따스한 햇볕을 피부에 받으며 스컬리는 눈을 감고 얼굴을 하늘로 들었다.

“어때요?” 멀더가 물었다.

“아이의 입가와 아랫입술의 주름 사이에 피가 말라붙어 있었어요.”

“아이의 피인가요?”

“확실하진 않아요.” 그녀는 말을 하면서도 이상함을 느꼈다. 그 말이 암시하는 바가 너무 커 보였던 탓이었다. 그녀는 눈을 감은 채 멀더의 기대 섞인 침묵을 느꼈다. “하지만 아니라고 생각해요. 다친 곳도 없고 아이 입 안에도 상처는 없었어요.” 그녀는 눈을 떴다. 햇살에 눈이 따가워서 그녀는 눈을 찡그리고 고개를 돌렸다. 자세히 보기엔 눈이 아팠다.

"다른 피해자들도 확인해야 해요." 멀더가 말했다.

"이 사람들은 우리가 필요 없을지도 몰라요. 어쩌면 심리학자가 필요할 수도 있고요. 심리치료 말이에요. 코널리나 러셀에겐 외견상 아무 문제가 없어요. 다른 두 아이도 마찬가지일 거예요."

"혈흔만 빼면요."

"그건 그냥 우리가 무언가 잘못된 부분을 찾으려다 보니 튀어나온 거죠."

"스컬리, 그런 말은 전혀 당신답지 않아요."

"그럼, 당신은 우리가 재규어를 사냥해야 한다고 생각해요?"

경찰차 한 대가 길을 따라 빠르게 다가오더니 곤두박질치듯 브레이크를 밟았다. "그럴 필요는 없어요." 멀더가 말했다.

크라이첵이 보조석에서 튀어나왔다. 운전석에 어설프게 앉아있는 경찰은 건장했고, 큰 키에 통통했으며, 그의 유니폼은 땀과 말라붙은 핏자국으로 얼룩져 있었다. 그는 암울해 보였다.

"수사관님들." 그는 마치 그의 작은 마을에서 매일같이 FBI를 영접하고 있다는 듯이 모자챙을 건드리며 말했다.

"자네 그 식당에 가지 않았군." 멀더가 말했다.

"그 전에 멜로이 보안관이 나를 태웠거든." 크라이첵이 말했다. "우리가 진료소에 같이 가줬으면 좋겠다는군."

"왜죠?" 스컬리가 물었다.

"거기에 시체들이 있으니까요."

'시체들', 멀더는 생각했다. '항상 시체가 나오는 법이지.' 이번에는 잠든 아이들이 시체를 대신하길 빌었지만, 그들이 그렇게까지 운이 좋지는 않았던 모양이었다.

그는 진찰실 문밖에 남았다. 시체들은 구급차가 와서 근처 병원으로 옮겨갈 때까지 대기 중이었지만, 보안관에게는 유감스럽게도 그 사이 스컬리가 시체들을 조사하고 있었다. 하지만 보안관은 간섭하려 하지 않았다. 그는 구석에 서서 육지에 올라온 바다코끼리처럼 숨을 몰아쉬며, 지난 반세기 동안 마을 사람들을 치료했을 법한 늙은 의사와 속삭이고 있었다.

크라이첵은 전화를 써야 한다며 대기실에 남았다. 멀더는 그가 아마도 스키너에게 보고하는 중이리라 추측했다. 말썽이 생길 터였다. 하지만 자신 앞에 시체 세 구가 놓여 있는 마당이라, 멀더는 거의 신경 쓰지 않았다.

시체들은 험하게 죽임당했다.

"다 끝났어요." 스컬리가 보안관과 의사에게 말했다. "동의해요. 짐승이 습격한 것 같네요. 흑곰이나 코요테일 수도 있어요."

멀더는 놀라움에 눈썹을 치켜세웠지만, 아무 말도 하지 않았다. 그가 서 있는 곳에서조차 그녀가 모르는 척했던 명백한 흔적들이 보였기 때문이지만, 그녀도 그러는 이유가 있을 터였다. 보안관과 의사가 눈에 띄게 긴장을 푸는 것을 보면서 그는 그 이유가 무엇인지 알았다고 생각했다.

"좋아, 우린 여기서 끝이야." 크라이첵이 멀더 뒤에서 말했다. 조용하게 접근했음이 분명했다. 아니라면 멀더가 알아차렸을 터였다.

"무슨 뜻이야?"

"스키너가 우리한테 보스턴으로 돌아오라고 지시했다는 뜻이지,

스컬리는 아카데미에서 빠져나왔더군. 우리 모두 말썽이 생겼어. 고맙네, 멀더."

"나야 말썽이라면 익숙하지."

"그래, 하지만 난 아니라고." 이 커다란 남자는 그 눈에서 미소를 감추지 못했고, 멀더는 보다 깊숙이 자리한 무언가를 감지했다. 그 눈에는 질책에 대한 두려움이 아니라, 흥분이 깃들어 있었다.

"전문가들을 데려와서 그것이 무엇이든 이런 짓을 한 것을 잡아야 해요." 스컬리가 말했다.

"오, 그럴 겁니다, 그럴 거예요." 보안관이 말했다. "그래서 떠나시나요?" 크라이첵의 말을 들은 지라 그는 그에게 직접 물었다.

"내일요." 멀더가 말했다. "우리 모두 피곤하거든요, 돌아가는 길은 멀고요. 마을에 머무를 만한 괜찮은 숙소가 있습니까?"

괜찮은 곳이 있다 해도, 보안관은 그들에게 썩 알리고 싶지 않은 표정이었다.

"없다면, 저녁에 마을을 돌아다니면서 질문을 좀 해볼 수도 있죠."

"12번가에 있는 디킨스 호텔이 제법 괜찮습니다." 보안관이 말했다. "내가 보냈다고 하세요."

"그러면 좀 할인해 주려나요?" 멀더가 물었다.

보안관은 대답하지 않았다. 그는 의사가 시체를 덮는 동안 그 작은 의사와 다시 이야기하고 있었다.

"여긴 다 된 것 같군." 멀더가 말했다.

"우린 당장 돌아가야 해." 밖으로 나오자 크라이첵이 말했다. "그렇게 늦지도 않았잖아. 자정 전에 도착하면 내일 우리가 있어야 하는 곳으로 돌아갈 수 있어."

"나는 내가 여기 있어야 할 것 같은데." 멀더가 말했다. 그는 작은 광장을 둘러보며, 여기서 벌어진 일을 알기에 가려진 시선이 아니라 새로운 눈으로 보고자 애써보았다. 깊은 잠에 빠진 네 아이, 그에 더해진 세 구의 시체.

"짐승의 습격." 스컬리가 단어를 저울질하듯 말했다. "게다가 세 명의 희생자 모두 마을 밖에서 왔고."

"우연의 일치야." 크라이체이 말했다.

"나는 우연의 일치를 믿지 않아." 멀더가 말했다.

크라이체이 크게 웃어대는 바람에 학교에서 집에 가는 중이던 한 무리의 아이들이 쳐다보았다. "정말? 자네는 그 외에는 전부 믿잖아."

"피곤하고 배도 고프군." 멀더가 말했다. 그는 크라이첵을 떼어놓고 싶었다. 스컬리에게 더 가까이 가서 얘기하고, 서로 의견을 주고받고, 그들이 가장 잘했던 것을 하고 싶었다. 멀더는 스컬리를 오래 알지 않았지만, 그 기간이 마치 영원처럼 느껴졌다. 그들은 함께 일을 잘해냈다. 그들은 팀이었고, 떨어져 있을 때조차 그들 사이의 끌림은 그 어느 때보다 강하게 느껴졌다. 그것이 멀더가 그녀를 여기로 부른 이유였다.

"정말 이 마을의 형편없는 호텔에 머무를 건가?"

"물론. 거기서 보자고." 멀더와 스컬리는 차로 걸어갔다.

"내 차는 마을을 반이나 지나쳐야 있다고!" 크라이첵이 항의했다.

"즐거운 산책이 되기를." 멀더가 말했다.

"짐승이라고요, 스컬리?"

스컬리는 시동을 걸고 차를 출발시키며 백미러를 흘끗 보았다. 크라이첵은 그들이 떠나는 것을 보고 있었다. 그의 태도에 실린 무언가가 그녀를 불안하게 했다. 그는 용수철처럼 몸을 돌리며 그들을 노려보았다. 그녀는 액셀을 밟고, 최대한 빨리 그 자리를 떠났다. 그자는 그녀를 사정없이 오싹하게 했다.

"그 시체들은 죽을 때까지 맞고 긁히고 물렸다고 봐요, 다른 사람들한테요. 물린 자국 일부는 인간의 치아로 보였어요. 생채기들은 손톱으로 긁힌 거고요, 발톱이 아니라. 잔인하죠. 끔찍하게 폭력적이에요. 정말이지 흘러가는 꼴이 맘에 들지 않아요."

"흘러가는 것 같진 않군요. 내 생각엔 이미 여기 고였어요."

"그 작은 러셀네 아이가 정말로 이럴 수—."

"저게 뭐죠?" 멀더가 위쪽을 가리켰다. 옹기종기 모인 집들 위로 한 줄기 흐릿한 파란빛이 하늘 높이 빛나고 있었다. 빛은 고동치며 태양처럼 밝게 빛나다가 다음 순간 더 밝아졌다. 고동칠 때마다 커졌다 줄었다 하는 듯 보였다.

차 몇 대가 미끄러지듯 멈추더니 운전자들이 차를 버리고 가까운 건물들로 달려 들어갔다. 보행자들도 뛰었다. 순식간에 거리는 텅 비었다.

"좋지 않군요." 멀더가 말했다. 스컬리는 운전대를 꽉 잡았다.

소리가 밀려들었다. 크고 갑작스러우며 날카롭고 선명한 그 울부짖음은 비명일 수도 노래일 수도 있었다. 스컬리는 모르는 언어였다. 소리는 외부에서 들어와, 마치 대성당의 돔에서 울리는 환상적인 음처럼 그녀의 두개골 안에서 울려 퍼졌다. 괴로웠고 아름다웠다. 고통스러웠고 황홀했다.

스컬리는 헐떡이며 손으로 귀를 막다가 한순간 자기 자신이 어디 있으며 무엇을 하고 있는지를 잊어버렸다. 그녀는 정신을 차리고 액셀에서 발을 떼려 했지만, 차는 오른쪽으로 미끄러졌고, 높은 연석에 바퀴가 부딪치며 앞뒤로 흔들리다가, 주차되어 있던 트럭 뒷부분에 살짝 충돌하면서 시동이 꺼졌다. 스컬리는 의자에 기대고 앉아 귀를 더 세게 틀어막다가 이내 긴장을 풀었다. 소음을 완전히 차단하고 싶었는데, 이제는 온전히 머릿속으로 받아들이고 싶어졌다. '이건 영원의 노래야', 그녀는 생각했다. 그리고 기꺼이 따르리라고.

앞에서 웬 그림자가 펄럭였다. 그녀의 흐릿한 시야에는 뒤틀려 보였다. 그림자가 재빨리 움직이더니 그녀의 고개가 한쪽으로 홱 꺾였다.

길을 바라보자, 좀 전까지 분주했던 거리가 텅 비어 있었다.

"스컬리!" 그녀가 듣고 있는 소리의 아름다움과 잔혹함에 전혀 못 미치는 무신경하고 서투른 목소리가 노래에 끼어들었다. 그녀는 목소리를 무시하려 했지만 다시 얼굴을 얻어맞았고, 고개를 돌리자 멀더가 보였다. 그는 뭐라고 얘기하며 양손을 내밀었는데, 손가락 사이에 무언가를 쥐고 있었다. 작고 은빛이 나는 형체였다. 그녀는 멀더의 말을 알아들을 수 없었다. 듣고 싶지 않았다. 반항하면서, 그를 밀쳐내려 애쓰면서 그녀는 양손을 들어 올렸고, 그리고—.

멀더가 그녀를 누르자 귀에 압박감이 느껴졌다. 차가운 압박감, 묵직하고 거친 느낌이.

"안 돼!" 스컬리가 외치자, 노래가 사라졌다. 스컬리 자신의 목소리도 덮였다.

멀더는 양손으로 그녀의 얼굴을 감싸고 그녀를 들여다보았다. 그는 손가락 하나를 들어 올렸고, 다른 손으로 탄창을 꺼내어 총알을 떨어뜨렸다. 그런 다음 고개를 돌려 자신의 귀를 건드렸다. 그의 귓구멍 속에 깊숙이 박힌 다른 총알 끝이 보였다.

"도대체…." 그녀는 말을 꺼냈지만 멀더에게 자신의 말이 들리지 않는다는 것을 깨달았다. 그녀 자신에게조차 거의 들리지 않았다.

멀더는 양손을 격렬하게 흔들다가 그녀를 지나쳐 차 뒤쪽을 보는 순간 얼어붙었다.

스컬리는 몸을 돌려 그의 시선을 좇았다.

그들이 온 길을 거슬러 뒤쪽 거리에서, 크라이첵이 두 형체와 다투고 있었다. 한쪽은 스컬리가 모르는 키 큰 남자아이로 반바지 외에는 아무것도 걸치지 않았다. 다른 쪽은 로라 코널리였다.

스컬리는 뒹굴며 문을 열고 나와 땅에 떨어졌다가 바닥을 긁으며 일어나 총을 꺼냈다. 멀더는 이미 조용한 거리로 달려가고 있었다. 차들이 몇 대 엉망으로 주차되어 있었고, 차 문은 열려 있었으며, 차 안에 사람은 없었다. 스컬리는 아무도 보지 못했다.

크라이첵은 소년을 밀쳐냈다. 한 손은 몸 앞에서 펴들고, 다른 손은 위협하듯 주먹을 쥐어 올린 채였다. 그는 마치 자기 안의 무언가를 상대로 싸우는 것처럼, 겁에 질리고 정신은 흩어진 채 고통스러워 보였다. 하지만 그가 키 큰 남자아이의 공격을 막아내는 사이, 로라 코널리가 그의 옷을 긁어대며 그의 엉덩이와 배에 덤벼들었다. 스컬리는 로라가 그를 물어뜯고 있는 것을 보았다. 피가 흘렀다.

속삭임이 밀려들며, 스컬리가 들었던 그 이상한 노래가 넌지시 귓속을 파고들었다. 그녀는 귀에서 총알을 꺼내고 다시 노래를 듣고 싶었지만, 멀더가 남자아이를 잡고 크라이첵에게서 떼어내어 서점의 유리창으로 밀어붙이는 것이 보였다. 유리창은 덜컹거렸지만 깨지지는 않았다.

스컬리는 로라 코널리에게 다가가 겨드랑이를 부여잡고 옆으로 당겼다. 로라는 크라이첵 허리 주변의 얼마 되지 않는 군살에 이빨을 박아 넣고 있었다. 스컬리가 잡아당기자 크라이첵의 옷과 피부 조각이 당겨져 뜯어지며 피가 뿜어져 나왔다.

크라이첵이 내지른 비명은 아득하고 기괴하게 들렸다. 그의 동공은 여전히 활짝 열려 있었고 그는 멀더와 스컬리를 알아본 것 같지 않았다. 무언가 다른 것을 찾고 있었다.

스컬리는 여자아이를 밀쳤다. 아이는 주차되어 있던 차에 부딪히고는 다시 튕겨 일어서더니 팔을 죽 내밀고 완전히 무표정하고 텅 빈 얼굴로 달려들었다.

스컬리는 총을 들어 올렸지만 아이는 전혀 신경 쓰지 않았다.

그녀는 총을 쏠 수 없었다. 대신 한 쪽으로 비켜서서 아이의 발을 걸고 넘어뜨리며 등을 힘껏 내리쳤다. 로라는 콘크리트 바닥에 머리를 튕기며 엎어졌다. 아이는 그대로 엎어져 있었다. 스컬리는 그 충돌하는 음이 들리지 않았음에 감사하며 아이의 맥박을 짚어 보았다. 맥박은 아이가 여전히 잠들어 있는 것처럼 느리고 조용했다.

멀더는 키 큰 남자아이를 때려눕히고는 안전하게 수갑으로 자전거 거치대에 묶어 놓고 있었다. 그는 얼굴에서 피를 훔쳐내며 스컬리에게 고개를 끄덕이고는 크라이첵에게 시선을 돌렸다.

그는 마치 비를 기원하듯이 하늘을 올려다보며 손을 뻗은 채, 비틀대며 거리를 배회하고 있었다.

스컬리는 그에게 달려가며 총에서 탄창을 꺼냈다. 자신의 거친 숨소리가 머릿속에서 메아리치자, 고맙게도 덕분에 그 이상한 노래의 속삭임들이 완전히 차단되었다. 그녀는 탄창에서 총알을 두 개 꺼내고, 탄창과 총을 주머니에 밀어 넣은 다음 크라이첵 뒤에 멈춰 섰다.

'크라이첵도 저 아이들처럼 잘못됐으면 어쩌지?' 라고 그녀는 생각했다.

하지만 그 순간 멀더가 합류했다. 그는 총알 하나를 낚아채더니 크라이첵의 왼쪽 귀에 단단히 찔러 넣었다. 스컬리도 오른쪽 귀에 같은 행동을 했다. 그러자 크라이첵은 푹 쓰러지며 무릎을 바닥에 댄다 싶더니 이내 도로 위에 길게 뻗었다. 그의 고개가 한쪽으로 돌아가자, 스컬리는 그의 크게 치뜬, 공포에 찬 눈을 볼 수 있었다.

그녀와 멀더는 안도하며 서서 서로를 바라보았다. 그리고 주변을 둘러보았다. 스컬리는 길가에 늘어선 창문들에서 블라인드가 흔들리는 것을 보았다. 둘러보니 어느 집 커튼이 들렸다 제 위치로 떨어지고 있었다. 남자아이는 수갑을 상대로 씨름하는 중이었고, 로라 코널리는 이마의 험상궂은, 피맺힌 멍을 무시한 채 움찔거리며 일어서고 있었다.

그러다 아이들 둘 다 다시 쓰러지더니 완전히 움직임을 멈추었다. 그리고 스컬리가 미처 알아차리지도 못했던 압박감이 사라졌다. 마치 무겁고 역겨운 공기가 순식간에 빨려나간 것 같았다. 그녀는 헐떡이며 오른쪽 귀를 손톱으로 더듬어 총알을 꺼냈다.

서늘한 공기와 침묵이 밀려들었다. 그녀가 경험했던 그 어떤 침묵보다 더 깊은 침묵이었다. 멀더가 말을 내뱉기까지는. "맙소사."

"저쪽이에요." 스컬리가 말하면서 늘어선 상점가 위를 가리켰다.

"그래요. 그쪽에서 그 이상한 빛이 비쳤어요."

"등대처럼요."

"그게 뭐였을까요?"

스컬리는 고개를 흔들었다. "모르겠어요. 하지만 그 빛이 잠든 아이들에게 무언가를 했어요. 마을은 준비가 되어 있었고요. 정말 끔찍하군요."

멀더는 쓰러진 남자아이와 여자아이에게 다가갔다. 아이들은 미동도 없었다. "깨어 있기는 했을까요?"

"알아봐야죠. 우리가 여기 없었다면, 또 당신이 총알을 생각해내지 못했다면, 크라이첵은 지금 죽어있을 거예요."

"그래요. 그리고 주민들은 다시 흥미를 느끼는 것 같군요."

멀더가 옳았다. 문들이 열리면서 마을 주민들이 나타났다. 대부분이 입을 쩍 벌린 채 침을 흘리고 있었고 일부는 거의 정처 없이 떠돌고 있었다. 몇몇은 그들 쪽을 봤지만, 그들 중 누구도 딱히 위협적으로 보이지 않았다. 일부는 취한 듯이 보였다. 그저 서서 웃고 있는 이들도 있었다.

"크라이첵은 왜 그렇게 겁을 냈을까요?" 스컬리가 물었다.

"털어놓은 것보다 더 많이 알고 있었던 거죠. 갑시다. 정보들을 먼저 맞춰봤어야 했는데. 하지만 그 소리가 어디서 나오는지 알 것 같아요."

"어딘데요?"

"그 패튼 노인이 천사의 노래에 관해 얘기했었어요. 그리고 엑스가 나에게 이곳에 대한 정보를 줬을 때, 잠든 아이들은 모두 마을 밖 산림지의 공터에서 발견되었다고 했고요. 네피림(Nephilim)[8] 숲이에요."

"저 사람은요?" 스컬리가 물으며 크라이첵에게 고갯짓을 했다.

---

8) 구약성경에 나오는 거인족의 이름으로, 천사와 인간의 여자 사이에서 태어났다고 한다.

멀더는 그녀의 팔을 잡아 차 쪽으로 끌어당겼다. "감사는 나중에 받아도 돼요."

마을을 빠져나와 시골길로 운전하니 기분이 좋았다. 햇살은 그들의 왼쪽 언덕을 내리쬐고 있었고, 앞쪽에는 숲이 길게 뻗어 있었다. 아름다웠다.

스컬리는 아직도 어지럽고 불안하다며 멀더에게 운전을 맡겼다. 멀더도 스컬리와 마찬가지긴 했다. 하지만 스컬리에게 말할 필요는 없었다.

이곳에서는 무언가 이상한 일이 벌어지고 있었다. 마을 주민들도 관련되어 있었고, 크라이첵 역시 이를 눈치챘으리라고 그는 확신하고 있었다. 하지만 멀더는 전체적인 그림을 원했다. 멀더와 스컬리는 사용했던 두 개의 총알을 상의 주머니에 넣어두었다. 총에 남겨둔 탄들은 상황이 더 공격적일 때를 대비한 보호책이었다.

길은 비탈길로 굽어들었다가 오른쪽 아래로 급히 꺾어지며 네피림 숲이라고 표지판이 붙은 넓은 산림지로 접어들었다. 그는 나무들 사이로 차를 몰았다. 길은 급격히 좁아졌으며 커다란 소나무와 자작나무가 그늘을 드리우고 있었고, 길 양쪽으로는 도랑이 파여 있었다.

"우리 전화해야죠." 스컬리가 말했다.

"근처에 공중전화가 보여요?"

"하지만 그 아이들을 길에 두고 왔잖아요, 그 남자아이랑 여자아이 말이에요."

"크라이첵이 같이 있잖아요."

"그 사람이요?"

멀더는 스컬리의 말을 이해했다. 그도 그녀처럼 크라이첵이 의심스러웠다. 크라이첵이 정말 무엇을 위해 일하는지는 실제로 둘 다 알지 못했다.

"무언가가 그 아이들을 이용하고 있어요, 스컬리. 아이들을 여기로 끌어내서 잠재운 그 무엇이 아이들에게 어떤 영향력을 미치고 있는 거예요. 그 얼굴들 봤어요?"

"무표정이었어요."

"텅 비어 있었어요. 그런 상태로 있는 동안에는 먹지도 않고 마시지도 않으니 쇠약해지고 말 거예요."

"그리고 사람들을 죽이고 있고요." 그녀가 말했다. "그 점을 잊지 말아요."

"맞아요. 그러니 그 관계를 깨서 최대한 아이들을 도와야 해요."

"그래서 이게 뭘까요, 멀더? 군사적인 걸까요? 어떤 실험 같은?"

그는 대답하지 않았다. 멀더도 알지 못했기 때문이다. 불현듯 스치는 기억이 그를 메스껍게 했다. 그 목소리들. 그 노래가 약속했던 환희, 그리고 조화롭게 울리던 절망의 음.

"당신이 여기서 찾으려던 건 뭐죠?" 스컬리가 물었다.

"나도 모르겠어요. 그 점이 끌렸어요."

운전은 점점 힘들어졌다. 길의 표면은 수년간 지속된 열기와 얼음, 하찮은 보수 덕에 갈라지고 허물어져 있었다. 갈라진 틈에서는 잡초들이 자라났다. 여기 무엇이 있었건, 굳이 방문하려던 사람은 많지 않았으리라.

"제대로 가고 있는 것 같군요." 멀더가 말하면서 속도를 늦추고 전나무 몸통에 고정된, 색칠된 나무 천사 모형을 가리켰다.

"예전엔 인기 있는 장소였던 것 같네요." 스컬리가 말했다.

멀더는 계속 차를 몰았다. 그리고 앞쪽에 너무 집중한 나머지 뒤에서 다가오는 것을 미처 못 보고 말았다.

마침내 백미러를 흘낏 보다가 백미러에 가득한 헤드라이트의 밝은 불빛을 알아차렸을 때, 차가 충돌했다. 스컬리는 비명을 지르며 계기판을 잡고 몸을 버텼다. 멀더는 요동치는 운전대를 움켜쥐고 왼쪽으로 미끄러지는 차를 멈추려고 애썼다. 그는 브레이크를 세게 밟았고, 그들 뒤의 차량에서 엔진이 거세게 도는 소리가 들렸다. 그들은 가속이 붙은 채 왼쪽 도랑으로 떠밀려갔다. 차가 세차게 흔들려 숨도 못 쉴 지경이었다. 순간, 나무가 그들 앞에 커다랗게 나타났다.

멀더는 간신히 몸을 굽혀 자신 쪽으로 몸을 구부린 스컬리를 잡았다. 충격이 차를 덮쳐올 때 그들은 서로 끌어안았다.

안전벨트가 꽉 끼면서 멀더의 복부와 목 옆을 파고들었다. 유리창은 부딪혀 산산조각 났다. 다리에 압박감이 실리며 운전대가 비틀려 그의 옆구리를 짓눌렀다. 숨을 헐떡이자 다음 순간 열기와 쏟아진 휘발유 냄새가 그의 코를 파고들었다. 스컬리의 머리카락이 그의 얼굴과 코를 간질였고 그녀의 손은 그의 재킷 뒤쪽을 움켜쥔 채 그를 꽉 껴안고 있었다.

차는 망가진 차축에 실려 뒤로 젖혀진 채 정지해 삐걱대고 덜컥거렸다. 기름이 뚝뚝 떨어졌다.

멀더는 깊이 숨을 들이마시고 숨을 참았다.

"스컬리?"

"네에." 그녀는 뒤로 기대어 벨트에 찬 총집에서 총을 잡아당겼다.

"기름이 새고 있어요."

그녀는 고개를 끄덕였다. 그리고 그들은 몸을 낮춘 채 뒷좌석 너머 다른 차를 쳐다보았다. 하지만 차의 뒷유리가 깨어진 채 남아 있어 시야가 부옇게 흐렸다. 몇 조각은 떨어져 나갔지만, 그들 뒤쪽은 도랑과 길 일부만 보일 뿐이었다. 바퀴가 돌고 먼지가 일어나는 것만 간신히 보였다. 그리고 그 다른 차가 속도를 높여 마을로 되돌아가는 소리가 들렸다.

"여기서 나갑시다." 멀더는 말했다. 스컬리의 얼굴에 흐르는 피를 알아차렸지만 그건 나중 문제였다. 그들은 재빨리 차에서 기어 나와 몸을 긁어대고 찔러대는 덤불 속으로 굴러떨어졌다.

"나무들 쪽으로 가요!" 스컬리가 말했다. 멀더는 그녀가 옳다는 것을 알고 있었다. 그들을 공격한 사람이 총을 든 누군가를 남겨두었을 수도 있었다. 웅크린 채로 그들은 총을 꽉 쥐고 전복된 차를 지나 안전한 깊은 숲 속으로 향했다.

움직이니 기분이 좋았다. 사고 난 차량에서 멀어져서 더욱 좋았다. 차는 폐차 직전이었지만, 멀더는 그들이 가까이 왔음을 알아차렸다. 네피림 숲은 조용히, 그러나 그 이상한 노래만큼이나 강렬하게 울고 있었다. 그들이 여기 다가오는 것을 원치 않는 누군가가 있다는 그 사실이 바로 계속 가야 하는 더 큰 이유였다. 차 사고로 충격은 받았지만, 솟구치는 아드레날린 덕에 멀더의 감각은 더욱 예리해졌다. 그는 움직임이 있는지 그들 앞의 숲을 훑어보며 몇 발자국 갈 때마다 차와 길을 돌아보았다. 나무와 덤불에 가려져 차는 이미 흐릿했고, 파열된 냉각기에서 연기가 솟아 주변을 가리고 있었다. 그 너머 길은 그저 텅 빈 채였다. 그들을 지켜보는 사람의 흔적도, 쫓아오는 기미도 전혀 없었다.

길에서 그들을 친 사람이 누구든 일을 마무리하기 위해 남아있지는 않았다.

그들은 한동안 빠르게, 조용히, 약간 아래쪽을 향해 오래되고 잡초가 무성한 오솔길들을 지나치며 나아갔다. 옻나무가 손등을 부드럽게 간질이고 검은 딸기나무가 피부를 찔러댔다. 그때 스컬리가 말했다. "멀더, 여기에요." 그녀는 쓰러져 있는 커다란 나무 옆에 멈춰서서 가로누운 나무둥치에 기대며 몸통 옆으로 총을 들어 올렸다. 거칠게 숨을 쉬고 있었지만, 멀더는 그녀에게서 자신과 같은 흥분을 감지했다. 미스터리의 냄새를. 스컬리는 멀더처럼 미지의 것에 매력을 느끼지는 않았지만, 지금은 스컬리도 그 매력을 충분히 느끼고 있다는 것을 멀더는 알 수 있었다.

그는 나무 옆의 그녀에게로 다가가 그 너머 공터를 바라보았다.

"그저 오래된 채석장이군요." 그가 말했다.

"어쩌면요."

"무슨 뜻이에요?" 하지만 스컬리는 대답하지 않았다. 그녀는 눈을 가늘게 뜨며 바라보고 있었고 멀더도 그렇게 했다.

공터는 폭이 약 50m 정도였고, 나무며 풀이며 덤불들은 모두 베어져 있었다. 어쩌다 자라난 관목과 잡초들이 여기저기 흩어져 있긴 했지만 광택이 없었고, 두껍게 앉은 먼지에 색채도 죽어 있었다. 공터의 가장자리는 훨씬 더 넓은 부분—채석장으로 이어져 있었다. 공터에는 몇 가지 오래된 장비들이 있었는데, 아마도 땅을 파거나, 파낸 물질을 이동하는 데 이용된 것 같았다. 녹슨 틀에 얽힌 망가진 컨베이어 벨트며 찌그러진 타이어들을 지탱하며 쌓여 있는 커다란 바퀴 몇 개, 내부는 부패되고 창은 깨져 있는 작은 운송 수단 같은 것들이 멀더의 눈에 들어왔다.

"저기요." 스컬리가 말하며 가리켰다. "저기도."

그리고 멀더는 보았다. 모든 장비가 오래되고 부패한 것은 아니었다. 좀 더 새것 같은 기계들은 다르게 보였다. 기괴한 모양으로, 지나치게 유선형의 형체를 취하고 있으며 직각으로 꺾인 부분도 날카로운 모서리도 없었다. 저물어가는 햇살이 매끄러운 표면에서 반짝이며 젖은 듯이 빛났다. 그 장비들은 마치 살아 있는 것처럼, 몸이라도 풀고 있는 듯이 보였다. 하지만 멀더는 자신의 눈 저 안쪽에서 고동치는 심장박동 때문에 그렇게 보이는지도 모른다고 생각했다.

"빤히 보이는 곳에 숨어 있군요." 그가 말했다.

"하지만 무엇이 숨어 있을까요?"

"가서 봅시다, 스컬리." 그녀는 그를 불안하게 흘끔 보았다. "이봐요, 우린 이제 왔잖아요." 멀더가 웃음 짓고는 쓰러진 나무를 기어오르자 그 노래가 다시 울렸다.

멀더는 비명을 질렀다. 그는 자신의 목구멍과 두개골 안에서 비명이 울리는 걸 느꼈지만, 실제로 듣지는 못했다. 그 끔찍한 노랫소리가 너무 컸던 것이다. 멀더는 총을 쥔 채로 나무에서 미끄러지며, 무릎을 꿇고 쓰러져 옆으로 구르는 스컬리의 모습을 보았다. 그녀는 넣어두었던 총알을 찾아 주머니를 더듬거렸지만 멀더 생각엔 총알도 아무 소용없을 것 같았다. 그들은 근원지에 지나치게 가까이 있었고, 그 기괴한 소리는 온 땅과 대기에 울려 퍼지고 있었다. 소리는 그들의 두개골을 파고들었다. 멀더의 눈은 욱신거렸고, 치아는 아팠으며, 그의 귀는 마치 말벌 한 마리가 양쪽 귓속을 파고들었다 빠져나가려고 애쓰며 날개를 윙윙거리고 침을 찔러대는 것만 같았다.

멀더는 나무둥치에 팔을 올리고 총을 조준해서 그 장비들 중 하나를 쏘려고 해보았다. 그러나 손가락을 움직일 수 없었다. 힘이 전혀 없었다. 어떻게든 쏴보려고 애쓰는 와중에, 세상이 희미해져 갔다.

그 이상한 기계들이 대기를 짙은 파란빛으로 물들이며 빛나기 시작했다. 쳐다보기엔 눈이 아팠지만 멀더는 시선을 돌릴 수 없었다. 그는 스컬리에게 다가가 겨드랑이를 붙잡고 그녀도 볼 수 있도록 몸을 받쳐 주었다.

스컬리도 빛을 보았다. 다음 순간 그녀가 멀더의 얼굴을 팔로 감싸안으며 덮치자 그들은 나무둥치 뒤로 함께 굴러떨어졌다. 그녀는 그의 얼굴을 쥐고 무언가를 말하려고 했다. 그는 그녀를 꽉 껴안았다.

그들이 서로의 목에 얼굴을 묻었을 때, 무시무시한 소리가 땅을 울렸고 그들은 숨이 막혔다.

멀더가 간신히 숨을 내쉬는 순간, 침묵이 내려앉았다.

그들은 쓰러진 나무 위에 한동안 앉아 숨을 돌리며 어떤 일이 벌어진 것인지 생각했다. 무엇을 보았는지. 더 중요하게는, 무엇을 보지 못했는지.

그 이상한 장비 몇 가지는 사라졌고, 그슬린 흙바닥만 남아있었다. 타는 냄새가 대기 중에 맴돌다가 부드러운 저녁 바람에 서서히 흩어졌다. 녹슬고 부패한 굴착기들이 여전히 있는데도 불구하고 공터는 이상하게 텅 비어 보였다. 무언가가 사라졌고, 스컬리의 마음은 거의 아플 지경이었다.

"무슨 일이 벌어진 거죠, 멀더?"

"나도 모르겠어요. 하지만 그게 뭐든지 간에, 우리가 쫓아버린 것 같아요."

"그거요?"

그는 어깨를 으쓱하며 공터를 가리켰다.

"구전광[9]." 스컬리가 말했다. "그게 우리가 본 거군요. 전에 그 흔적을 본 적이 있어요, 바로 저렇게 탄 자국을 남겼었죠. 번개가 막 형성되기 시작했을 때 우리가 여기 온 거예요. 구전광의 실제 사례들. 그것을 우리는 본 거예요."

"원한다면 그렇게 믿어요, 스컬리."

그녀는 대답하지 않았지만, 그렇게 믿지도 않았다.

"마을로 돌아가야겠어요." 잠시 침묵한 뒤에 멀더가 말했다.

"어둠 속에서 걷기엔 먼 길이에요." 스컬리가 말했다.

"새벽까지 여기 있는 게 낫겠어요?"

스컬리는 그녀의 두개골과 온몸을 타고 울리던 그 노래를 생각했다. 얼마나 기괴하고도 친숙했는지, 얼마나 유혹적이고 도발적이었는지.

"젠장, 아뇨." 그녀가 말했다.

그들은 손을 잡고 숲으로 되돌아갔다. 마침내 부서진 차에 다다랐을 때는 달이 떠올라, 라이넛 사운드까지 돌아가는 내내 길을 비추었다.

두어 번 길을 잘못 드는 바람에, 그들이 멀리서 마을의 불빛들을 내려다볼 무렵에는 거의 새벽 네 시가 다 되어 있었다. 조명들이 너무 환하게 켜져 있어서 멀더는 깜짝 놀랐다. 가로등뿐 아니라 집집마다 불이 가득 켜져 있었다. 차량 번호를 감춘 차들 몇 대가 마을을 돌아다

9) Ball Lightning. 둥근 공의 형태로 나타나는 번개로 매우 드문 기상 현상.

니며 내는 환한 불빛들도 보였다. 그들이 마을 내 첫 건물에 도달했을 무렵 차들은 사라졌지만, 커튼이 드리워진 창문들 안에는 여전히 불이 켜져 있었다.

"살인이 더 벌어졌을까요?" 스컬리가 물었다.

"아니길 바라야죠. 아마 다른 일일지도 모르고요. 우리가 무언가를 좀 흔들어 놓은 것 같거든요."

"그럼 로라 코널리의 집에 가봐야겠군요."

"당신은 독심술사예요, 스컬리."

"그런 건 없다니까요."

이제 지친 데다, 진흙과 생채기투성이에, 차 충돌로 몸은 아프고, 그 으스스한 노래의 격렬함에 귀가 아직도 울리는 채로, 그들은 마을 광장을 가로질렀다. 멀더는 어떤 시선도 느끼지 못했다. 그곳엔 그들 단 둘뿐이었다. 이 마을에 어떤 일이 벌어졌건, 마을은 닫힌 문 안에서 그 일을 받아들이려 애쓰고 있었다.

"저런, 미리 짐작했어야 했는데." 스컬리가 말했다. 그녀는 광장 저편으로 고갯짓했다. 전쟁 기념비 근처에 크라이첵이 타고 왔던 차가 있었다. 차의 앞 펜더는 사라졌고 보닛은 찌그러졌으며 오른쪽 휠 아치는 찢어지고 너덜거렸다. 크라이첵은 흔적도 보이지 않았다.

"고맙군, 파트너." 멀더가 중얼댔다.

"그 사람이 당신 파트너가 아닌 건 알죠, 그렇죠?" 스컬리가 말했다. "파트너 이상의 무언가라는 것도 알고 있죠?"

멀더는 끄덕였지만 아무 말도 하지 않았다.

로라 코널리의 집에 다다르자, 아이 엄마가 현관 베란다 의자에 앉아 있는 모습이 보였다. 그녀는 미동도 없이 그늘 속에 앉아있었고,

살아있는 기미라고는 손에 들고 있는 커피 잔에서 피어오르는 김뿐이었다. 거리의 불빛이 지붕 밑에서 떠돌다 한순간 밤으로 사라지는 그 김을 비추었다.

"그들이 로라를 데려갔어요." 멀더와 스컬리가 다가가자 그녀는 말했다.

"누가요?" 스컬리가 물었다.

"유니폼을 입은 남자와 여자들이요. 군인인지 뭔지. 트럭을 타고 왔더군요. 로라와 다른 세 아이도. 의사랑 간호사들도 있었어요. 그들 말이 이게 최선이래요. 아이를 치료하고 집에 데려오겠다면서." 멀더는 희미하게 빛나는 눈물을 보았다. "하지만 언제라고는 전혀 말하지 않았어요." 로라 엄마의 목소리가 흔들렸고, 스컬리가 다가가 그녀를 위로했다. 그 여자—앞서 그들을 환대하지도 않았고 얼버무리려 했던—는 이 수사관을 껴안았다.

"제가 아이 방을 한 번 더 봐도 될까요?" 멀더는 물었다. 끄덕임을 보지도, 허락을 듣지도 못했지만 안 된다는 말도 들리지 않았다. 그래서 그는 안으로 들어갔다.

그들은 렌터카가 도착하기를 기다리고 있었다. 수사국에는 숲에서 파손된 차에 대해 보고해야 할 처지였다. 하지만 스컬리는 그들이 이미 알고 있으리라 생각했다.

그녀는 패튼 노인이 있기를 기대했지만, 마셜스 식당에는 그들뿐이었다. 커피는 정말 훌륭했다.

멀더는 그답지 않게 조용했다.

스컬리는 두 잔째 커피를 다 마시고, 카페인이 그녀를 쓰러뜨리고

자 위협하는 피로에 맞서 싸우고 있을 때, 멀더에게 물었다. "무슨 생각해요?"

그는 깜짝 놀라 시선을 들었다. 어딘가 다른 곳에 있었던 것이다.

"코널리 부부는 둘 다 담배를 피우지 않았죠?"

"그런 것 같아요." 스컬리는 말했다. 그녀는 눈살을 찌푸리고 집중하며 그들의 집 안을 떠올려보았다. "재떨이도 없고 천장에 연기 자국도 없었어요. 집 안에서 나는 냄새도 좋았고."

"이제는 더 이상 그렇지 않아요." 멀더는 말했다. "담배 냄새가 났어요. 로라 방의 커튼에서도요."

스컬리의 피가 차가워졌다. 그녀는 그를 기억하고 있었다. 주름지고 풍파에 시달린 얼굴, 담배를 깊숙이 빨아 대는, 담배 연기와 그림자에 가려져 있는 인물.

"우리 둘 다 아는 상표의 담배겠죠." 그녀가 말했다. 그들은 마셜이 아침 식사를 가져올 때까지 조용히 앉아 있었다. 이제는 할 말이 거의 없었으니까.

이십 분 뒤, 밖에 차가 도착했다. 젊은 남자가 내려 운전자석 문 옆에 서서 손에 계약서를 들고 기다렸다.

멀더가 한숨을 쉬었다. "다시 일하러 갑시다."

THE X FILES

리틀 힐의 짐승

The Beast of Little Hill

피터 클라인스

THE X FILES™

미주리 주, 리틀 힐
1995년 4월 14일, 오전 2시 8분

스컬리는 파란 자동차를 타고 마을 중심을 통과하며 창문 밖을 내다보았다. 마을은 단층 건물과 이층 건물이 몇 블록 이어진 정도로 밖에 보이지 않았다. 건물은 대부분 벽돌건물이었지만, 목조건물도 몇 개 서 있었다. 가장 최근 건물이 오십 년대쯤에 세워졌을 것으로 추측됐다. 길에는 잿빛 콘크리트가 덮여 있었고 가느다란 녹색 잡초들이 줄지어 돋아 있었다.

"그래서, 멀더." 그녀는 운전자에게 물었다. "여기는 뭐가 그렇게 대단하기에 우리가 캔자스시티에서 여기까지 네 시간이나 운전해서 온 거죠?"

멀더가 그녀를 쳐다보았다. 그의 입술이 그녀가 미소임을 깨닫게 된 곡선을 그렸다. "여기 사람들이 미국에서 가장 훌륭한 치즈버거에다 세계에서 가장 맛있는 사과 파이를 만든다는 거로는 부족해요?" 그는 식당 창문에 붙은 표지판을 가리키며 물었다.

"스키너는 그렇게 생각할 것 같지 않네요."

"사실, 난 십 년 가까이 여기 오고 싶었지만, 기회가 없었어요. 항상 더 긴급한 무언가가 있었죠, 수사국 일이든, 내 개인적인 조사든."

스컬리는 기다렸다.

"우리는 힐 카운티에 있어요. 리틀 힐이라고 불리는 동네죠." 멀더는 말했다.

"빅 힐[10]도 있나요?"

"그런 것 같진 않은데, 없어요."

"그리고 우리가 여기 온 이유는…?"

"1969년에 여기서 사건이 하나 있었어요. 주 정부와 지방 당국에 백 여덟 명의 사람들로부터 마을 밖 숲에서 UFO가 충돌한 것을 목격했다는 신고가 들어왔었죠."

"그건, 말하자면, 바로 저쪽에서 말인가요?" 스컬리는 정색하고 말했다.

멀더는 그녀를 무시하며 계속했다. "하지만 당국에서 현장에 도착하기도 전에, 우주선이며 모든 잔해가 사라졌어요. 그 시간에 해당 지역에서는 커다란 군용 트럭 몇 대가 목격됐어요. 가장 인기 있는 이론은 그 우주선이 사실상 격추됐고 회수팀이 미리 대기하고 있다가 수거했다는 거예요."

"그냥 비행 사고였을 수도 있지 않아요? 공군에는 항상 시제품 따위가 있으니까요. 그러면 회수팀도 설명되죠."

"그 점도 논의됐어요. 하지만 그 주에 이곳에서 사방 960km 내에 어떤 군사적인 혹은 민간 차원의 실험이 있었다는 기록은 없어요."

"960km는 제트기로는 그리 멀지 않은 거리라고요."

스컬리는 웃었다.

"웃지 마요. 하지만 가장 근접한 테스트라고는 기상 관측 기구뿐이었어요."

---

10) 리틀 힐-작은 언덕을 빗댄 말장난.

멀더는 북쪽을 가리켰다. "더 흥미로운 점은 그 후 수개월 사이에 역시 설명되지 않은 UFO 목격이 일곱 번이나 더 있었다는 거예요. 마지막은 1970년 2월이었어요. 뮤폰[11]이 조사한 첫 번째 케이스에 속하게 됐죠. 아이러니하게도, 그 충돌 자체는 연구가 종료되기 전의 블루북[12] 프로젝트에 조사된 마지막 열 개의 사례 중 하나였어요."

"음. 그건 놀랍지 않네요. 집단 히스테리의 완벽한 사례예요. 압박감을 느낀 사람들이 실제 증거와 상관없이 모두 같은 망상을 공유하게 되는 거죠."

멀더는 끄덕였다. "모든 사람들이 리틀 힐에 대해 내린 결론이 그랬어요. 어떤 사람들은 심지어 이름 때문에 영향을 받았다는 논리를 제시했고요. 이곳에서의 사건을 칠 년 반쯤 전의 뉴햄프셔에서 벌어졌던 베티와 버니 힐 납치사건[13]과 연결 지었어요."

"칠 년 반은 그런 수준의 히스테리치고는 긴 시간인데요."

"동의해요. 나머지 다른 사람들도 그렇게 생각했고요. 이 지역에 대한 관심은 이후로 수년간 점점 줄어들었고, 대부분의 조사 목록에서도 제외됐어요. 그리고 마지막으로 진지한 조사가 1987년에 있었죠. 새로운 이론들을 제시하는 아마추어들은 몇 명 있었지만요."

"그럼 당신도 전에 왔었어요?"

멀더는 고개를 저었다. "전혀요. 하지만 우리가 거의 이 지역 근처에 있었던 데다, 많은 전시회가 요금을 내렸다고 하더군요."

스컬리는 마을을 둘러보았다. "전시회?"

---

11) MUFON. Mutual UFO Network. 세계 최대의 UFO 조사 단체.

12) Project Blue Book. 미 공군이 1948년부터 1969년까지 약 20년간 극비로 UFO를 조사하여 만든 자료집.

13) 1961년 뉴햄프셔의 한 커플이 외계인에 납치되었다고 주장했던 사건.

코프 농장

오후 2시 54분

스컬리는 그녀가 FBI에서 일하며 보아왔던 대부분의 헛간들보다 그 헛간이 더 깨끗하다는 점을 인정해야 했다. 청소도 잘 되어 있고 널찍했으며, 창고라기보다는 전시실 같았다. 구석마다 널려 있게 마련인 오래된 지푸라기며 먼지, 쥐덫도 없었다.

그렇다면, 주변에 아주 심한 고양이 오줌 냄새가 아마도 쥐덫이 없는 이유일 것이다.

에이브러햄 코프는 냄새를 알아차리지 못하는 듯했다. 익숙해진 것인지, 자신의 장광설에 지나치게 빠진 나머지 알아차리지 못하는 것인지 스컬리는 알 수 없었다. 그는 격자무늬 셔츠를 바지 속에 넣어 입고 그들 앞에 서서 모든 권위와 확신을 품은 몸짓으로 주일 설교처럼 떠들어대고 있었다. 그녀의 숙련된 눈으로 볼 때, 그는 사십 대 후반에서 오십 대 초반의 나이였다. 허연 머리와 수년간 볕에 그을린 가죽 같은 피부를 하고 있었다. 주로 쓰는 오른손에 심각한 관절염이 있는 듯 보이는데도 깔끔하게 면도를 했다.

스컬리와 멀더 앞에는, 한때 흰색이었으나 세월이 흘러 노랗게 변색된 냉동고가 수직으로 세워져 있었다. 밝은 오렌지색 연장 코드가 전기를 공급했다. 십 대 소년 한 명이 그들 옆에 서 있었다. 이론상 아이도 관객 역할이었지만, 너무 지루해 보이는 데다 지나치게 코프와 닮아서, 스컬리 생각엔 아이가 우연히 이 자리에 있게 된 것 같았다.

"어느 날 밤 그것이 열네 마리의 양을 죽인 후, 마을 주민들은 더 이상은 안 된다고 외쳤어요. 늙은 보안관은 아무 일도 안 하고 있었고요. 그래서 주민들은 스스로 그 생물을 쫓기로 결정했어요. 우리 아버지와 나머지 주민들은 이틀 동안 그 짐승을 쫓아 여기서 멀지 않은 곳으로 몰았어요. 그 짐승은 막 암소 두 마리를 더 찢어발겨 내장을 들판에 널어놓은 참이었지요." 코프는 말했다.

"아버지는 바로 이 산탄총으로 그 짐승을 쓰러뜨렸어요." 코프는 말하면서 그의 팔을 기둥 중 하나에 걸린, 거미줄이 덮인 무기를 잡고 흔들었다. "총열 두 개를 동시에 쏴서 얼굴 복판을 갈겼더니 그놈이 돌처럼 쓰러졌어요. 약간 논쟁한 끝에, 주민들은 그 시체를 트로피 삼거나, 아니면 과학 대학이나 뭐 그런 데 팔 수 있을지도 모른다고 해서 끌고 왔어요. 아버지는 그 부분은 한 번도 명확하게 말하지 않았지만, 그다음 일어난 일에 대해서는 아주 또렷했지요."

코프는 한 발 다가왔다. 그는 스컬리의 눈을 들여다보고, 멀더를 봤다가, 다시 시선을 스컬리에게 돌렸다. 그 십 대 소년은 무시됐다. 코프의 목소리가 음모를 꾀하듯이 연극적인 속삭임으로 낮아졌다.

"그래요, 얼굴에 갈긴 산탄총 두 발로도 리틀 힐의 짐승을 죽이지 못했어요. 그저 기절시켰을 뿐이었지요. 두개골이 코끼리 같은 건지." 그는 강조하듯 자기 이마를 톡톡 쳤다. "주민들이 막 저 헛간 문으로 들어오고 있을 때 그놈은 깨어나기 시작했어요. 발톱을 펴고. 꼬리를 저어대고. 아버지는 시간이 얼마 없는 걸 알았지요. 아버지는 킵 위트니스라는 아버지 친구와 이쪽으로 달려와서 이 냉동고에 들어있는 것들을 전부 내버렸어요."

스컬리는 멀더를 흘끗 보며 "킵 위트니스[14)]"라고 입 모양으로 말하

14) Kip Witness. 발음상 목격자를 지키라는 의미.

고, 의심스럽다는 듯 눈썹을 움직였다.

“주민들은 그 짐승을 이리 끌고 와서 그놈이 완전히 깨기 전에 바로 이 냉동고에 억지로 집어넣었어요. 문을 닫아 두는 데는 다섯 명이 전부 필요했고요. 그 생물은 내내 몸부림쳤어요. 아버지 말로는 변소에 회색곰을 가둬놓으려는 것 같았다더군요. 견인용 체인으로 묶어 두지 않았으면 놓쳤을 겁니다.”

코프는 헛간 저쪽 또 다른 기둥에 걸려 있는 녹슨 사슬을 가리켰다. 손으로 쓴 표지판에는 ‘당시의 체인’이라고 쓰여 있었다.

“그 생물은 이십 분인가 더 몸부림쳤지만, 점점 약해져 갔어요.” 그가 냉동고에 손을 올렸다. “밀폐된 거지요, 암.” 그가 점잖게 고개를 끄덕이며 말했다.

멀더는 마주 끄덕였다. 스컬리는 혀를 깨물었다. 십 대 아이는 귀를 긁어댔다.

“아버지는 그래도 그놈이 다시 살아날까 봐 위험을 무릅쓸 수밖에 없었어요. 그들은 체인을 벗기고 냉동고를 눕힌 다음 그놈 위에 물을 붓기 시작했어요. 하루에 한 통씩, 여섯 주나 걸렸지만, 다 끝났을 때 그 짐승은 족히 사방 1m나 되는 얼음 속에 갇혀있었습니다.”

그는 깊이 숨을 들이쉬고 손을 냉동고 손잡이에 올렸다. “신사 숙녀 여러분.” 그가 말했다. “소개합니다…. 리틀 힐의 짐승입니다!”

코프는 손잡이를 당겼다가, 문이 꿈쩍도 않는 바람에 앞으로 휘청댔다. 그는 다시 세게 잡아당겼다. 그런 다음 발꿈치로 세차게 밀며 문을 걷어찼다. 문이 간신히 벌어지며 헛간 바닥에 얼음 조각들이 떨어졌다. 두 번째 발길질로 문이 헐거워졌다. 문짝이 크게 흔들리며 활짝 열렸다.

차가운 공기가 몇 줄기 새어 나왔다. 스컬리와 멀더는 앞으로 다가갔다. 십 대 소년은 하품을 하며 마당을 내다보았다.

뿌연 얼음이 냉동고를 가득 채우고 있었다. 플라스틱 패널들에 금이 갈 정도였다. 한쪽 모퉁이는 조각난 채, 얼어붙은 물 덕분에 매달려 있었다.

안에 들어 있는 것은 커다란 개, 셰퍼드나 그레이트데인만 한 크기였다. 스컬리가 보기에 몸무게는 40에서 45kg 정도였다. 털은 없어 보였지만 얼음 두께 때문에 잘 알 수 없었다. 검은 눈은 두개골에 비해 지나치게 컸지만, 스컬리는 그저 빈 눈구멍을 보고 있는지도 몰랐다.

앞다리는 길었고, 적어도 뒷다리보다는 쭉 뻗어있었다. 덕분에 약간 유인원의 형상 같은 인상을 받았지만, 스컬리는 무엇도 확신할 수 없었다. 얼음으로 인해 흐려진 탓에 그 생물체는 거의 멀더에게 있는 빅풋 그림 중 하나처럼 보였다.

"아버지가 근처에 계십니까?" 멀더가 농부에게 물었다. "그날 밤에 대해서 몇 가지 물어볼 수 있을까요?"

"유감스럽게도, 아버지는 칠 년 전에 주님의 부르심을 받았답니다."

"유감이군요."

스컬리는 얼음에 갇힌 것이 지나치게 창의적인 박제사의 희생양이 된 염소나 작은 송아지가 아닐까 생각했다. 그녀 쪽에서 보이는 두 번째 다리는 표면에 가까워서, 작은 발톱 같은 것을 분간할 수 있었다.

스컬리는 눈을 깜박이며 한 걸음 물러났다가 다시 몸을 숙였다. 얼음 때문에 선이 흐릿하긴 했지만 만일 저게 앞다리들이라면 저건 뒷다리들이고….

"다리가 여섯 개군요." 그녀는 말했다.

"그렇습니다." 코프가 말했다. "그리고 다리마다 '쥬라기 공원'의 공룡, 그 벨로키랍토르 같은 발톱이 달려 있지요."

그들 뒤에서, 십 대 아이가 문을 향해 슬금슬금 다가왔다. 코프는 시선으로 그를 막았다.

스컬리는 고개를 갸우뚱거리며 얼음 속을 더 잘 들여다보려고 애썼다. "그…, 위트니스 씨는 어떻게 됐나요?"

"위트니스 가족은 내가 고등학생 때 다른 곳으로 이주했어요." 코프가 말하며 웃었다. "그 당시에 나는 그 집 딸 샐리에게 빠져 있어서 마음이 아팠지요. 아마 샌디에이고로 옮겨갔을 겁니다."

"캘리포니아요?"

코프가 코웃음 쳤다. "텍사스요. 아직 이 마을에 친척들이 몇 남아 있어요."

멀더의 처져 있던 어깨가 코트 아래서 솟구쳤다. "그 사람들도 이 사건과 관계가 있었나요?"

"아니요. 그 당시엔 대부분 나 같은 어린애였지요."

스컬리는 몸을 세우고 한 걸음 물러섰다. "고마워요." 그녀는 코프에게 말했다.

멀더는 코트에서 명함을 꺼냈다. "그 사건에 대해 또 기억나는 것이 있거나, 혹은 기억하는 사람이 있으면, 전화 주세요."

코프는 명함을 들여다보았다. 그러다 그의 얼굴이 밝아졌다. "아, 알겠어요. 남은 부분을 가져가려고 오셨구먼, 응?"

스컬리는 고개를 저으며 말했다. "그저 지나는 길이에요."

"이봐요. 한 이백 달러면 내 기꺼이 내 드리지요. 과학이며 뭐 그런 것들의 이름으로 말이오."

십 대 소년이 명함을 더 잘 보려고 고개를 길게 뺐다.

"그녀가 말했듯이, 그냥 지나가는 길입니다." 멀더가 그에게 말했다.

그들은 코프와 냉동고 문을 발로 걷어차 닫는 십 대 소년을 뒤로하고 돌아섰다. 멀더가 스컬리에게 희망찬 시선을 던졌다. "어떻게 생각해요?"

그녀는 눈썹을 치켜세웠다. "진심이에요, 멀더?"

"물론이죠."

"가짜예요."

"프로하이크도 그렇게 생각했었죠. 그 사람은 1987년 팀에 있었던 사람이에요."

"그 사람조차 가짜라고 생각했다면, 우린 여기서 뭘 하고 있는 거죠?"

그들의 발밑에서 진입로에 쌓인 낙엽들이 바스락거렸다. 멀더는 오후의 하늘을 올려다보았다. "재미있는 부분은 1969년 가을에 이 지역에서 소들이 연쇄적으로 도살됐다는 거예요."

"멀더…."

"일반적인 도살이 아니었어요. 있을 법한 해체가 아니라, 사실상 도륙이었다는 군요. 양과 소가 늑대나 곰이 덮친 것처럼 찢겨 있었어요. 무엇이 그런 짓을 했을 것 같아요?"

"내가 정말 대답해야 해요?"

"이 인근에서는 수년간 늑대가 목격되지 않았어요, 스컬리. 심지어 늑대가 있었다 해도, 추격전에 나선 사람들이 늑대와 다른 무언가를 구별하지 못했겠어요?"

"그건 그 사람들이 그날 밤에 술을 얼마나 마셨는지에 따라 다를 것 같네요." 그녀는 고개를 흔들었다. "멀더, 1m나 되는 얼음 때문에 흐릿해 보이는 점을 고려한다고 해도, 그건 외계인이라기보다 핼러윈 의상을 입한 커다란 개 같아 보였어요."

"당신도 다리가 한 쌍 더 달린 걸 봤잖아요, 안 그래요?"

"그리고 피지 인어[15]에는 꼬리와 비늘이 달려 있죠. 그렇다고 진짜 인어는 아니에요."

"피지 인어가 아니었던 사례가 하나 있었다고 해서 그 존재가 없다고 부정—."

"그건 가짜였어요, 멀더."

멀더는 스컬리에게 또 다른 딱딱한 미소를 지었다. 일시적인 양보였다. "좋아요. 하지만 다른 걸 볼 때까지 기다려요."

그녀는 차 문 손잡이에 손가락을 올린 채 멈추었다. "또 있어요?"

마쉬 거주지

오후 4시 23분

그들은 흙먼지 깔린 긴 진입로를 지나 자갈 깔린 작은 마당이 시작되는 부분에서 차를 세웠다. 빛바랜 표지판에 15cm 크기의 글자로 '외계인을 보시라'며 기회를 제공하고 있는 글씨는 수년째 하얀색이

15) 원숭이의 얼굴과 몸에 물고기의 몸체가 달린 물체. 피지 섬 인근에서 잡힌다고 알려졌으며 주로 미라 형태로 서커스 공연 등에 전시되었다.

아닌 듯했다. 둥그런 자갈밭 저편에는 차고가 둘 딸린 농가가 자리하고 있었다.

커다란 남자가 멜론이 가득한 수레를 내려놓고 그들의 차를 향해 느릿느릿 다가왔다. 잡종 비글이 손수레 옆에 서서 서너 번 짖자 그 주인은 돌아서서 조용히 시켰다. 그는 몇 미터 떨어진 자리에 멈추더니 자동차의 앞 유리창 너머 멀더와 스컬리를 쳐다보았다.

그들이 차 밖으로 나오자 남자는 한동안 그들을 노려보았다. 그러고는 몇 걸음 다가오더니 소리쳤다. "당신들 마빈을 보려는 거요?"

"마빈이요?"

"외계인 말이오?" 남자의 머리카락은 멀더보다 더 검어서, 코프의 머리카락이 하얀 만큼이나 새까맸다. 그는 어깨가 넓었고, 복부는 더욱 널찍해서 그의 작업복에 간신히 들어가 있었다. 스컬리는 그가 걸어올 때 왼쪽 다리에 주로 힘을 싣는 것을 알아차렸다.

"그래요, 그러고 싶습니다." 멀더가 말하면서 차 문을 닫았다. "당신이 마쉬 씨입니까?"

"그렇소."

"우리는 UFO 충돌을 조사하고 있는데—."

"오 분당 오 달러요." 마쉬가 말했다.

그들은 잠시 기다렸다. 농부는 아무 말도 하지 않았고 더 다가오지도 않았다. 멀더는 스컬리를 흘끗 보고 어깨를 으쓱하고는 지갑을 꺼냈다. 오 달러짜리를 찾아 지갑을 뒤지다가 지폐 하나를 꺼내 들었다. "말씀해 주실 수 있겠습니까? 어떻게—."

"인당 오 달러요." 마쉬가 말했다.

멀더는 잠깐 그를 쳐다보다가 스컬리에게 시선을 돌렸다. 그녀는 고개를 작게 저었다. 멀더는 한숨을 쉬고는 오 달러짜리 한 장을 더 찾아 지갑을 뒤졌다. 그는 오 달러짜리 두 장을 내밀었다.

마쉬는 몸을 숙이고 돈을 낚아챘다. "이쪽이오." 그가 중얼거렸다. 멀쩡한 왼쪽 다리로 홱 돌더니 집을 향했다.

멀더는 스컬리를 보고 어깨를 으쓱했다. 그들은 마쉬를 따라갔다. 개가 한 번 더 짖자 마쉬가 손짓 한 번으로 조용히 시켰다.

그 농부는 방향을 휙 바꾸더니 집에서 먼 방향에 있는 차고 문으로 향했다. 주머니에서 열쇠 뭉치를 꺼내어 손잡이를 돌리고 문을 밀어 올렸다. 어깨 뒤로 두 명의 FBI 수사관을 흘끗 보고는 차고 안으로 천천히 들어갔다.

차 두 대가 차고 한편을 채우고 있었다. 한 대는 온전했고 다른 한 대는 부서졌으며 두 대 다 먼지를 덮어쓴 채였다. 선반에는 상자며 항아리들이 가득 쌓여 있었다. 가까운 공구대에는 한때 잔디 깎는 기계였을 듯한 부품들이 늘어져 있었다.

바닥에는 냉동고 한 대가 경첩 부위를 문 쪽으로 향한 채 놓여 있었다. 원래는 아이보리색이었을 것이다. 이제는 거의 노란 색에 가까웠다. 빗장이 질려져 있고 그 위에 묵직한 자물쇠가 걸려 있었다. 문을 마주하는 옆면에 누군가가 매직펜으로 보이는 것으로 '외계인'이라고 써 놓았다.

마쉬가 열쇠를 주물럭대며 자물쇠를 툭 열고는 냉동고 뚜껑을 들어 올렸다. 스컬리는 그 장면을 보며 누군가가 관 뚜껑을 확 열어젖히는 것 같다고 생각했다.

"오 분이오." 농부는 말했다. "지금부터 시작하겠소."

멀더와 스컬리는 다시 시선을 교환하고는 앞으로 다가섰다.

뚜껑 덕에 냉동고 내부에 그림자가 드리워졌지만, 내부 역시 노랗게 변색되었음을 알 수 있었다. 냉동고에 얼음은 없었지만, 따뜻한 바깥 공기 때문에 내부에 김이 서릴 만큼 충분히 차가웠다. 그들은 좁은 내부가 선명해질 때까지 손으로 그 김을 휘저었다.

언뜻 보기에 바닥에 있는 것은 아이만 해 보였다. 다음 순간, 스컬리는 호리호리한 팔다리와 태아 같은 자세 때문에 그런 인상을 받았음을 깨달았다. 냉동고에 있는 그 형체는, 몸을 쭉 뻗고 일어서면 2m가 넘을 법했다.

머리는 커다랗고 손가락은 길었다. 몸 어디에도 털은 보이지 않았다. 주름진 피부는 유목 같은 잿빛이었다.

이것 역시 플라스틱으로 만들어진 것이라고 스컬리는 확신했다.

"얼마나 오래 가지고 계셨습니까?" 멀더가 물었다.

마쉬가 어깨를 으쓱했다. "롬 아저씨가 그 충돌 후에 숲에서 마빈을 발견했지. 죽기 직전이었다고 했소."

멀더는 냉동고 안을 내려다보았다. "살아 있었다고요?"

"아저씨가 그렇게 말했소."

스컬리는 주머니에서 라텍스 장갑을 꺼내어 손에 끼었다. 몸을 숙여 그 생물체의 어깨를 손가락으로 눌렀다.

"이보쇼." 마쉬가 말했다. "만지고 싶으면, 오 달러 더 내쇼."

멀더는 한숨을 쉬고 지갑을 다시 꺼냈다. "이십 달러짜리 거슬러 줄 수 있어요?"

마쉬는 주머니에서 지폐 뭉치 두 개를 꺼내며 고개를 끄덕였다.

스컬리는 눌렀을 때 피부가 얼마나 들어가고 나오는지 보면서 팔 쪽을 조사해 내려갔다. 피부는 부드럽고 단단했으며 세게 누르면 살짝 들어갔다. 자그마한 손톱들도 피부와 촉감이 같았다. 눈도 마찬가지였다.

멀더는 잔돈을 받았다. "그 생물이 죽기 전에 당신 아저씨에게 말을 했나요?"

"그저 겁에 질려 차고 구석에 숨어서는 덜컥거리는 소음만 좀 냈수다. 이틀 뒤에 몸을 말고는 잠이 들더군. 그러더니 피부가 저렇게 다 경직됐소."

"뭐라고요?" 스컬리가 물었다. 그녀는 냉동고 가장자리에서 몸을 일으켰다.

"경직됐다고요." 마쉬가 말했다. "롬 아저씨는 그게 다 저 작은 남자한테서 빠져나왔다고 했소. 온통 축축하게 젖더니, 전부 굳어버렸다고."

"아저씨라는 분과 얘기 좀 할 수 있겠습니까? 그날 밤에 대해 몇 가지 질문 좀 해도 될까요?" 멀더가 물었다.

"해 볼 수야 있지." 마쉬가 말했다. "아저씨는 재혼해서 플로리다로 이주했소. 지금은 요양소에 있지." 마쉬가 손가락을 귓가에 빙글빙글 돌렸다. "벌써 십 년째 머리가 정상이 아니라오."

멀더는 코트에서 명함을 꺼내려 했지만, 스컬리가 그의 팔을 잡았다. "고맙습니다." 그녀는 마쉬에게 말했다.

"아직 일 분 삼십 초 남았소." 그가 손목시계를 흘끔거리며 말했다.

"괜찮아요." 그녀가 말하고 차고 밖으로 걸어 나왔다.

멀더는 뒤에서 그녀를 흘끔 보고, 마쉬에게 명함을 건넨 다음 몇 발짝 재빨리 걸었다. 차고 바로 밖에서 그는 그녀를 따라잡았다. "어떤 것 같아요?"

"그럴 수 있다면 말이지만, 이쪽이 앞에 있는 것보다 더 가짜 같네요. 전부 다 플라스틱으로 만들어졌어요."

"혹은 합성수지로요."

스컬리는 웃었다. "당신은 이것이 자신을, 음, 보호막 같은 것으로 보호하려고 합성수지를 뿜어냈다고 생각해요?"

"좋은 생각이네요, 스컬리." 멀더가 웃으며 말했다.

"그게 사실이라고 해도 멀더, 저 사람은 이것을 냉동고에 보관하고 있었어요. 그 냉기라면 세포 수준에 회복 불가능한 손상을 입힐 거예요."

"당신은 이것이 지구 생명체와 유사한 세포 구조로 되어 있다고 생각하는군요."

"사실, 나는 그게 플라스틱 핼러윈 장식품이라고 생각해요."

그들이 지나가자 비글이 짖어댔다. 앞뒤로 겅중거리고, 다시 짖으며 꼬리를 흔들었다. 화가 났다기보다는 장난치는 듯이 들렸다.

"그래도 당신, 인정해야 해요. 같은 마을에 사는 두 명의 서로 상관없는 사람들이 자기들 냉동고에 죽은 외계인이 있다고 주장한다는 사실은 흥미롭잖아요."

"네스 호 주변에 있는 두 상점에서 박제된 네시[16]나 비슷비슷한 머그잔을 파는 거나 마찬가지예요. 관광용 미끼죠."

"하지만 네스 호에 가면 놀라운 점 중 하나가 그 디자인들이 전부 비슷하다는 거잖아요." 멀더가 말하며 차 문을 열었다. "그 괴물에 날개가 있다거나 물갈퀴가 열 개 있다거나 뭐 그렇게 주장하는 사람은 없다는 거죠."

---

16) Nessie. 스코틀랜드에 있는 네스 호수에 산다고 전해지는 괴물.

스컬리는 보조석 문을 열었다. "모두 수년 동안 전해 내려온 동일한 도시 전설을 기반으로 하니까요. 그 짐승이 플레시오사우루스[17]나 그 유사한 공룡으로 현대까지 살아남았다는 전설 말이에요."

"같은 일이 여기서도 있을 수 있지 않을까요? 이 사람들한테 아주 유사한 생물체가 두 개 있으면 안 되는 이유가 있어요?"

"어쩌면 코프가 발견할 수 있었던 건 그게 전부였는지도 모르죠. 그 사람 것이 얼음 속에 묻힌 이유가 될지도 모르겠네요. 얼마나 다른지를 숨기려고요."

멀더는 운전석에 올라탔다. "난 그저 이십오 년이 지났는데 두 남자가 아직도 외계인의 사체를 가지고 있다고 주장한다는 점이 흥미로워요. 그 사체들이 전혀 닮지 않았는데도 말이지요. 뮤폰의 그 많은 사람이 이 지역에 흥미를 잃었다는 점이 놀랍네요."

"이봐요, 멀더. 세 번째 외계인을 보여주지 않을 거면 이제 가죠."

"주변을 좀 더 물어보고 다니면서 최초 충돌 지점을 알려줄 사람이 있을지 알아보고 싶은데요."

스컬리는 무슨 말을 하려다가 입술을 꼭 다물었다. "좋아요. 얼마나 걸릴 것 같아요?"

멀더는 하늘을 올려다보았다. "글쎄요, 해가 지기 전까지는 약 구십 분 정도밖에 안 남았네요. 그런 다음에는 이 지역 역사 협회를 잠깐 들러보고…."

---

17) Plesiosaurus. 중생대에 존재했던 최초의 수생 파충류.

리틀 힐 모텔, 15번 방

오후 9시 42분

전화벨이 울렸을 때, 멀더는 '실크 스토킹'[18]을 보면서 모텔의 케이블 채널이 제한적임을 한탄하고 있었다. 그는 전화를 받기 전에 스컬리 방과 연결되는 문을 힐끗 쳐다보았다. "멀더입니다."

"그 FBI 요원인가요?" 전화 저쪽에서 어떤 목소리가 물었다. 어리게 들렸다.

"그런데요. 누구시죠?"

"빨리 와주세요. 그게 아빠를 덮쳤어요."

멀더는 텔레비전 소리를 줄였다. "누구지?"

"씨씨예요." 목소리가 말했다.

"누구?"

"세실 코프요. 우리 헛간에서 그 짐승을 보고 계셨잖아요."

그 지겨워하던 십 대 소년이 멀더의 머릿속에 떠올랐다.

"그놈이 나왔어요. 그게 나와서 아빠를 덮쳤어요."

멀더의 목 뒤쪽에 희미하게 소름이 돋았다. 그는 스컬리의 문으로 걸어가서 두 번 두드렸다. "그게 아직 거기 있니, 세실? 너는 괜찮아?"

"우리 아빠가, 아빠가 피를 엄청나게 흘리고 있어요. 헛간에 있어요. 아빠 다리가 엉망이 됐어요."

"그게 아직 거기 있니?"

---

18) Silk Stalkings. 미국 CBS 방송에서 1991년에 방영한 텔레비전 범죄 드라마.

"몰라요. 숲으로 뛰어간 것 같아요. 모르겠어요."

스컬리가 문을 열었다. 맨발에 셔츠를 밖으로 내놓은 채였다. 그녀는 전화기 쪽으로 뭐냐는 듯 눈썹을 치켜세웠다.

"세실, 아빠를 돌봐드리렴, 하지만 조심해야 한다. 안전하게 있어야 해."

"알았어요."

멀더는 스컬리를 쳐다보았다. "파트너와 나는 이십 분 정도면 도착할 수 있을 거야."

"고마워요."

"곧 갈게." 그는 전화를 끊었다.

"무슨 일이에요?"

"핼러윈 장식품 중 하나가 달아나서 에이브러햄 코프를 죽이려고 한 것 같네요."

코프 농장

오후 10시 3분

멀더는 두 대의 경찰차 사이로 렌터카를 조심스럽게 끼워 넣었다. 경찰차들은 금색 임팔라였지만 각 차 위에 얹힌 경광등은 달랐다. 낡은 구급차 한 대가 헛간 가까이에 서 있었다. 코프의 픽업트럭은 여전히 집 근처에 세워져 있었다. 빛줄기들이 헛간 널빤지 사이로 새어 나왔다.

경찰관 한 명이 몇 미터 떨어진 곳에 서서 달빛보다 크게 밝지 않은 손전등 불빛으로 바닥을 훑고 있었다. 멀더와 스컬리가 다가가자 그의 관심이 그들에게 쏠렸다. 그는 키가 크고 호리호리하며 눈이 크고 목젖이 두드러졌다. "이봐요." 그가 외쳤다. "범죄 현장입니다. 여기 있으면 안 돼요."

멀더가 배지를 보였다. "특별수사관 멀더입니다. 이쪽은 제 파트너, 특별수사관 스컬리이고요. 보안관님이 여기서 합류하자고 했는데요."

"FBI?" 그 부보안관의 어깨가 이완됐다. "맙소사, 정말 반갑습니다." 그는 손전등으로 헛간 쪽을 가리켰다.

헛간 바닥에 물웅덩이가 고여 있었다. 똑바로 세워져 있던 냉동고는 옆으로 쓰러져 있고 벽은 부서지고 휘었다. 노랗게 변색된 플라스틱은 산산이 조각나 있었다. 얼어붙은 축구공만 한 크기에서 자갈 크기만 한 얼음 조각들이 냉동고에서 문간까지 이어져 있었고, 문은 흡연자의 미소 같은 아치 모양으로 휘어져 있었다.

리틀 힐의 짐승은 흔적도 없었다.

코프는 트위드 재킷을 뭉쳐 머리에 받치고 바지는 발목에 걸린 채 들것 위에 누워 있었다. 그는 어느 나이 많은 여자가 그의 피투성이 다리에 거즈 붕대를 감는 동안 움찔거리며 신음을 했다. "그만 징징거려요." 여자가 중얼거렸다.

그들 옆에는 십 대 소년, 세실이 코프의 머리맡에 서 있었다. 그의 눈이 멀더와 스컬리를 스쳐 그의 아버지에게 머물렀다가 헛간 문 쪽으로 향했다. 그는 가슴 앞에 팔짱을 끼고 있었다.

깡마른 한 남자가 냉동고 뒤에서 나와 목청을 가다듬었다. "당신이 멀더 수사관이겠군요." 그가 말했다. 그는 멀더의 명함을 받아 들고 세실을 쳐다보았다. 그의 목소리에는 이상한 어조가 있었다. 그는 명함을 받지 않은 손을 내밀고 악수했다.

"파트너, 데이나 스컬리입니다."

"반갑소. 보안관 윌 라이커[19)]요."

"윌 라이커요?" 스컬리가 되물었다.

"그래, 매번 그런 말을 듣지. 두 분은 어떻게 이렇게 빨리 오셨소?"

"마을에 머물고 있었습니다."

"지나치는 길인가요?"

"관광이죠."

스컬리는 코프를 쳐다보았다. 의사가 그의 다리에 마지막 거즈 패드를 붙였다. "어떤 일이 있었던 건가요, 보안관님?"

"이 집 아이가 한 시간 반 전에 신고했었소. 헛간에서 무언가가 쿵쾅거리는 소리를 들었다고요. 에이브가 확인하러 나갔고, 아이가 고함과 비명을 듣고 나와 보니 아이 아빠 다리가 저렇게 찢어져 있었다는군요. 아, 미안하오. 거의 찢어져 있었소."

라이커의 말에 그 이상한 어조가 더 뚜렷해졌다.

의사가 그들을 돌아보았다. "운이 좋았어요. 찢어지긴 했지만, 주요 동맥들은 다 빗겨갔어요. 조직 손상도 심하지 않아 보여요."

"회복되겠소?"

"그럼요. 당분간 절겠지만요."

스컬리는 몇 걸음 다가가 코프의 다리에 아직도 뚜렷이 보이는 깊은 상처를 들여다보았다. "이런 짓을 한 게 무엇일 거 같아요?"

"솔직하게 말하리다." 라이커는 목소리의 음량을 뚝 떨어뜨리며

---

19) 미국의 유명한 TV 드라마 시리즈 〈스타 트렉〉의 주요 등장인물 이름.

말했다. "아이가 전화했을 때 처음엔 일종의 보험 사기가 아닐까 생각했소. 있지 않소, 절도 따위를 가장할 때 말이오."

"리틀 힐의 짐승에 보험이 들어 있나요?" 스컬리가 말했다.

라이커는 코프를 향해 고갯짓했다. "저 사람한테는 세인트루이스의 도시로 이주한 사촌이 있소. 보험회사에 다니지. 알 수야 없지만, 그랬대도 놀랍지 않았을 거요. 그런 다음 여기 와서 에이브가 얼마나 심하게 다쳤는지 봤지."

"사람들은 보험을 타려고 더한 짓도 합니다." 멀더가 말했다.

"나는 에이브 코프를 삼십 년이나 알고 지냈소. 그는 욕심이 많지만, 동시에 겁쟁이에 약골이기도 하지. 자기 다리를 저렇게 자를 리가 없소. 그다음에 세실이 나한테 전화하기 전에 당신한테 전화한 걸 알았지." 그는 명함을 다시 꺼냈다. "에이브에게 명함을 주셨다더군."

"저 사람들이 그 짐승을 사려고 했어요. 아빠가 그랬어요." 세실이 내뱉었다.

코프는 시끄러운 소리에 얼굴을 찡그리더니 뭐라고 중얼거렸다.

"사려고 오지 않았습니다. 그저 보려고 했죠." 멀더가 말했다.

"아빠는 정부 사람들이 다시 와서 그 짐승을 사 갈 걸 알았어요." 그 십 대 아이가 말했다.

스컬리는 발로 물웅덩이를 두세 번 두드렸다. "그래서, 보안관님, 보험 사기가 아니라면 지금은 뭐라고 생각하세요?"

"아마 들개겠지요. 이 지역에 쿠거[20]가 나타난 지는 꽤 됐소, 많지는 않지만. 그중 한 마리가 헛간을 돌아다니다 이 난리를 쳤겠지."

---

20) Cougar. 북미지역 사람들이 퓨마를 가리키는 이름.

"그 짐승은요?" 멀더가 빈 냉동고를 가리켰다. "전혀 흔적이 없나요?"

라이커는 어깨를 으쓱했다. "끌려…." 그가 재채기를 했다. "에이브를 습격한 놈에게 끌려갔겠지요."

"쿠거가 냉동고도 때려 부쉈다고 보십니까?"

스컬리는 발로 툭툭 치면서 헛간을 가로질렀다. "내 생각엔 우리는 지금 두 개의 사건을 보고 있는 것 같아요. 냉동고 습격과 코프 씨 습격." 그녀는 말했다.

"이유가 뭐죠, 스컬리?"

그녀는 물웅덩이를 가리켰다. "바깥 날씨가 그렇게 따듯하지 않잖아요. 고작 구십 분 만에 녹았다고 보기엔 얼음이 무척 많이 녹았어요. 적어도 서너 시간은 걸렸을 거예요."

멀더는 벽으로 뻗은 오렌지색 연장 코드를 따라갔다. 뒤엉킨 코드 쪽으로 몸을 뻗었던 그는 코드 두 가닥을 들고 나왔다. "코드가 칼로 잘려져 있네요."

스컬리는 뒷문을 흘끗 본 다음, 끄트머리의 벽을 쳐다보았다. "뒤쪽은 아직 못 보셨나요, 보안관님?"

"당신들보다 겨우 십 분 전에 도착했소. 위트니스 부보안관이 한 번 훑어보긴 했지만, 아무것도 찾지 못했다오."

스컬리는 뒷문으로 나가 뒤를 돌아보았다. 헛간이 집에 가려졌다. 그녀는 자신의 손전등을 꺼내어 바닥을 비춰보았다. 불빛을 서너 번 왔다 갔다 비춘 다음 그녀는 그것을 발견했다. "멀더." 그녀가 외치면서 헛간을 향해 걸음을 옮겼다. "보안관님. 이것 좀 보세요."

멀더가 그녀와 합류했다. 라이커는 한 걸음 뒤에 있었다. "짐승의 흔적을 찾나요, 스컬리?"

"더 나은 거예요."

멀더와 라이커는 각자 손전등 불빛을 스컬리의 불빛에 보탰다.

"이것은 당신네 부보안관의 흔적 같아요." 스컬리가 말했다. 그녀는 손전등으로 문간 옆 진흙 바닥에 찍힌 좁다란 한 쌍의 신발 자국에 원을 그렸다.

"아마도. 그 사람 발 크기 정도로 보이는군."

"이제 저쪽을 보세요." 스컬리가 문에서 몇 미터 떨어진 곳에 불빛을 비추었다. 나무들 앞뒤로 두 번째 자국이 나 있었다.

그들은 그 흔적 주변으로 걸음을 옮겨 그 발자국을 비추었다. "단단한 바닥을 고려한다고 해도 아주 선명하군요. 누군가 무거운 사람이에요." 멀더가 말했다.

"다리를 절기도 하고요." 스컬리는 끌린 오른쪽 발자국을 비추며 덧붙였다. 그녀는 길 쪽을 뒤돌아본 다음 나무들을 향해 손전등을 비췄다. "보안관님, 이 방향으로 가면 마쉬의 집이 있지 않나요?"

라이커는 얼굴을 찌푸렸다. "그렇소. 길이 지그재그로 꼬여서 도로로 가면 11km쯤 되지만, 일직선으로 가면 5km도 안 되오. 사이에 오래된 오솔길도 있지."

"어떻게 생각해요, 멀더?"

그녀는 어깨 뒤로 돌아보았다. 멀더는 헛간 안으로 돌아가 서성이고 있었다.

스컬리는 문으로 들어갔다. 의사가 들것을 굴려 앞문으로 나가 구급차로 가고 있었다. 세실이 함께 가며 진입로의 거친 바닥을 잘 지나도록 도왔다.

"여긴 다 된 것 같네요, 멀더. 라이커 보안관은 믿을 수 있는 지휘관이에요. 우리는 실질적으로 권한도 없고…." 그녀는 시계를 보았다. "스키너는 약 열다섯 시간 내에 우리가 돌아올 줄로 알고 있고요."

"스컬리, 우리는 지역 경찰에게 공식적인 지원 요청을 받았어요."

"엄밀히 따지자면, 아니죠, 우리는—."

"외계 생명체가 관여되었을 가능성은 말할 것도 없고요."

"이 사건은 X-파일이 아니에요, 멀더." 스컬리는 한숨을 쉬었다. "이 사건은 여행자를 미끼로 작은 사기극을 펼치는 두 라이벌 간의 사소한 방해 공작일 뿐이에요. 마쉬는 당신이 여기 외계인을 사러 왔다고 생각하고 자기 물건을 유일하게 만들려고 한 거예요."

"코프한테 벌어진 일은요? 그것도 방해 공작인가요?"

"아니, 보안관이 말한 대로 그건 아마도 쿠거나 코요테 같은 거겠죠. 냉동고는 방해 공작으로 파괴된 거고요. 그 얼음은 그 안에 뭐가 있었든, 동물들을 유혹하는 냄새를 풍길 만큼 녹았어요. 코프는 확인차 나갔다가 동물을 놀라게 했고 다리를 베인 거예요."

멀더는 들것 뒤쪽으로 머리를 까딱거렸다. "저 상처가 코요테 습격으로 보여요?"

그녀는 어깨를 으쓱거렸다. "자세히 보지는 못했어요. 의사도 그다지 신경 쓰는 것 같지 않았고요."

"그녀는 거의 들여다보지도 않았어요. 그저 빨리 이송할 수 있게 붕대만 감고 있었으니까요." 그는 고개를 흔들었다. "그 짐승이 이제 사람 맛을 알았으면 어떻게 할 거예요? 그 짐승은 전에 암소를 죽였어요. 그리고 많은 포식자가 한 번 인간을 해하고 나면 인간을 주식으로 여기기 시작하는 것과 같은 과정을 그 짐승이 거치게 된다면?"

"멀더, 그것이 정말 일종의 외계 생명체였다면, 코프를 먹으려고 하진 않았을 거예요."

"그렇게 말하는 이유는요?"

"다른 생태계에서 왔을 테니까요. 다른 행성, 다른 진화 과정, 다른 생물학적 구조를 가졌겠죠. 코프를 먹어봤자 전혀 영양을 섭취하지 못할 가능성이 커요. 그리고 코프의 냄새만으로도 그 사실을 알아차렸을 테고요. 인간들은 그 생명체에 심지어 독이 될 수도 있어요."

"그럼 당신 말은…."

"그건 그냥 코프를 죽이려고 했다고요."

"아." 멀더는 들것을 들어 올려 구급차에 싣는 모습을 바라보았다. "있잖아요, 개인적으로 그렇다는 게 희한하게 안심이 되는군요."

"실례합니다, 스컬리 수사관, 멀더 수사관." 위트니스 부보안관이 모자 테를 건드렸다. "보안관님이 마쉬네 집에 같이 가실 건지 알고 싶어 하시는데요?"

멀더는 어깨를 쫙 폈다. "공식적인 요청입니까, 부보안관님?"

스컬리는 눈동자를 굴렸다.

"어…, 그런 것 같은데요. 그렇습니다."

"그렇다면 보안관님께 우리는 우리 차로 가겠다고 알려 주십시오."

위트니스는 고개를 끄덕이고 나갔다.

"당신 스키너에게 설명해야 될 거예요." 스컬리는 고개를 저으며 말했다.

마쉬 거주지

오후 11시 14분

차들이 들어서자 잡종 비글이 짖고 또 짖었다. 잔디밭을 가로질러 앞뒤로 뛰어다니며 꼬리로 공기를 휘저어댔다. 차가 멈춰 서자, 그 개는 몇 미터 앞으로 날쌔게 달려왔다가 다시 뒤로 달려가서는 계속 짖어댔다.

라이커 보안관을 선두로 멀더와 스컬리는 몇 걸음 뒤에서 따라갔다. 위트니스는 뒤에 남아 있었다. 그의 차는 몇 미터 뒤쪽에서 진입로를 막으며 비스듬히 서 있었다.

그들이 현관 계단에 다다르기도 전에 문이 열렸다. 마쉬는 더러운 흰색 민소매 티셔츠를 입고 방충망 뒤에 서 있었다. 오른손은 문틀 뒤에 있어 보이지 않았다. "안녕하쇼, 보안관님." 그는 중얼거렸다. 방충망은 열지 않았고, 자신의 손도 움직이지 않았다.

"하이럼." 라이커가 말하며 모자 테를 건드렸다. "잠깐 얘기 좀 했으면 좋겠는데. 몇 가지 물어볼 게 있네."

마쉬는 멀더와 스컬리를 쳐다보았다. "저 사람들은 여기서 뭐 하는 거요?"

스컬리는 배지를 꺼냈다. "특별수사관 스컬리와 멀더입니다, FBI 입니다."

"당신도 배지 있소?" 마쉬가 멀더에게 으르렁거렸다.

멀더는 지갑을 펼쳐 그의 머리 가까이에 들이밀었다.

라이커는 목청을 가다듬었다. "자네 오늘 저녁 일찍 코프 농장에 있었나, 하이럼?"

"왜요, 내가 용의자라도 되나요?"

멀더는 눈썹을 치켜세웠다. "어떤 일의 용의자라는 거죠, 마쉬 씨?"

남자는 방충망 뒤에서 노려보았다. "닥쳐, 로즈웰." 그가 개에게 소리쳤다.

비글은 짖기를 멈췄지만, 잔디밭을 가로지르며 계속 앞뒤로 뛰어다녔다.

"알아야겠네, 하이럼. 오늘 저녁 일찍 코프 농장에 갔었나?"

"왜 묻는데요?"

라이커는 어깨를 쫙 펴고 각을 세웠다. "몇 시간 전에 누군가가 코프네 냉동고를 부수고 코프를 공격했네."

마쉬는 날카롭게 숨을 들이쉬며 반발하려다가 입을 꾹 다물었다. 그의 입술이 수염 속으로 사라졌다. "나는 에이브 코프가 공격당한 일에 대해선 아무것도 모릅니다." 그는 잠시 후에 말했다.

"하지만 냉동고 파괴 건은 아는군요." 멀더가 말했다.

마쉬는 다시 입술을 꾹 닫자, 라이커가 말했다.

"이봐. 아는 게 있으면 지금 말하게. FBI가 관련됐어. 사건이 그들한테 넘어가면 내가 자네를 보호할 방법이 없네."

"나는 에이브 코프한테 아무 짓도 안 했어요." 그 수염 기른 남자가 말했다.

"그럼 어떤 일을 하셨지요, 마쉬 씨?" 스컬리가 물었다.

그는 그녀를 쳐다봤지만, 그 눈은 부드러워졌고, 그는 시선을 방충망 너머 매트에 떨구었다. 그는 양손을 옆으로 늘어뜨렸다. "마을에서 그 소문을 들었수다, 당신들 둘이 그 짐승을 사려고 한다고. 화가 났소. 그래서 그 오래된 오솔길로 숨어 들어가 코드를 잘랐어요. 얼음이 녹으면 다들 그 짐승이 가짜인 줄 알게 되리라 생각했거든요."

라이커는 손가락으로 방충망 틀을 톡톡 두드렸다. "그게 언제인가? 몇 시에 거기 갔었나?"

마쉬는 어깨를 으쓱했다. "여섯 시 반이요. 아니면 일곱 시쯤."

"시간은 확실한가?"

"네에. 제퍼디 쇼[21]가 할 시간에 집에 왔으니까."

멀더가 목청을 가다듬었다. "코드는 뭐로 잘랐습니까?"

그 수염 난 남자는 옆구리를 만졌다. "주머니칼이요. 그렇게 어렵지 않았소."

"냉동고는 뭐로 부쉈죠? 따로 뭘 가지고 갔습니까, 아니면 거기 있는 무언가를 썼나요?"

마쉬는 눈을 두 번 깜박거렸다. "내 칼을 썼소. 방금 말했잖소."

멀더는 고개를 끄덕이고 현관에서 몇 걸음 물러났다. 개가 그를 향해 다시 짖었다. 스컬리는 돌아보고 멀더에게 다가갔다. "무슨 생각해요, 멀더?"

"저 사람이 한 짓 같지 않아요. 분명히 코프한테 화가 나긴 했지만, 사적인 감정은 없어요."

"저 사람이 코프를 공격한 게 아니면, 누가 했단 말이에요? 그 아들이요?"

"누가 아니죠, 스컬리. 무엇이죠."

그녀는 고개를 저었다.

"증거를 봐요. 녹은 얼음이 시차를 뒷받침하잖아요. 냉동고는 내부

---

21) Final Jeopardy. 미국의 텔레비전 퀴즈 쇼.

가 손상됐고 남은 얼음은 바깥에 뿌려져 있어요. 전부 그 짐승을 가리키고 있단 말이에요."

"무슨 얘기입니까?" 라이커가 현관에서 뒤를 돌아보았다.

"보안관님, 제 생각엔 우리가 이웃 간의 알력 다툼보다 훨씬 더 큰 무언가를 마주하는 것 같습니다. 마쉬 씨가 리틀 힐의 짐승을 풀어준 것 같아요."

스컬리는 한숨을 쉬었다.

마쉬는 히죽거렸다.

라이커는 입술을 깨물었다. "멀더 수사관. 우리 지역 전설을 좋아해주셔서 참 고맙소만, 내가 당면한 건—."

그의 차에서 무전기가 지지직거렸다. 소리가 더 멀리 울리자 위트니스 부보안관이 자기 차를 들여다보았다. 그들은 모두 그를 쳐다보았고, 그는 무전기에서 현관에 있는 무리를 향해 시선을 돌렸다. "트로이가 찾는데요, 보안관님."

라이커는 잠시 눈을 감았다. "여기 가만히 있으시오." 그는 그렇게 말하고 현관을 쿵쿵거리며 나와 두 명의 FBI 요원을 지나쳐 자기 차에서 무전기를 뽑아 들었다. "라이커다."

무전기 너머의 목소리는 잘 들리지 않는 말을 가득 쏟아냈다.

라이커는 위트니스에게 시선을 던졌다가, 두 명의 FBI 수사관을 바라보았다. "트로이, 진정하게. 다섯까지 센 다음에 다시 말해봐."

트로이는 셋까지 셌고 무전기는 더 많은 소리를 뿜어냈다. 멀더는 너무 멀리 있어서 그 어조밖에 들리지 않았다. "뭔가 잘못됐나요, 보안관님?"

라이커는 고개를 저었다. "작은 마을의 문제들이오."

"어떤 문제들인데요?"

"마을에 동물이 돌아다닌다고 사람들이 신고하고 있소. 주민들 몇 명을 겁줬나 봅니다."

"어떤 동물이죠?" 멀더가 물었다.

"사람들이 전부 과민 반응하고 있소. 그게 다요. 그냥 쿠거 따위겠지. 아무도 제대로 보지를 못했다니까 그저 이런저런 것들을 상상하고 있는 거요."

"어떤 것들을요?"

라이커는 멀더를 쳐다보았다.

"보안관님, 마을을 돌아다니는 게 뭡니까?"

그는 무전기를 차 안에 던졌다. "사람들 말이 무슨 공룡 같다는데."

"그 짐승이라는 말이군요."

"멀더 씨, 나는 열한 살에 처음으로 그 짐승을 봤소. 그건 내내 얼어 있었고 그전에도 내내 얼어있었지. 바로 지금 숲 속 어딘가에서 코요테한테 물어뜯기고 있을 거요."

"아니면 마을 한가운데서 사람들 중 하나를 물어뜯고 있던가요."

라이커는 차에서 물러섰다. "이게 무슨 농담 같소?"

"전혀 아닙니다, 보안관님. 하지만 당신네 마을에 쿠거나 코요테보다 훨씬 더 위험한 무언가가 돌아다니고 있다고 생각합니다. 내가 틀렸다 해도, 사소한 파괴 행위보다는 그쪽에 우선권을 둬야 하지 않겠습니까?"

비글이 세 번쯤 더 짖어댔다. 마쉬가 혼을 냈다. 비글은 멀더에게 달려오다가 몇 걸음 앞에 멈춰 서더니 다시 뒤로 달려갔다.

"하이럼, 이 일이 해결될 때까지 자네를 구류해야겠네." 라이커가 외쳤다.

“뭐라고요? 나는 아무 잘못 안 했어요.”

“자네는 한 사람의 재물을 파괴했어. 그랬다고 자네 스스로 말했지 않았나. 빌어먹을 차에 타지 않으면 내가 수갑을 채워 끌고 가겠네.” 그가 자기 차의 뒷문을 가리켰다.

마쉬는 잠시 보안관을 바라보았다. 그는 문간에서 물러나 사라지더니 두꺼운 격자무늬 사냥 코트를 입고 다시 나타났다. “로즈웰.” 그가 방충망을 열어 쥔 채 고함쳤다. “집에 들어와.”

비글이 현관을 뛰어오르더니 안으로 미끄러져 들어가 멈췄다. 그 개는 마쉬를 쳐다보며 꼬리를 흔들었다. 마쉬는 개의 머리를 거칠게 쓰다듬고는 뒤로 문을 닫았다. 개가 집 안에서 두 번 짖었다.

“변호사를 구해서 당신네 머저리들을 전부 고소해 버릴 거요.” 그가 차에 올라타며 중얼거렸다.

미주리 주 리틀 힐
오후 11시 58분

라이커는 거리 한복판에 차를 세웠다. 멀더와 스컬리는 그 뒤에 멈춰 섰다. 위트니스는 좌우를 쳐다보며, 아주 천천히 따라왔다. 그는 라이커와 몇 마디 빠르게 주고받더니 속도를 높여 떠났다.

멀더와 스컬리는 차 밖으로 나와 주변을 돌아보았다. 쓰레기통이 넘어져 내용물이 길에 흩뿌려져 있었다. 길가에 주차된 차 한 대는 운전석 쪽 유리가 산산조각 났고, 멀더가 보기에 마치 산탄총 흔적 같은 자국이 운전석 문에 남아 있었다. 근처에 있는 바는 어두웠고, 심야 영업 식당 역시 마찬가지였다. 부보안관의 차 소음이 사라져 갔다. 그 외에는 희미한 엔진 소리도, 낮게 튼 텔레비전 소리도 들리지 않았다.

귀뚜라미 소리조차 들리지 않았다.

스컬리는 라이커 옆에 다가갔다. "이런 게 정상인가요, 보안관님?"

그는 고개를 저었다. "조용한 동네긴 하오. 하지만 지금은 순전히 으스스하군요."

"그것이 마지막으로 목격된 곳이 어딥니까? 아십니까?" 멀더가 물었다.

"바로 여기요. 막 길에 접어들 때 연락을 받았소. 이 주변을 돌아다니고 있다더군."

그들은 거리를 걸어 내려갔다. 멀더는 도로 한가운데에 정차된 차를 돌아보았다.

스컬리가 고개를 들었다. 멀더는 그녀를 보고 자신도 고개를 들었다. 보안관은 아주 잠깐 눈을 감았다. 그 소리는 워낙 잔잔했던 나머지 그들 중 누구도 미처 알아차리지 못했다.

라이커는 길을 위아래로 쳐다보았다. "저게 뭐지?"

"마치…, 탭 슈즈[22]같이 들리는데요." 멀더가 말했다.

스컬리가 좌우로 고개를 기웃거리며 말했다. "아니, 발톱 소리 같아요."

"발톱이요?" 멀더는 자신의 시그 사우어[23]에 손을 올렸다.

---

22) 탭 댄스용 구두로, 신발 앞뒤에 금속이 붙어 있어 바닥에 닿을 때마다 두드리는 소리가 나는 신발.

23) Sig Sauer. 1975년 시그 사우어 사(社)에서 생산되기 시작한 총기 이름.

"발톱이요." 스컬리는 말했다. 그녀도 자신의 총을 뽑았다. "개가 바닥에서 돌아다닐 때처럼 말이에요."

그 딸깍거리는 소음은 건물과 주차된 차들 사이에서 울려 퍼졌다. 어느 차의 창문 너머로 어떤 형체가 멀더의 눈에 얼핏 보였다. "저쪽이에요!" 그는 총 끝으로 가리켰다. 그 형체는 그 차와 그 뒤의 픽업트럭 사이를 재빨리 지나쳤고 다음 순간 멀더는 그 흔적을 놓쳤다.

"어디로 갔소?" 라이커가 자신의 거대한 45구경짜리 육 연발 권총을 꺼내며 말했다. 총열이 거리 위아래를 따라 휙휙 움직였다.

그 딸깍거리는 발톱 소리는 콘크리트 길 위로 울려 퍼졌다. 소리가 이동하자, 스컬리는 돌아섰다. 길 건너 원색으로 칠해진 폭스바겐 밴 뒤로 꼬리 끝이 사라졌다.

멀더는 스컬리를 쳐다보았다. "그게 뭐던가요?"

"잘 모르겠어요."

"저쪽이오." 라이커가 몸을 돌리며 총을 겨눴다.

"잠깐만요. 그게 뭔지 봐야—." 멀더가 말했다.

45구경 권총이 터졌고, 벽돌 덩어리가 붉은 먼지로 변했다. 무언가가 비명을 질렀고 뒷걸음치는 탭 슈즈 소리가 공기 중에 울렸다. 길 끝에서 정지 표지판이 철커덩거리며 흔들렸고 낮은 그림자가 질주했다. 라이커는 그 뒤에 한 방 더 쏘았다.

"보안관님, 부탁입니다. 저건 외계 생명체의 살아있는 표본일 수 있어요. 저건—."

라이커는 권총을 총집에 다시 채웠다. "저건 그냥 초라해 빠진 늙은 늑대일 뿐이오. 그 꼬리 봤소? 피부까지 깨끗하게 털이 뽑혔잖소."

"그건 모를 일이죠."

"나는 아오, 멀더 수사관. 그리고 이제 우리가 알게 됐으니, 당신들은 더 이상 여기 없어도 될 것 같군, 안 그렇소?"

두 남자는 잠시 서로를 쳐다보았다.

"가요, 멀더. 보안관님이 관할권을 쥐고 있잖아요. 그리고 아마 맞을 테고요." 스컬리가 말했다.

멀더는 그녀를 돌아봤다. "스컬리, 당신도 봤잖아요. 저게 늑대처럼 보였어요?"

"보기엔, 털이 없는 꼬리처럼 보였어요."

"내일 사내들을 두어 명 모아 뒤를 추적해서, 저놈의 불행을 끝내주겠소. 원한다면 사진 좀 보내드릴까?"

멀더는 숨을 들이켰다. 그의 몸이 경직됐다. 스컬리가 그의 팔에 손을 올렸다. "그냥 둬요. 지금 떠나면, 세 시까지 공항에 도착할 수 있어요. 워싱턴으로 돌아가는 새벽 비행기가 있을지도 몰라요."

멀더는 잠시 더 라이커를 쳐다보고는 몸을 돌려 차로 걸어갔다.

올드 카운티 도로
오전 12시 47분

멀더는 모텔을 떠난 뒤로 거의 십오 분간 입을 꼭 다물고 있다가 말했다. "정말이지 아깝군요. 다른 별에서 온, 실재하는, 살아있는 생명체가 있는데 촌뜨기 추격자들한테 잡혀 죽게 된다니."

커다랗고 흐릿한 나무가 헤드라이트 불빛에 어렴풋이 떠올랐다가 그들 뒤 어둠 속으로 사라졌다. 스컬리는 고개를 돌려 나무를 보면서 말했다. "내 생각엔 전부 거짓말 같아요."

멀더는 도로에서 눈을 떼고 그녀를 멍하니 바라보았다. "뭐라고요?"

그녀는 고개를 끄덕였다. "생각해봐요, 멀더. 그건 전부 그들 마을에 새로운 흥미를 일으키기 위한 계략이었던 거예요. 상황이 전부 너무 편리하게 돌아갔잖아요."

그는 헤드라이트에 비친 좁은 콘크리트 길로 시선을 돌렸다. "나한테 묻는다면 불편한 편이었다고 하겠어요."

"그 마을이 사람들 관심에서 벗어나고 있다고 당신이 직접 말했잖아요. 그런데 마침 우리가 코프와 마쉬의 다툼이 극에 달했을 때 나타난 거죠."

"우리 때문이었다는 거군요." 멀더가 말했다.

"그래요. 내 말이 그거예요. 파괴된 냉동고. 전화. 달아난 '짐승'. 우리가 마을에 돌아간 순간 나타난 것. 어떤 각도에서도 제대로 볼 수 없었던 것. 완벽한 사기예요."

멀더는 고개를 저었다. "우리가 하룻밤 묵을 줄 어떻게 알고요?"

"몰랐죠. 기회를 엿보고 있었고, 그리고 잡았던 거예요. 어쩌면 그 사람들은 이 사기극을 한참 동안 준비했는지도 모르잖아요. 적당한 봉이 나타나기만 기다리면서요."

"봉이요?"

"생각나는 더 나은 말이 있어요? 목표물? 멍청이?"

멀더는 웃었다. "괜찮네요." 그들은 잠시 침묵 속에서 운전했다. 마쉬의 집으로 이어지는 갈림길이 나타났다가 그들 옆을 지나쳐 사라졌다.

"내가 개인적인 질문 하나 해도 되겠어요, 스컬리?"

"질문에 따라서요."

"호텔에서 샤워했어요?"

"뭐라고요?"

"호텔에서요. 샤워했어요? 마지막으로 손을 씻은 게 언제죠?"

"모르겠어요. 식당에서 씻은 것 같아요. 왜요?"

"나는 이곳에 왜 두 종류의 외계인이 있는지 생각하고 있었어요. 그러다 로즈웰이 생각났죠."

"로즈웰 마을[24)]이요?"

"그 개 말이에요. 하이럼 마쉬의 집에 있던." 그는 운전대에 손을 얹었다. "오늘날의 개는 완전히 사람이 만든 산물이라는 거 알아요?"

"수천 년에 걸친 선택적 교배로요." 스컬리는 말했다.

멀더는 고개를 끄덕였다. "사람을 위해 수많은 역할을 해주는 생명을 창조하기 위해서요. 개는 동반자이자 보호자, 추격자, 같이 싸우는 동료예요. 개들은 우리를 조건 없이 사랑하고 우리도 그들을 사랑해주죠. 지상 어디서든 사람이 있는 곳이면, 어떤 종류든 개가 있고요. 우리는 개들을 어디든 데리고 가죠. 그리고 언젠가는 저 위에도 데리고 갈 거예요." 그는 앞 유리 너머를 올려다보았다. 청명한 밤이었고 하늘에는 별이 선명했다. "어쩌면 그들도 그랬을 거예요."

스컬리는 웃었다. "리틀 힐의 짐승이 일종의 경비견이라고 생각해요?"

"그것조차 아닐지도 몰라요. 어쩌면 그저 애완동물일지도요."

---

24) 1947년 미국 뉴멕시코의 로즈웰이라는 작은 마을에 UFO가 추락했다는 사건이 있었다. 미 공군은 기상 관측 기구의 잔해라며 공식 부인했지만, 아직도 의혹이 끊이지 않고 있다.

"애완동물?"

"그러면 충돌 지점에 왜 두 가지 형태의 생명체가 있었는지 설명이 되죠." 멀더는 운전대를 손가락으로 톡톡 두드렸다. "마을에서 그 짐승이 우리와 우연히 마주친 게 아니라면 어때요, 스컬리? 우리를 찾고 있었다면요? 당신을 찾고 있었다면요?"

"나를요?"

"당신은 다른 외계인을 만졌잖아요. 그 냄새가 당신한테 남아 있는 거예요. 당신 피부나 재킷 소매에서요. 어쩌면 특정한 반응을 일으키는 강력한 페로몬인지도 몰라요. 당신만이 유일하게 그 짐승에게 익숙한 냄새를 풍기고 있는 거죠."

그녀는 자신의 손을 쳐다보았다. "무슨 말이에요?"

"우리 돌아가야 할 것 같아요. 라이커에게 사냥 놀이를 중지시켜야 해요. 어쩌면 프로하이크와 다른 사람들을 이곳에 오게 한 다음에 우리가…."

그때 눈 가장자리로 흘낏 어떤 움직임이 보여서 멀더는 말을 끊었다. 고개를 돌리자 숲에서 뛰쳐나오는 그림자가 보였다. 운전석 옆 창문에 이빨과 눈동자와 발톱이 가득 찼다.

그 충격으로 창문이 산산조각 나며 차가 획 돌았다. 유리 조각이 공기 중에 흩뿌려졌다. 스컬리가 비명을 질렀고, 멀더는 자신도 비명을 질렀음을 깨달았다. 그 순간 그의 훈련된 감각이 돌아왔다. 그는 미끄러지는 방향으로 차를 돌리며 운전대를 세게 꺾었다. 소용돌이치던 숲이 정지했고, 바퀴가 콘크리트 바닥에 끌리며 차는 도로에서 벗어나 도랑에 빠졌다. 멀더는 몇 번인가 쿵 하는 소리, 흙먼지가 쉬잇거리고 날리는 소리, 무언가가 쪼개지는 날카로운 소리들을 들었다.

그는 머리가 다시 운전대에 부딪히는 순간 제때 팔을 들어 막을 수 있었다. "스컬리?!"

"멀더, 당신 괜찮아요?"

"네. 네, 아무 데도 안 부러졌어요. 당신은요?"

"충격은 좀 받았지만, 멀쩡해요. 뭐였죠? 사슴을 쳤나요?"

멀더는 어깨 뒤를 돌아보았다. "그냥 초라한 늙은 늑대 같네요." 그는 안전벨트가 풀릴 때까지 씨름했다.

"아직도 밖에 있나요?"

"아니길 바라지만, 그런 것 같아요." 그는 좌석에서 꼼지락거리며 권총을 꺼냈다. "멀쩡한 거 맞아요?"

스컬리는 고개를 끄덕이고 자기 총을 뽑았다.

그들은 문을 열고 차 밖으로 기어 나왔다. 흘러내려온 마른 통나무가 보조석 바퀴 아래에 끼어서 세 조각 나 있었다. 헤드라이트 하나가 터져서 가루가 된 유리들이 나뭇잎과 이끼 위에 흩뿌려져 있었다. 자동차의 미등이 모든 것들을 붉은빛으로 물들였다. 도랑까지의 경사는 완만했지만, 견인차 없이 차를 도로로 끌어올리기는 무리였다.

그들을 총을 내민 채 도로로 다시 올라갔다. 달빛이 나무들 사이로 몇 가닥 빛줄기를 던졌다. 은빛의 빛무리가 암회색의 널찍한 도로에 조각조각 드리워져 있었다.

그들은 어깨를 바짝 붙였다. 멀더는 도랑 가장자리에 발을 한 번 헛디뎠다. 스컬리는 움직이지 않고 그가 바로 서길 기다렸다.

도로 저 멀리서 무언가가 으르렁거렸다. 화가 나고 쉰 듯한, 피를 갈망하는 듯한 소리였다. 소리는 텅 빈 콘크리트길에 메아리쳤다.

"손전등 있어요?" 멀더가 중얼거렸다.

"가방에 있어요. 당신은요?"

"차 브레이크 페달 옆에 떨어진 것 같아요." 그는 위험을 무릅쓴 채 몇 초간 눈을 감고 달빛에 적응하려고 했다.

탭 슈즈 같은 무언가가 콘크리트 바닥을 두드렸다. 그러다 휙 돌아서더니 속도를 높이다가 갑자기 소리가 멈추었다.

"아무것도 안 보여요." 스컬리가 말했다.

한 형체가 어둠 속에서 움직였다. 사슴보다는 작고, 개보다는 컸다. 멀더는 다리 수를 세어보려 했지만, 자세히 보이지가 않았다. 그것은 달빛의 웅덩이들을 피해 다녀 그림자보다 조금 뚜렷한 정도였다.

스컬리는 총을 겨눴다.

"기다려요." 멀더가 중얼거렸다.

"왜요?"

"저건 외계 생명체일 수 있어요, 스컬리."

"혹은 위험천만한 동물일 수도 있어요."

"감수해 볼 만 하지 않아요?"

그 형체는 길 저편에서 맴돌았다. 멀더와 스컬리는 탁 트인 길을 뒤로 한 채 몇 걸음 뒤로 물러났다. 덕분에 차에서 멀어질 수 있었다.

길 저편에 있는 그 형체가 몇 걸음 앞으로 다가왔다. 그 발톱이 딸깍 딸깍거리는 소리가 길에 울려 퍼졌다. 그림자 속에서 축축한 숨소리가 헐떡거렸다.

"좋은 생각이 있어요." 멀더가 말했다.

"정말이지 듣고 싶네요."

멀더가 땅을 향해 총을 쐈다. 총알들이 콘크리트 바닥에 발사되면서 총성이 나무들 사이로 요란하게 울려 퍼졌다. 총구에서 터지는 불빛에, 스컬리는 무언가 홀쭉하고 털이 없는 존재가 숲 속으로 도망치는 모습을 보았다. 발톱이 딸깍거리는 소리가 어둠 속으로 물러났다.

"뛰어요!" 멀더가 그녀의 팔을 움켜쥐더니 반대 방향으로 끌어당겼다.

"이게 계획이에요?" 스컬리가 다리를 앞으로 내밀며 말했다. "도망치는 게?"

"어서 와요."

그들은 어둠 속에서 길을 달려 내려갔다.

"어디로 가는 거예요?"

"마쉬의 집이요." 멀더가 달리면서 말했다. "아직 다른 외계인이 있잖아요. 저 짐승이 원하는 거 말이에요."

마쉬 거주지

오전 1시 9분

어둠 속에서 우편함이 나타났다. 그들은 잠깐 멈춰 섰다. "딸깍거리는 소리가 더 이상 안 나는군요." 멀더가 숨을 헐떡였다.

"아무 소리도 안 들려요. 귀뚜라미 소리도, 청개구리 소리도, 아무것도요." 스컬리가 말했다.

그들은 숨을 돌리며 주변을 둘러보고 긴 진입로로 들어섰다. 스컬리의 눈은 이제 어둠에 더 적응되었다. 달빛에 나무들의 형태가 보였다.

무언가가 어둠 속에서 으르렁거렸다. 그것이 갑자기 멀더에게 달려들었고, 그는 쓰러졌다. 스컬리는 총을 세 방 쐈다. 그 짐승은 더러운 진입로 너머로 질주해서 숲으로 사라졌다.

스컬리는 나뭇잎이며 잔가지가 부러지는 소리가 사라질 때까지 총을 겨누고 있었다. "괜찮아요, 멀더?"

"아주 좋아요." 멀더는 몸을 일으켰다. 희미한 가운데 그의 소맷부리에 깊은 상처가 보였다. "피가 약간 나는 것 같지만, 큰 상처는 아니에요." 멀더는 팔을 움직이다가 움찔했다. "그래도 이번 주에는 체육관에서 역기는 못 들겠네요."

"당신 소독해야 해요."

"스컬리, 저 녀석이 다시 온다면, 감염 걱정은 제일 나중에 해야 할 거예요."

그들은 진입로를 거쳐 집으로 향했다. 집은 밤하늘을 배경으로 한 어둑한 언덕 같았다. 차고는 그 옆에 나지막한 절벽처럼 붙어 있었다.

차고 문은 잠겨 있었다. 멀더가 손잡이를 한 번, 두 번 걷어차자 손잡이 패널이 덜거덕거렸다. 네 번째로 걷어차자 손잡이는 벗겨졌고, 멀더는 차고 문이 뜨는 것을 느꼈다. 그는 손잡이를 잡고 끝까지 돌린 다음 밀었다. 문이 올라갔다. 그와 스컬리는 문 밑에 손을 넣고 힘주어 끌어 올렸다.

무언가가 으드득거리더니 숲에서 바스락거리며 나와 더러운 진입로로 들어왔다.

그들은 어두운 차고 안으로 뛰어들었다.

"전등 스위치는요?"

"시간 없어요." 멀더는 어깨 뒤를 흘낏 돌아보았다.

냉동고는 같은 위치에 놓인 채 윙윙거리고 있었다. 멀더는 총의 바닥 부분으로 냉동고의 자물쇠를 내리쳤다. 그 충격으로 그의 손에서 시그 사우어가 빠져나가 바닥에 덜커덕거리며 떨어졌다.

스컬리가 나서서 자신의 총으로 두 번 내리쳤다. "젠장." 그녀가 말했다. 그녀는 총을 바꿔 쥐고 자물쇠 위 빗장 부분에 총을 두 방 쏘았다. 금속이 비틀리며 조각났다.

멀더는 냉동고를 쳐다보았다. 총소리 덕에 그 짐승은 몇 미터 물러났지만 이미 다시 달려오고 있었다.

스컬리는 냉동고 뚜껑을 뒤로 젖히고 냉동고 칸 쪽으로 몸을 기울였다. "바닥까지 얼어붙었어요." 그녀가 말했다. "꺼낼 수 없어요."

"이리 와요." 멀더가 몸을 웅크리고 냉동고 모서리를 받쳤다.

그들은 어깨로 냉동 칸 위쪽을 들이받았다. 스컬리가 물러나 냉동고 뚜껑을 지레처럼 뒤로 당겼다. 수십 년 쌓인 때와 먼지와 곰팡이 덕에 냉동고는 바닥에 붙은 채 한동안 꿈쩍하지 않았다. 그러다 바닥에서 떨어지며 휘청거렸다. 두 번째 타격에 뒤집어졌고, 뚜껑은 열린 채 바닥에 떨어졌다.

성에가 조금 떨어졌고 외계인 마빈이 차고 바닥으로 굴러떨어졌다.

멀더와 스컬리는 차고 끄트머리 벽으로 비틀거리며 물러섰다. 스컬리는 총을 꺼내 들었다. 멀더는 몇 걸음 너머에 떨어져 있는 자기 총을 바라보았다.

희미한 달빛을 배경으로 차고 입구에 검은 윤곽이 나타났다. 발톱이 바닥에 부딪혀 딸깍거렸다. 그것은 한 걸음 다가왔다. 그리고 또 한 걸음. 다리를 하나씩 차례로 올리고 앞으로 내밀고 내렸다.

자세가 달라지더니 코와 주둥이 부근에서 공기가 쉿쉿 거렸다.

방아쇠에 놓인 스컬리의 손가락에 힘이 들어갔다.

"기다려요." 멀더가 속삭였다. "조금만 더 기다려요."

짐승은 다시 숨을 들이쉬었다. 머리를 갸웃거렸다. 달걀만 한 눈에서 빛이 번쩍였다. 그 짐승은 킁킁거리며 공기를 내뿜고는 다시 들이마셨다.

그런 다음 몸을 낮게 웅크리고는 으르렁거렸다.

스컬리의 팔이 경직됐다.

"쏘면 안 돼요." 멀더가 말했다.

으르렁거리는 소리는 점차 낮은 웅웅 소리로 잦아들며 퍼져나가 차고 안에 메아리쳤다. 그 생물은 앞으로 기어갔다. 배가 바닥에 끌렸다. 그 짐승은 냉각된 외계인의 몸을 킁킁대더니 다시 한 번 웅웅 거렸다.

스컬리의 팔이 흔들렸다. "저게…, 가르릉거리는 건가요?"

"아마도, 그런 것 같아요."

그 짐승은 몇 발짝 더 앞으로 가더니 마빈에게 코를 비벼댔다. 앞발을 앞으로 뻗고 그 외계인을 밀었다. 냉각된 몸체가 바닥에서 앞뒤로 흔들렸다.

그때 차고가 갑자기 하얗게 밝아졌다. 불빛이 창문을 통해 쏟아져 들어왔다. 멀더와 스컬리는 팔을 들어 올렸다. 그 짐승은 으르렁거렸고 스컬리는 다시 짐승을 조준하려 했다.

차고 문에 형체들이 나타났다. 그들은 앞으로 걸어왔다. 두 형체가 짐승 양옆에 섰다. 그들은 올가미가 달린 기다란 막대로 그 짐승의 커다란 머리를 덮쳤다.

세 번째 형체가 멀더 앞으로 걸어와 그의 시야를 가렸다. 보호복을 입은 남자였다. 헬멧 속의 호흡기 때문에 그의 얼굴은 대부분 가려져 있었다. "괜찮으십니까? 다치셨나요?" 그가 한 겹 차단된 목소리로 말했다.

"뭐요? 당신들 누굽니까? 여기서 뭐 하는 거예요?"

다른 남자가 스컬리의 팔을 잡았다. 그는 그녀와 그 짐승 사이에 서서 그녀를 차고 밖으로 안내하고 있었다. 그녀가 돌아보았다. "멀더?"

"스컬리!" 멀더는 자신 앞에 선 형체를 쳐다보았다. "그녀를 어디로 데려가는 겁니까?"

그들이 마비된 곁에서 짐승을 끌어내자 짐승은 다시 울부짖었다. 안전막대를 가진 사람들이 두 명 더 달려들었다. 멀더는 커다란 눈과 여러 개의 다리와 잿빛 뱀 가죽 같은 가죽을 흘끗 보았다.

"그냥 놔둬요." 그가 소리쳤다. 또 다른 보호복을 입은 형체가 그의 옆에 나타나 그의 팔을 움켜쥐었다. "저건 그냥 저 사람 옆에 있고 싶어 하는 거라고요. 내버려둬요!"

그들은 그를 차고 밖으로 끌어냈다.

마쉬 거주지
오전 6시 23분

멀더는 새벽 어스름 속에서 차고를 바라보았다. 차고는 비워져 있었고, 그 안에 있던 모든 물건들이 사라졌다. 그들은 먼지 한 톨까지 모두 청소하고 가져가 버렸다. 소독을 끝마치는 동안 차고 전체는 투명한 플라스틱 비닐에 쌓여 있었다. 더 큰 밴들과 트럭들 대부분은 몇 시간 전에 떠났다.

멀더는 고개를 흔들다가 붕대가 당겨지는 바람에 움찔거렸다. 엔도르핀이 사라지자, 그 짐승이 멀더의 생각보다 더 깊이 상처를 입혔음이 드러났다. 의료진이 오염 물질의 흔적은 모두 제거하면서 상처를 소독하고 살균했다. 이제 그의 팔에는 여섯 개쯤 되는 고정핀과 반쯤 근사한, 투명인간 의상이라기에 충분한 거즈만 감겨 있었다.

스컬리가 걸어왔다. "팔은 어때요?"

"화가 나요. 분해요."

"아주 표현력이 좋은 팔이네요."

"그들이 뭐라고 하던가요?"

그녀는 정부의 상징이 찍힌 명함을 들어 보였다. "야생동물 관리부서래요. 위험한 신종 광견병을 일으킬 가능성이 있는 커다란 늑대가 있다는 신고를 받았다더군요."

그는 명함을 쳐다보고 한숨을 쉬었다. "음, 새롭네요."

"유감이에요, 멀더."

"당신도 봤죠, 그렇죠? 그게 그 외계인한테 어떻게 하는지 봤잖아요."

"무언가를 보긴 했어요. 늑대는 아니었지만. 어쨌든 보통 늑대는요. 하지만 그게 외계 생명체라고 단언하지는 못하겠어요."

"다리가 여섯 개였다고요."

그녀는 고개를 저었다. "밝은 데서 자세히 들여다보지 못한걸요."

그는 다시 한숨을 쉬었다.

"가요. 위트니스 부보안관이 견인차를 불렀어요. 지금쯤이면 그 도랑에서 우리 차를 꺼냈을 거예요."

멀더는 일어섰다. "뭐, 어쩌면 잘 됐는지도 모르겠어요."

"뭐가요, 멀더?"

그는 집을 뒤돌아보았다. "어쩌면 그들이 다시 함께 있을 수 있게 되었을지도 모르니까요."

THE X FILES

당신이 보지 못한 것

Oversight

애런 로젠버그

* 월터 스키너의 직급에 대해 먼저 알아둘 필요가 있다. 스키너는 기존에 국내에서 방영된 〈X-파일〉 드라마 및 관련 자료들에서 '부국장'으로 칭해져왔다. 하지만 스키너의 본래 직급은 Assistant Director(A.D)이다. 통상 FBI는 연방수사국, 그 수장인 Director는 국장이라고 번역되며 이때 부국장이라고 하면 국장 밑의 2인자인 Deputy Director라고 해야 우리말로 부국장이 된다. FBI 조직도를 보면 A.D급은 FBI 내 수많은 조직 중 한 조직을 담당하는 위치로 우리 식으로는 팀장 혹은 본부장 정도에 해당한다. 따라서 스키너를 부국장이라고 칭하는 것은 아무래도 적절치 않다는 생각이다. 그러나 스키너의 '부국장' 호칭에 익숙할 국내 팬들을 고려해서 이 책에서는 기존의 직급 호칭을 고수하되 실제 스키너의 조직 내 위치만은 본 주석에서 명확히 알려 두고자 한다. 이 책의 다른 에피소드에서는 스키너를 Director로 칭하기도 하는데, 상당한 시간이 흐른 뒤를 배경으로 하므로 이는 오류가 아니라 스키너가 승진한 것이다.

_ 옮긴이

J. 에드거 후버 빌딩, 워싱턴 D.C.
1994년 12월 12일, 오후 4시 1분

"이건 시간 낭비요." 월터 스키너는 그 방에 들이닥치며 선언했다. 그는 등 뒤로 쾅 소리까지는 아니지만 철컥거리는 소리가 뚜렷하게 울릴 만큼 세게 문을 닫고, 쿵쿵거리며 책상으로 다가가 몸을 숙이며 양손을 짚었다. "나는 한 부서를 운영해야 하오." 그는 선언하며 책상 주인을 노려보았다. "이따위 헛짓거리를 참기보다 훨씬 더 중요한 일이지."

"스키너 부국장님, 마침내 모시게 되어 얼마나 반가운지요." 트레이시 멀로이는 웃으며 그를 올려다보았다. 그 예쁘장한 엷은 금발 여인의 팽팽한 표정은 어느 모로 보나 그의 시선만큼 날이 서 있었다. "앉으세요." 그녀는 마침내 인내심이 바닥난 교사의 그것만큼이나 신랄한 어조로 말했다. "시간을 너무 빼앗지 않도록 해 보죠."

스키너는 성난 대꾸를 꾹 참았다. 그래 봤자 좋을 일이 없을 터였다. 엄밀히 따지자면 그는 일개 과장에 불과한 멀로이보다 상관이었지만, 그녀는 직무 처리를 할 때만큼은 국장까지 순종시킬 수 있는 인물이었다. 그리고 바로 지금, 여기 콴티코의 그녀 사무실은 자신의 구역이 아니라 그녀의 구역이었다. 만일 그가 반발하거나, 혹은 지나치게 시비라도 건다면, 그녀는 그를 건너뛰어 그의 상관에게 갈 것이고, 그러면 상관은 그녀가 하라는 대로 하라고 스키너에게 명령할 터였다.

아이러니한 일이라고, 스키너는 멀로이의 앞에 있는 딱딱한 등받이 나무 의자에 앉으며 스스로에게 시인했다. 사람들은 대부분 FBI를 별로 좋아하지 않았다. FBI 수사관들은 대부분 그들의 부서장들이나 부국장들을 좋아하지 않았다. 그리고 그 부서장들과 부국장들은, 결과적으로, 회계를 좋아하지 않았다. 특히 연간 예산 검토 기간에는. 그렇다면 회계가 그 전문성에서 수사국의 현장 수사관들만큼 중요하다는 뜻일까? 혹은 그저 "모든 이들에게는 두려운 누군가가 있다"는 말의 또 다른 사례일까?

"좋소, 멀로이 과장." 스키너는 뒤로 기대어 그 딱딱한 의자 위에서 최대한 편안한 자세를 취하려고 애쓰며 일부러 그녀의 직위를 끄집어내었다. 그들의 직위 차이를 상기시키려는 의도였다. "내가 여기 왔소. 원하는 게 뭐요?"

멀로이는 그를 찬찬히 들여다보았다. 그의 가소로운 시도들 따위는 전혀 신경 쓰지 않는 듯 보였다. "제가 뭘 원하는지 아시잖아요, 부국장님. 최소한의 수사국을 위한 균형 잡힌 예산이지요. 그리고 가능하다면 부국장님과 의논하고 싶은 사항들을 몇 가지 발견했고요. 실질적으로 자금을 줄여서 다른, 보다 중요한 프로그램과 서비스에 자금을 융통할 수 있는 부분들이 있더군요." 그녀 앞 책상에는 서류철이 하나 놓여 있었다. 바로 옆에는 FBI에 합류하기 전에 일했으리라 생각되는 어떤 민간 회계 법인의 이름이 박힌 커피 컵이 놓여 있었다. 스키너가 보는 앞에서 그녀는 서류철을 열고 서류들을 넘기며 훈련된 눈으로 속독이라도 하듯 훑어보았다. 그러나 스키너는 속지 않았다.

그 자신도 그런 수법을 많이 써왔다. 서류를 읽는 척하며 수사관을 허둥거리게 하거나 실제보다 더 많이 아는 듯 보이게 하거나 혹은 그저 시간을 끌곤 했던 것이다. 스키너는 지금도 멀로이가 이미 이 서류에서 알고자 하는 모든 것을 알고 있으리라 확신했다. 또한 그는 철렁 내려앉는 심정으로, 그녀가 정확히 어떤 서류를 찾고 있는지 자신이 알고 있다고 생각했다.

아니나 다를까, 그녀는 마침내 서류를 덮고 그를 올려다보면서 스키너가 그녀의 입에서 나오지 않기를 진심으로 바랐던 그 단어를 꺼내기 시작했다. "X-파일이요. 스키너 부국장님, 이 프로그램은 기껏해야 미심쩍은 결과들을 내면서도 몇 년째 운영되고 있어요. 부국장님도 X-파일이 실질적인 사건들을 다루는 데 필요한 우리들의 시간과 자원을 낭비하고 있다는 점에 동의하실 테죠?"

스키너는 속으로는 씩씩대면서도 겉으로는 차분함을 유지하고자 애썼다. "동의할 수 없소." 그는 목소리를 올리지 않으려고 꽉 깨문 이 사이로 단어들을 뭉개며 선언했다. "그 프로그램은 중요하고, 살려둘 필요가 있소." 그는 멀로이 과장을 훑어보며 누가 그녀를 사주했을지 생각해보았다. 담배 피우는 남자였을까? 나머지 사람들 중 하나였나? 그들은 늘 멀더와 스컬리가 전국의 다양한 사건들을 헤집고 다니는 것에 만족하는 듯 보였다. 아마도 그 어떤 사건들도 그들을 직접 위협하지 않았기 때문이리라. 그런데 무언가가 달라진 것일까? 그 커플이 어떤 일로 저 그림자 같은 인물들 중 하나를 위협하기라도 했다는 것일까?

"알겠습니다. 그럼 부국장님이 그 일이 얼마나 중요한지 설명해 주실 수 있겠지요?" 멀로이의 신랄한 말이 스키너의 생각들을 현실로 붙들어왔다. 그녀는 회색 눈을 가늘게 뜨고 그를 지긋이 들여다보고 있었다. 그리고 잠시 뒤 웃음을 지었을 때도 그녀의 시선은 누그러지지 않았다. "그러실 수 없을 것 같군요." 그녀는 손톱으로 서류를 톡톡 두드렸다. 스키너는 그 손톱이 심하게 물어 뜯겨 있음을 알아차렸다. "그렇다면, 그 프로그램을 일주일 내에 종료하고 그 자산을 재분배하는 것으로 기대하겠습니다."

'뭐라고? 안 돼!' 멀로이는 이미 다른 서류를 넘기고 있었다. 그 문제는 이미 끝났다고 생각하는 것이 분명했다. 순간 스키너는 마침내 목소리를 되찾았다. "거부하겠소." 그는 쉰 목소리로 말했다. "당신이 그 가치를 모른다고 해서 내 프로젝트 중 하나를 그렇게 중단하라고 할 수는 없소."

멀로이는 얼굴을 찡그리며 다시 올려다보았다. "사실은, 할 수 있어요. 그게 제 일이니까요." 하지만 그를 잠깐 더 쳐다보고는 한숨을 내쉬었다. "하지만 그렇게 안타까우시다면, 그 지속성을 주장하실 수 있겠지요. 그 가치를 서면으로 제출해 주세요. 내일 오전 최우선으로." 다시 그녀는 한쪽에 대기 중인 서류 더미로 시선을 돌렸고, 스키너는 자신이 방금, 마치 여느 학생처럼 갑작스레 내쳐졌음을 깨달았다. 그는 일어서서 그녀에게 뻣뻣하게 한 번 끄덕이고 문을 향해 돌아섰다. 그의 머릿속은 이미 이 새로운 난제를 해결할 방법 — 그리고 분명 발생할 것이 확실한 두 번째 다툼을 처리할 방법을 찾아 헤매고 있었다. 이미 하루가 끝날 무렵이라 하늘에는 어둑하게 땅거미가 내려앉고 있었다. 내일 아침까지 X-파일을 지킬만한 것을 생각해내려면, 그는 아주 늦게까지 사무실에 있어야 할 터였다. 그러면 샤론이 좋아하지 않으리라.

하지만 그는 할 만한 것이 많지 않음을 알고 있었다. 프로그램을 지키고 운영하고 싶다 해도 그랬다. 초기에는 X-파일이 기이하고 대체로 무의미했지만 멀더를 계속 바쁘게 할 해가 없는 방식이라 생각되는 정도였다. 그러나 그의 견해는 지난 몇 년간 바뀌었다. 이제 그는 그 가치와 중요성을 인식하고 있었다.

문제는, 그런 점을 어떻게 멀로이 과장에게 증명하는가였다.

메릴랜드 주, 켄싱턴

목요일 오후 7시 53분

항상 이렇지, 멀로이는 양팔 가득 서류 더미를 껴안은 채 몸을 비틀어 열린 엘리베이터 문 사이로 미끄러져 들어가며 생각했다. 비 맞지 않으려고 우산을 사 놨는데, 들고나오기를 잊어버린 날 하필 비가 쏟아지고. 오래된 서류 가방의 손잡이가 결국 떨어져 새 가방을 사 놨는데, 집에 두고 온 날 하필 사무실에서 어마어마한 서류 더미를 가지고 나와야 하고.

사무실에 남아 책상에서 서류를 검토할 수도 있다. 그녀도 알고 있었다. 하지만 그러면 책상 속에 숨겨 놓은 그래놀라 바 외에는 먹을 것 하나 없이 더 늦게까지 사무실에 남아야 할 터였다. 게다가, 이번에도 책상에서 잠들어 뻣뻣한 목에 등은 아프고 뺨에는 서류철이 찍힌 채 깨어나게 될 가능성도 있었다. 안될 말이다. 집에 일을 가져가서, 최소한 중국집에서 포장해 온 음식에 와인을 한 잔 마시며 서류를 들춰보고 내일 이 모든 일을 되풀이하기 전까지 자기 침대에서 편안한 숙면을 취하는 편이 훨씬 낫다.

이미 늦은 시간이라 길은 대부분 텅 비어 있었지만, 멀로이는 어찌됐든 눈을 뜨고 밀려오는 피로에도 긴장을 늦추지 않은 채, 콴티코 부지를 벗어나 고속도로를 타고 켄싱턴으로 향했다. 그녀가 마침내 자기 동네에 당도하여 진입로에 들어설 무렵의 메릴랜드 교외는 고요했다. 그리고 그녀가 차를 정지시키는 순간, 주변에 칠흑 같은 어둠이 깔렸다. '저 차고 위에 꼭 전등을 달아야지.' 그녀는 안전벨트를 풀고 차 문을 연 다음 서류 더미를 들어 올려 차 밖으로 몸을 빼면서 생각했다. 차고에 전등 달기는 그녀가 팔 년 전, 아직 라이스 앤 슬론 사(社)에 있을 때 이 집을 산 이후로 벼르고 있는 여러 일들 중 하나였다. 하지만 좀처럼 그런 일을 할 만한 시간이 나지 않았다. 게다가 이제 그녀는 어둠에 익숙해져 있었다.

그녀가 엉덩이로 차 문을 다시 한 번 닫고 현관으로 이어진 짧은 벽돌 길을 더듬고 있을 때, 주변의 공기가 달라졌다. "누구세요?" 그녀는 어둠 속을 뚫어 보려 애쓰며 소리쳤다. "거기 누구 있어요?" 아무도 대답하지 않았고, 당연히 아무것도 보이지 않았지만, 그녀는 더는 혼자가 아니라는 느낌을 떨칠 수가 없었다. 마치 밤 자체가 형체를 취한 것만 같았다. 그리고 그 형체는 분명히 위협적인 것이었다. 그녀는 여동생에게 이른 크리스마스 선물로 받은 두꺼운 새 가죽 재킷을 입었음에도 몸을 떨면서, 그저 추위 때문이라고 자신을 달래 보았다.

서두르려다가, 멀로이는 구두축이 벽돌에 끼어 발목이 꺾이면서 다리로 통증이 올라와 욕설을 내뱉었다. 뒤뚱거리다 거의 균형을 잃을 뻔했지만, 그러저럭 몸을 바로 잡을 수 있었다. 통증에도 불구하고 서류 더미도 움켜쥔 채였다. '들어가서 얼음찜질을 해야겠어.' 그녀는 혼잣말을 했다. '그리고 와인 한 잔 꼭 마셔야지.'

거의 문간에 다다랐을 때 어둠이 다시 출렁거렸다. 어둠은 더욱 짙어져 거의 질릴 정도였고, 그 농밀한 밀도가 그녀를 짓눌렀다. 주변 어딘가에서 어떤 소리가 들려와 기이하게도 어둠 속으로 울려 퍼졌다. 갑자기 폭우가 쏟아지듯 스타카토로 끊어지는 소리였다—.

—그리고 그때 어둠이 생생해졌다. 한 줄기 빛이 어둠을 가르자 고통이 다시 멀로이를 찔렀다. 이번에는 발목이 아니라 팔이었다—.

—다시 빗소리가 들렸다. 하지만 몸이 젖지는 않았다. 그리고 다시 그녀의 팔에, 이번엔 더 낮은 쪽에 통증이 덮쳐와, 그녀는 비명을 지르며 서류를 떨어뜨리고 이 이상한, 어둠의 맹습에서 얼굴과 목을 보호하기 위해 손을 쳐들었다—.

—한 번 더 그 소리가 들렸다. 소리는 이제 그녀 주변을 둘러싸고 빠르게 후드득거렸다. 이번에는 통증이 그녀의 흉부를 덮쳤다. 그 격렬함을 거의 느끼지 못한 채 멀로이는 비틀거리다 바닥에 쓰러졌다. 그녀가 내지른 비명은 단단한 벽돌에 부딪혀 울렸고, 그녀는 바닥에 털썩 쓰러져 온몸을 비틀고 신음하며 그 고통에 의식이 혼미해졌다—.

—그리고 마지막 일격이 있기 전에, 어둠이 몸을 숙여 그녀의 귓가에 속삭인 것 같았다. "맹인의 나라에는 왕이 없지." 그 분노는 뚜렷한 힘으로 그녀의 관자놀이와 뺨을 가격하여 그녀의 무의식을 그녀의 육체가 따라갈 수 없는 어둠 저편으로 날려 버렸다.

워싱턴 D.C.
목요일 오후 8시 37분

'샤론이 날 죽이겠군.' 스키너는 마침내 차에 올라타며 생각했다. 그가 후버 빌딩에 있는 자기 사무실로 돌아갔을 무렵의 시간은 정오에 가까웠다. 그 뒤로 그는 늘 있는 문제들을 해결해야 했다. 도청을 거부하겠다고 협박해서 회유하고 아첨하고 겁을 줘야 하는 판사, 언쟁을 벌이다 툭탁거려서 징계 조치를 해야 하지만 한 번의 사건으로 경력을 단절시키기엔 너무 뛰어난 수사관 두 명, 세부적인 운영 계획이 필요한 부서 간 협동 작전, 부하들에 대한 엄격한 규율 몇 가지, 그의 부하들을 심부름꾼처럼 다루지 말도록 다른 팀 지휘관들에게 상기시켜줘야 하는 몇 가지 일들, 게다가 물론 그의 상관에게 하는 통상적인 보고가 있고, 그다음에는 상관의 상관에 대한 일일보고용으로 보고 내용을 편집해야 했다. 그저 FBI 일개 부서를 운영하는 소소한 일들이다. 하지만 스키너가 이런 당면 과제들을 해결하고 가장 최근에 닥친 위기—X-파일을 정당화할 방법을 찾는 일에 관심을 돌리기 전에 이미 해는 져 버렸다.

문제는, 그가 복도에 있는 자판기에서 커피와 간식을 뽑아 와서 책상에 앉아 이 사안에 완전히 집중할 태세를 갖췄음에도, 아무것도 떠올리지 못하고 있다는 것이었다.

X-파일에 장점이 없다는 것이 아니었다. 그 역시 그 가치를 깨닫게 된 터였다. 비록 멀더의, 때로는 스컬리의 방식조차 여전히 의문스럽고, 그들의 터무니없는 해명을 늘 믿지도 않았지만, 그들이 종종 다수

의 희귀한 죽음에 책임이 있는 자를 잡아들이거나, 적어도 막기는 한다는 점은 부인할 수 없었다. 그런 점이 X-파일을 가치 있게 했다. 하지만 어떻게 설명하겠는가? 특히 멀로이 과장처럼 모든 일을 수치화하는 인물에게? 그녀가 본 것이라고는 전부 도표화 된 수치들뿐이었고, 그 수치들은 X-파일의 실질적인 체포 건수가 절망적일 정도로, 거의 웃음이 나올 정도로 작음을 드러내고 있었다. 그 표들에서 그토록 수치가 낮은 이유는, 놀랍게도 X-파일 용의자들 대부분이 해체되거나 단단한 돌로 변하거나 액체화되거나 야생동물들에 조각조각 찢기거나 혹은 기타 수많은 기이한 죽음을 맞았기 때문임을 나타내지 못하고 있었기 때문이다. 설사 나타낼 수 있다 해도, 멀로이는 크게 웃고는 동화 같은 이야기는 믿지 않는다고 말할 터였다.

아니, X-파일의 예산이 유지되어야 한다고 그녀를 설득하려면 스키너는 성과가 있다는 뚜렷한 증거를 제시해야 했다.

하지만 X-파일은 증거를 좀처럼 획득하지 못하는 것이었다.

몇 시간이고 머리를 쥐어짜 낸 끝에, 스키너는 결국 할 만큼 했다고 결론지었다. 집에서도 직장만큼이나 쉽게 좌절감을 느낄 수 있을 테고, 그가 빨리 집에 들어갈수록 샤론은 화를 덜 낼 것이다. 하지만 이 시점에서 샤론이 정말 화를 낼지 어떨지는 문제가 아니었다. 그가 잠재적인 폭발을 얼마나 피할 수 있는가가 문제였다. 그래서 그는 퇴근 준비를 했다. 어쩌면 운전하는 동안 어떤 기적 같은 해법이 떠오를지도 모르기 때문이었다.

하지만 전화벨 소리가 그의 생각을 방해했다. "스키너 부국장입니다." 그는 턱과 어깨 사이에 전화기를 끼우고 주차장에서 차를 꺼내며 대답했다.

"한슨 수사관입니다." 희미하게 기억나는 목소리가 대답했다. "통신부 야간근무조에 있습니다. 이렇게 늦은 시간에 방해해서 죄송합니다만, 방금 한 발신지에서 전화가 한 통 떠서 부국장님이 알고 싶으시리라 생각했습니다. 멀로이 과장입니다. 사고가…, 있었습니다."

"뭐?" 스키너는 대화에 제대로 집중하고자 브레이크를 밟았다. "무슨 일인가? 그녀는 어디 있지?"

"조지 워싱턴 병원입니다, 부국장님. 이웃의 911 전화에 따르면 구급차가 방금 그녀를 실어 갔습니다."

"알겠네. 내가 가지." 스키너는 고함치고는 전화기를 무릎에 떨구고 주차장을 빠져나왔다. 이십 분이면, 혹은 그 안쪽으로 조지 워싱턴 병원에 도착할 수 있었다. 어떤 일이 벌어졌는지 알지는 못했지만, 곧 알아낼 작정이었다. 그가 멀로이를 좋아하든 아니든, 그녀가 그의 프로그램에 하려는 짓이 마음에 들든 안 들든, 그녀는 여전히 그의 사람이었다.

조직 워싱턴 대학 병원, 워싱턴 D.C.
목요일 오후 8시 54분

"상태가 안 좋아요." 삼십 분 뒤, 라지 팔러라는 이름의 젊은 동인도계 의사가 스키너에게 말했다. "하지만 안정되었습니다."

차가 많지 않았던 덕분에, 병원까지는 십오 분밖에 걸리지 않았다. 하지만 스키너는 병원 직원들이 마침내 그의 권위를 인지하고 그녀를 보게 해 줄 때까지 십 분을 더 논쟁에 허비해야 했다. 그 친절한 의사는 스키너가 멀로이의 입원실로 가는 길에 끼어들었지만, 그 점은 괜찮았다. 덕분에 그녀의 상태에 대한 전반적인 내용을 전문가에게 직접 들을 수 있었으니까.

"정확히 무슨 일이 있었던 거요?" 그는 의사에게 더 다가가지 않으려고 애쓰며 물었다. 어떤 일이었건, 이 남자의 잘못은 아니었다. 그는 도우려는 쪽이었다. 불행하게도, 또한 스키너가 그 순간에 화를 배출할 수 있는 유일한 통로이기도 했다. 그 때문에 스키너는 그 남자의 멱살을 거머쥐고 보다 빨리 대답하도록 흔들어대고 싶은 욕구를 억눌러야 했다.

팔러 의사는 위협을 느꼈다 해도 속마음을 전혀 내비치지 않았다. 아마도 성난 보호자들을 다루는 데 익숙하기 때문이라는 점을 스키너는 느낄 수 있었기 때문이었다. "그녀는 폭행당했습니다." 의사는 그제야 설명했다. "심하게요. 곤봉이나 파이프 종류로 생각되는데—손상 부위가 좁지만 맨 손이라기엔 타격이 아주 강해요." 그는 손에 든 차트를 참조했지만, 스키너는 차트가 그저 소도구일 거라고 생각하다가 그날 아침, 멀로이가 서류를 읽는 척했던 일과의 유사성에 아연해졌다. 지금은 그녀에 대한 서류가 읽히고 있었다. "오른팔은 두 군데가 부러졌고, 그 과정에서 회전근개가 파열됐으며, 몇 개의 인대들이 파열되거나 늘어났습니다. 흉부에 적어도 한 번 이상의 타격을 당해서 갈비뼈가 두 대 부러졌고 폐가 눌렸어요. 머리에 입은 타격으로 광대뼈가 일부 무너졌고요." 그는 한숨을 쉬며 고개를 들어 스키너와 시선을 맞추었다. "어쨌든, 운이 좋았습니다. 상의가 두꺼운 가죽이라 충격을 일부 흡수했어요. 부러진 갈비뼈는 장기를 손상시키지 않아 다행히 폐는 복구할 수 있었습니다. 머리에 타격은 입었지만 머리뼈가 부러지거나 뇌에 손상을 입지는 않았고, 안와 부위와 눈 자체도 멀쩡합니다. 시간을 두고, 쉬고, 회복하고, 적절한 물리치료를 병행하면 완치될 겁니다."

스키너는 고개를 끄덕였다. 그는 의사 뒤로 입원실의 멀로이를 볼 수 있었다. 튜브가 구불거리며 몸을 들락거리고 있었고, 머리, 팔, 흉부에 붕대를 감고 있었다. 그녀가 의식이 있는지 없는지는 확실치 않았다. 문 바로 밖에는 유니폼을 입은 경관이 앉아 있었지만, 방 안에는 아무도 없었다. "가족에게 아직 안 알렸소?"

"가까운 인척으로 기록되어 있는 여동생에게 메시지를 남겼습니다. 아직 응답이 없는 것 같네요." 팔러 의사가 확인 후 스키너에게 얼굴을 찡그려 보였다. "괜찮다면 어떻게 그녀가 여기 있는 걸 알았는지 물어봐도 되겠습니까?"

"우리는 수사관들이 곤경에 처할 경우를 대비해 전화를 감시합니다." 스키너는 주변을 둘러보면서 무심하게 대답했다. 모든 것이 고요해 보였다. "그녀의 이름이 911 전화에 떴을 때, 직원이 보고해주더군요." 그는 손을 내밀었다. "고맙소, 선생. 나중에 질문거리가 더 있을지 모르겠소만, 지금은 저기 있는 경관과 얘기한 다음, 멀로이와도 얘기하고 싶소, 가능할지 모르겠지만."

"약간 의식이 혼미할지도 모릅니다." 팔러는 여전히 찡그린 채 경고했다. "상당히 강력한 진통제를 맞고 있어요. 하지만 대체로 조리 있는 편이었으니, 대화를 나누지 못할 이유는 없지요." 그는 고개를 끄덕이고는 다른 환자들을 확인하러 사라졌다. 스키너는 경관에게 곧장 다가갔다.

"FBI 스키너 부국장이네." 그는 자신을 소개하며 배지와 신분증을 보였다. "나는 그녀의 상관일세." 사실에 가까운 말이었다. 물론, 멀로이가 그에게 보고를 하지는 않지만, 그는 수사국에선 그녀보다 윗선에 있었다. "무슨 일인지 얼마나 알고 있나?"

세브렌이라고 적힌 명찰을 달고 있는 경관은 스키너의 배지와 신분증을 보고 의자에서 벌떡 일어섰다. 건장한 체격에 중년의 나이인 그는 젊었을 때 비밀 요원이 되고 싶었던 게 분명했다. "노상강도질이 안 좋게 흘러간 것 같습니다." 그는 대답했다. 그의 목소리는 그의 나머지 부분만큼이나 두껍고 쇠퇴해 있었다. "이웃이 그녀의 비명을 듣고 신고했습니다. 제가 현장에 도착했을 때 그녀는 의식이 없었고 주변엔 아무도 없었습니다." 그는 고개를 저었다. "지갑은 그녀의 바로 옆에 있었는데 누가 뒤진 것 같지는 않았고 시계와 귀걸이, 목걸이도 그대로 있었습니다. 아마 그녀는 쓰러졌지만, 범인은 무언가에 놀라서 물건들을 훔치기 전에 달아났지 않았나 생각됩니다. 그랬든 그렇지 않든 주거침입은 잘못인 거죠. 같은 경우입니다만 — 그녀가 갑자기 나타나서 침입하려던 놈을 놀라게 했고, 그놈이 그녀를 때려 눕힌 다음 도망쳤다고 생각됩니다."

스키너는 자신이 노려보자 경관의 얼굴이 창백해지는 것을 보고 만족했다. 노상강도질이 잘못됐다고? 조용하고 아담한 켄싱턴에서? 자기 집 앞에서? 어떤 강도가 지하철역에서 나오거나 가게로 걸어가는 사람을 노리지 않고 멍청하게 집 앞까지 사람을 쫓아온단 말인가? 그리고 주거침입? 정말로? 집에서 나오는 자를 놀라게 했다면, 그가 침입한 흔적이 있을 터였다. 도둑이 집에 들어가려는 중이었다면, 아무리 덜떨어진 놈이라도 들키기 전에 그냥 사라졌으리라. 왜 굳이 남아서 그녀를 폭행하겠나? 전혀 말이 되지 않았다.

하지만 그는 아무 말도 하지 않았다. 어쨌든, 세브렌은 그의 직원이 아니었다. 어느 수사관이 그렇게 형편없는 추측을 스키너에게 내놓았다면 갈기갈기 찢어졌을 것이다. 하지만 이자는 그저 현장의 폭력성에 완전히 압도된, 졸음에 겨운 지역 경찰일 뿐이었다. 그래서 스키너는 이렇게만 말했다. "고맙네. 해가 뜨자마자 내가 현장에 직접 가보지." 그때까지는 시간이 아직 한참 남아 있었다. 빛이 조금이나마 수평선을 따라 퍼지기 전까지 하늘은 훨씬 더 어두워질 터였다.

경관의 끄덕임을 거의 인지하지 못한 채 스키너는 걸음을 옮겨 방문을 노크한 다음 문을 열며 안으로 들어섰다. "멀로이?" 그는 병원 침대에 다가서며 부드럽게 말했다. "내 말 들리오?"

그 말에 약간 쉰 웃음소리가 화답했다. "안녕하세요, 스키너 부국장님." 그녀의 목소리는 아침보다 가늘었고 눈에 띄게 떨렸지만, 아직은 분명했다. "다시 뵈니 정말 반갑네요. 죄송하지만 지금 당장은 부국장님의 반론을 검토할 수 없을 것 같군요. 제가 다른 일이 좀 있어서요."

적어도 그녀의 유머 감각은 여전하다고 스키너는 생각하면서 조금 더 다가갔다. "지금은 그런 걱정 하지 맙시다." 그는 단호히 말했다. "그 얘기는 나중에 합시다. 지금은 정확히 어떤 일이 있었는지 듣고 싶을 뿐이오."

"누구에게 감사할지 알고 싶으신가요?" 멀로이는 물으면서 다시 웃었다. 그녀의 웃음소리는 살짝 떨렸고, 스키너는 그녀의 명랑한 기분이 부분적으로는 지금 맞고 있는 약 때문이라 추측했다.

하지만 그는 진지하게 대답했다. "아니, 내 사람 중 하나를 다치게 한 벌로 누구를 때려눕힐지 알아내려는 거요. 기억나는 대로 말해

보겠소?"

그녀는 얼굴을 찡그렸고, 눈의 초점이 살짝 흐려졌다. 하지만 잠시 뒤에 고개를 끄덕였다. "늦게까지 일하고 있었어요." 그녀는 천천히 말하기 시작했다. "집에 도착해서, 차에서 나왔고, 문으로 걸어갔어요." 더욱 찡그리는 바람에 얼굴에 새로운 주름들이 생겼다. "비가 오기 시작했어요. 무언가가—누군가가—저를 때렸어요. 팔을요. 또 한 번. 그런 다음에는 가슴을. 저는 쓰러졌어요. 그런 다음 무언가가 제 머리를 쳤고요. 그게 기억나는 전부예요."

"누가 그랬는지 봤소?" 묻긴 했지만, 스키너는 그녀가 고개를 저었을 때 놀라지 않았다. 봤다면, 그것부터 미리 언급했을 터였다.

"아뇨, 칠흑같이 어두웠어요." 그녀는 단언했다. "아무것도 못 봤어요." 그녀의 시선이 문을 향했다. 밖에는 경관이 서 있었다. "저 경관은 노상강도였던 것 같다고 말하더군요. 아니면 도둑이거나. 뭐 그런 거요."

스키너는 주먹을 그러쥐었다. "그래, 뭐, 세브렌 경관은 속도위반 딱지를 끊거나 무단결석한 학생들을 겁주는 데는 능숙할지도 모르지." 그는 느릿느릿 말했다. "누가 왜 이런 짓을 했는지 내가 직접 알아낼 것이오." 그는 약간 몸을 숙였다. "그래도, 날 믿어요, 멀로이. 누가 그랬건 내가 잡겠소. 내 약속하지."

그 말에 멀로이는 눈이 감기면서도 희미하게, 졸음에 겨운 미소를 지었다. "고마워요, 스키너 부국장님. 그리고 말인데, 반론 제출 기일을 약간 연장해 드릴게요. 월요일이면 어떨까요?" 그런 다음 그녀는 턱을 쇄골 쪽으로 떨구더니 느리고 깊게 숨쉬기 시작했다. 잠이 든 것이다.

'월요일이라', 스키너는 돌아서면서 생각했다. 멀로이는 낙천주의 자임이 분명했다. 누가 그런 줄 알았겠나? 하지만 이제 그는 몇 시간 전 그들이 논의했던 그 프로젝트에 대한 것이 아니더라도, 그녀에 대한 정보를 좀 알아볼 참이었다. 그는 주차장으로 그를 내려다 줄 엘리베이터를 향해 병원 복도를 성큼성큼 걸어가면서 머릿속에 이미 질문 목록을 작성하고 있었다. 멀로이의 주소는 이미 알고 있었다. 거기에 어떤 해답이 있을지 알게 되리라. 하지만 그 일은 아침에 하는 것으로. 집에 더 늦게 들어간다면, FBI 수사관 중 얼굴에 멍 자국이 생기는 사람은 멀로이 뿐이 아닐 것이다.

메릴랜드 주, 켄싱턴
금요일 오전 8시 20분

"믿을 수 없는 목격자." 현장을 조사하는 스키너의 머릿속에 처음 떠오른 것은 바로 이 말이었다. 그토록 얼음 같은 냉정함과 예리한 시선에도 불구하고, 멀로이는 믿을 수 없는 목격자였다. 한편, 그녀는 구경꾼이라기보다 피해자였고, 따라서 그녀의 기억이 뒤죽박죽된 것을 비난할 수는 없었다. 다만, 그렇다면 그는 그녀가 말한 모든 것을 의심해야 했다.

이유는 빗물이 전혀 없었기 때문이었다. 있었던 적도 없었다. 그는 멀로이의 차와 현관 사이에 흩어진 서류들을 내려다보고 있었다. 그녀가 공격당했을 때 떨어진 것이 분명했다. 그런데 그중 어느 한 장도 젖지 않았다. 그 너머 잔디밭은 축축했으니 보다 앞선 어느 시점에

풀잎에 작은 물방울들이 남을 만큼 비가 오기는 한 것 같았다. 하지만 종이는 구겨졌으되 마른 채였다.

그리고 흥미롭게도 언급되지 않은 점이 있었다. 그는 서류 종이들을 보느라 쪼그리고 앉았을 때 이 두 번째 사실을 알아차렸다. 종이 몇 장은 여자 구두로 보이는 것에 밟힌 자국이 있었다. 각도와 발자국들 사이의 거리로 볼 때, 멀로이가 휘청거리며 뒷걸음질 치다 쓰러지면서 생긴 자국 같았다. 하지만 다른 흔적은 전혀 없었다. 하나도.

다시 말해 이런 짓을 한 사람이 누구든 이 종이들 주변을 밟지 않고 지나갔다는 말이 된다. 자기 발로 밟은 것들을 주워갔다면 모를까. 하지만 그 종이들이 그 주변에 거의 빈틈없이 깔렸다는 점을 고려하면 그럴 가능성도 낮았다.

당시엔 어두웠다. 스키너는 현관 앞 모서리를 올려다본 다음 어깨 뒤로 거리를 흘끗 내다보며 생각했다. 보이는 범위 내에 가로등도 없었고, 진입로에 전등도 없었다. 문에 있는 한 개짜리 전구는 그날 켜져 있지 않았다. 그러니 멀로이가 한 가지만큼은 맞았다. 당시는 칠흑같이 어두웠다. 하지만 그렇다면 그녀를 폭행한 자는 어떻게 그 서류들을 피해 다녔을까? 그리고 왜 그녀는 오지도 않은 비가 왔다고 생각했을까?

이 사건은 옳지 않았다. 스키너는 쭈그려 앉아있던 몸을 일으켜 세우며 결론지었다. 정보의 조각들이 서로 들어맞지 않는 것이다. 그런 점이 X-파일을 생각나게 했다. 멀더라면 이 사건에 홀딱 반할 것이다. 잠시 스키너는 멀더를 부를까 생각했다. 하지만 안 될 말이었다. 그 호리호리한 요원이 자신의 터무니없는 가설들을 제시해가며 미지의 전설을 읊어대게 하는 것은 전혀 도움이 되지 않기 때문이다.

그럼에도, 스키너는 이 폭행 사건을 X-파일처럼 다루기로 결심했다. 현실의 법칙성 따위는 집어치우자, 그는 스스로에게 말했다. 얼마나 기이하건 상관없이, 모든 것이 가능하다. 그래서 그는 무엇을 알고 있나?

첫째, 누군가가 멀로이를 여기, 그녀의 집 앞 진입로에서 공격했다.

둘째, 칠흑같이 어두웠음에도 범인은 그녀를 반복적으로 때렸을 뿐 아니라 그 와중에 장애물들은 모두 피했다.

셋째, 이 사건은 사적인 일이다. 이 점은 증명된 사실이 아니었지만, 그럼에도 스키너는 그 점을 알 수 있었다. 아니라고 하기엔 지나치게 폭력적이었다. 그 폭행 뒤에는 상당한 분노, 악의에 찬 증오심이 있었다. 그리고 범인은 멀로이를 명확하게 골라냈다. 그게 누구든 그는 멀로이가 고통을 겪기를 원했다.

이 점에 대해 스키너는 반사적으로, '멀로이가 예산을 가지고 위협한 이가 나만은 아닌 게 분명하군'이라고 생각했다. 물론 몰인정한 생각이었다. 하지만 아마도 거기에는 일말의 진실이 있었으리라. 그는 범인이 FBI라고는 단 한 순간도 생각하지 않았는데, 다른 이유가 없다면 이런 생각은 허술하다며 수사관에게 배지를 반납하라고 요구했을 터였다. 하지만 멀로이가 계속 수사국에 있었던가? 그 커피 컵, 스키너는 떠올렸다. 뭐라고 새겨져 있더라? 라이스 앤 슬론. 거기가 그의 다음 목적지였다. 그가 도착할 때쯤이면 업무를 시작했을 것이다.

조지 워싱턴 대학 병원, 워싱턴 D.C.
금요일 오전 10시 41분

"당신의 이전 상사들과 대화를 좀 나눴소." 그는 한두 시간 뒤 멀로이를 방문했을 때 그녀에게 말했다. 반갑게도 그녀는 깨어 있었고 오늘은 좀 더 기운차 보였다. "이 사건은 당신이 그곳에서 했던 일과 관계가 있으리라 생각했소. 하지만 그 사람들은 그럴법한 일은 아무것도 기억하지 못하더군."

"저는 회계사예요." 그녀는 그에게 상기시켰다. "검찰관이 아니에요. 저를 쫓아다닐 사람들은 없다고요." 그녀가 시내버스에 열 번은 부딪친 것처럼 보이는 점을 고려할 때 이 말은 아이러니했다. 붕대 아래와 주변에 보이는 멍 자국은 이제 보랏빛을 띠며 선명해져 있었다.

"이런 짓을 한 자가 누구든 특별히 당신을 쫓고 있소." 스키너가 반박했다. "내가 알고, 당신도 알고 있잖소." 그는 그녀가 눈을 깜박거리며 잠시 그의 눈을 피하는 모습을 바라보았다. "뭐요?" 그는 그녀의 침대 옆으로 끌어다 놓은 의자에서 몸을 숙이며 대답을 요구했다. "나한테 말 안 하고 있는 게 뭐요?"

"아무것도 아니에요." 그녀는 잠시 뒤 대답했다. 목소리는 전보다 더 작아지고 한층 순했지만, 냉철한 강철은 변화를 거부했다. "아무것도 아닐 거예요. 정신이 없었으니까."

"그랬을지도 모르지." 스키너는 동의했다. "하지만 그렇다고 아무것도 못 알아차린 건 아닐 테니. 말해 봐요."

그녀는 한숨을 쉬었다. "제 생각엔 제가…, 어떤 목소리를 들은 것 같아요. 기절하기 직전에."

"목소리?" 스키너는 귀를 활짝 열었다. "남자? 여자? 젊었소? 늙었소? 억양은? 음역은? 뭐라고 말했소?"

"남자였던 것 같아요." 그녀는 얼굴을 찡그리며 잠깐 눈을 지그시 감았다. "부드러웠어요. 허스키했고요. 억양은 없었어요. 그는 '맹인의 나라에는 왕이 없지'라고 말했어요." 그녀는 웃다가, 멍든 가슴과 붕대를 두른 갈비뼈에 통증을 느끼며 찡그렸다. "죄송해요. 제가 상상한 것 같네요. 어쩌면 정말 그랬는지도 모르지만."

"어쩌면." 스키너는 동의했지만, 이미 머릿속으로는 그 구절을 반복하고 있었다. "맹인의 나라에는 왕이 없다." 그는 그런 구절이 있음을 알고 있었다. 성경이었던가? 맹인의 나라와 애꾸눈이에 대한 무엇이었다. 이 문장은 그 구절의 변형일 수도 있었다. 그는 그녀가 상상한 것이 아니라고 확신했다. 그녀를 공격한 자가 그녀에게 이 말을 속삭였다는 것은, 이 말이 중요하다는 뜻이었다. 하지만 그 문장의 의미는 무엇인가?

짧은 대화로도 멀로이는 피곤해했다. 스키너는 그녀가 쉬도록 방을 나왔다. 핸드폰으로 잠깐 검색하자 원래의 인용구가 나타났다. "맹인의 나라에서는, 애꾸눈이가 왕이다." 성경이 아니라, 에라스뮈스[25]였다. 그렇다 치고, 범인은 "왕이 없다"고 말했다. 이쪽이 더 신랄하게 들렸다. 분노. 그들이 찾는 자는 시각장애인일까? 혹은 그저 비유인가?

---

25) 데시데리위스 에라스뮈스(Desiderius Erasmus, 1466~1536). 가톨릭교회 제도를 비판한 네덜란드의 인문학자. 저서로 〈우신예찬〉이 있다.

시각장애인이라면 어둠은 신경 쓰지 않았겠지, 스키너는 깨달았다. 그리고 그녀의 상처들은 마치 파이프나 지팡이 — 혹은 시각장애인용 지팡이처럼 가늘고 묵직한 것으로 생겼다. 시각장애인이 그 서류들 사이로 길을 찾아갈 수 있었을까? 쉽지 않았을 것이다. 전혀 속도를 내지 못했을 터였다. X-파일, 스키너는 되새겼다. 이 남자는 아마도 그저 여느 늙은 장님이 아니었으리라.

실마리들이 바로 앞에 있는 것처럼 느껴졌다. 그저 손만 뻗으면 됐다. 더불어 그는 혼자서는 그 실마리들을 잡을 수 없으리라는 우울함도 느꼈다. 한숨을 쉬면서, 그는 핸드폰에 저장된 번호를 눌렀다.

"스키너일세." 그는 상대방이 전화를 받자마자 말했다. "대답만 하게. 스무고개 할 시간은 없네. 어떻게 하면 눈이 먼 남자가 바닥에 떨어진 종이 더미들을 재빨리 피해 달아날 수 있겠나?"

대답은 신속했다. "반향 위치 측정이죠."

"박쥐들이 하는 것 말인가?"

"가설들이 있는데요." 멀더는 말을 꺼냈다가 스키너가 목청을 가다듬자 속도를 높였다. "박쥐들이 하는 것을 인간이 터득할 수 있다고 생각하는 사람들이 있습니다. 음파탐지로 길을 찾는 거요. 반사시킨 음들로 정신적인 지도를 그려서 주변 환경을 인지하는 겁니다."

"연구하는 사람은?"

그는 멀더가 컴퓨터 키보드를 두드리는 소리를 들었다. "한 사람 있었네요." 멀더는 잠시 뒤에 말했다. "제럴드 라스무센 박사입니다. 몇 년 전에 이에 대한 논문을 발표했습니다. 기대가 많았어요. 다만, 어떤 식으로든 연구가 진행된 것 같지는 않군요."

"이 라스무센이라는 자가 어디서 일했나?" 스키너는 물었다.

키보드를 두드리는 소리가 좀 더 들렸다. "패튼 젠테크입니다." 멀더가 대답했다.

"고맙네, 멀더 수사관." 스키너는 말을 삼키지 않으려고 애를 썼다. "큰 도움이 됐네." 그는 그 수사관이 더 많은 가설을 제시하거나, 혹은 왜 알려고 하는지 묻기 전에 전화를 끊었다.

라스무센. 패튼 젠테크. 몇 년 전에 논문을 발표했지만, 그 이후로 진척이 없음.

스키너는 라이스 앤 슬론에 물으면, 패튼 젠테크가 그들의 고객사였으며 어느 해 예산 검토 중에 라스무센의 예산을 삭감하길 권했다는 답을 얻을 수 있으리라는 강력한 예감이 들었다. "기껏해야 미심쩍은 성과들이라 했겠지." 그는 확신했다.

트레이시 멀로이가 담당 회계사였으리라는 점도 확신했다.

그 훌륭한 박사의 연구가 결국 열매를 맺은 듯이 보였다. 그리고 그 박사는 이를 증명하고 복수하는 일을, 동시에 해치우기로 결심한 것이다.

하지만 멀로이는 그 공격에서 살아남았다.

다시 말해, 그녀를 공격한 자는 다시 시도할 것이라는 뜻이기도 했다.

스키너는 얼굴을 찡그리고 시계를 들여다보았다. 거의 정오에 가까웠다. 적어도 해가 질 때까지는, 그리고 아마도 해가 진 후에도 몇 시간 정도는 여유가 있었다. 집에 가서 샤워하고, 옷을 갈아입고, 음식을 좀 먹고 준비해도 충분히 남는 시간이었다.

가는 길에 꽃가게에 들를 수도 있었다. 꽃을 안고 들어서면, 샤론도 당장은 그를 내치지 못하리라. 그는 희망을 품었다.

조지 워싱턴 대학 병원, 워싱턴 D.C.
토요일 오전 12시 13분

스키너가 정신을 차리기 시작한 시각은 늦은 밤, 자정이 지났을 무렵이었다. 그는 저녁 식사 직후부터 멀로이의 방 바깥 의자에 자리 잡고 앉아 졸고 있었다. 이제 그는 어둠 속에서 눈을 가늘게 뜨고 무엇 때문에 깼는지 주변을 둘러보았다.

어둠. 왜 어두워졌을까? 여기는 병원이었다. 늦은 밤이라도 이곳 회복실 같은 곳에는 항상 불빛이 있기 마련이었다. 하지만 불빛은 전혀 보이지 않았다. 완전한 정전이었다.

좋지 않았다.

주변에는 아무도 없었는데, 이 역시 이상하고 부적절했다. 하지만 만약 전기가 나갔다면 직원들은 이를 해결하고 당장 위험에 처하게 될 이들, 생명유지 장치 등을 달고 있는 환자들을 돌보느라 분주할 터였다. 이 병동은 이미 회복 중인 이들이 머무는 곳이었다. 따라서 심장 모니터인지 뭔지 등이 더 이상 기능하지 않아봤자 누군가의 인슐린 펌프[26]가 다시 작동되는 것보다도 덜 위험할 터였다. 아마도 간호사들은 물품을 챙기거나 다른 층들로 달려가느라 부산을 떨었을 테고, 덕분에 그의 잠도 깬 것이리라. 곧 누군가가 병동을 확인하러 오리라고 그는 확신했다. 그래도, 지금 당장 그 층에는 그 혼자뿐이었다.

다음으로 그가 알아차린 것은 그 소리였다. 부드럽고, 빠르게 후드

26) 인슐린을 자동으로 주입해주는 의료 장비.

득거리는 소리 — 빗소리와 아주 유사하다는 점을 그는 깨달았다. '당신이 한 점 올렸군, 멀로이.' 다만, 정확히 빗소리는 아니었다. 소리는 그의 등골을 오싹하게 만들면서, 그의 귀와 눈동자 뒤쪽 가까이서 윙윙거리는 불편한 감각을 남겼다.

그리고 점점 다가왔다.

얼마 지나지 않아 그는 어둠 속에서 접근하는 한 형체를 분간할 수 있었다. 마치 칠흑 같은 커튼을 젖히며 나타나듯, 어둠을 배경으로 윤곽과 자세한 형상들이 천천히 드러났다. 형체는 키가 컸고, 길고 하얀 지팡이로 자기 앞의 바닥을 두드리고 있었다. 어둠 속에서 지팡이만 밝게 빛났다. 저게 그 소리였다는 것을 두 번째 소름을 견디면서 스키너는 깨달았다. 그리고 만일 그가 옳다면, 저 남자는 저 소리와 그 반향을 이용해 자기 주변 환경을 머릿속에 그리고 있었다. 박쥐처럼. 그런 연상은 이 상황의 기괴함을 배가할 뿐이었다.

"라스무센 박사가 아니십니까?" 스키너는 일어서는 동시에 재킷 주머니에 손을 뻗으며 외쳤다. 행동을 취하니, 어둠 속에서 눈을 뜬 이후 계속 그를 불안하게 했던 어둠에 대한 아이 같은 공포가 조금은 가셨다.

"누군지 몰라도, 비키시오." 그 훌륭한 박사가 대답했다. 그의 목소리는 속삭이듯 부드럽고 낮았으며 겨울바람처럼 차가웠다. "나는 여자를 원할 뿐이오."

"그럴 수 없소." 스키너가 말하며 어둠의 잔재를 떨쳐냈다. "물러서시오, 박사. 아직 그럴 수 있을 때 물러서시오."

박사는 미소를 짓고 바닥을 두드리며 가까이 다가왔다. 짙은 어둠 덕에 어슴푸레하게 윤곽만 가까스로 보이는 의자며 카트들 주변을 한 치의 오차도 없이 피하고 있었다. "나는 그렇게 생각하지 않소." 그는 대답했다. 어둠에 대한 그의 완벽하게 편안한 태도는 누구라도 동요시킬 만했다.

스키너는 어깨를 으쓱거렸다. 자신의 계획에 몰입한 덕에 두려움을 완전히 떨쳐낼 수 있었다. "그럼 당신만 곤란해지지." 그리고 그는 손에 들고 있던 장치의 스위치를 켰다.

순간 라스무센은 얼어붙었다. 고개를 이리저리 돌리며 명백히 혼란에 빠진 모습이었다. 그의 지팡이가 바닥에서 몇 센티미터 뜬 자리에서 그대로 맴돌았다. "무슨 짓을 한 거야?" 그가 비명에 가까운 목소리로 물었다.

"초음파 기록이오." 스키너는 대답하고 경계를 늦추지 않은 채 박사에게 다가갔다. 한쪽 손으로는 다른 쪽 주머니에서 케이블타이를 꺼냈다. "박각시나방에서 나온 거요. 이 음들은 박쥐의 반향 위치 측정을 무력화시키지요. 당신한테도 같은 작용을 하리라 생각했지." 친구란 유용한 존재였다. 스미스소니언에 있는 친구들은 특히 더 그랬다. 국립동물원의 디지털 아카이브에 저장된 자료들은 그저 놀라울 뿐이었다. 돌아오는 길에 그는 거기 들렀었다.

라스무센은 지팡이를 사납게 휘두르면서 몸부림쳤다. 하지만 이제 그는 스키너와 마찬가지로 보이지 않았다. 더 안 보이는 것이 분명했다. 다가가는 사이 스키너의 시야는 적응되어 그는 박사의 눈이 무디고, 한 꺼풀 덮여 있음을 알 수 있었다. 마치 안개가 침투해서 색채를 가린 것 같았다. 이 남자가 시각 장애를 치료하는 데 그토록 열중했던 것은 놀랄 일이 아니었다. 그는 스스로 그 치료법을 사용하고자 기대했던 것이다. 그리고 사용했다. 그가 그 방법을 적용한 첫 번째 행위가 복수여야 했다는 것은 정말 안타까운 일이었다.

아직 잘 보이지는 않았지만, 스키너는 무모하게 휘둘리는 지팡이를 쉽사리 피할 수 있었다. 그는 지팡이 사이로 다가가 한 손으로 지팡이를 잡고 라스무센의 손아귀에서 떼어냈다. 다른 손으로는 박사의 어깨를 잡고 몸을 비틀어 그 남자의 뒷다리를 걸고 강제로 다리를 굽히게 한 다음 바닥에 쓰러뜨렸다. 그런 다음, 박사의 손을 등 뒤로 돌려 케이블타이로 손을 묶는 것까지는 손쉬운 일이었다. 사건은 해결되었다.

멀더가 이 일을 알고 나면 얼마나 견딜 수 없게 굴지 벌써부터 몸서리쳐졌다.

조지 워싱턴 대학 병원, 워싱턴 D.C.
화요일 오후 5시 22분

며칠 뒤 스키너는 다시 멀로이를 보러 들렀다. "좋아 보이는군." 그는 그녀의 방에 들어서며 말했다. 멀로이는 팔에 가벼운 깁스를 했고, 얼굴 옆으로는 고정 장치를 했지만, 멍 자국들은 옅어지고 있었다.

"좋아졌어요. 하지만 아직 갈 길이 멀어요. 적어도 퇴원은 시켜준다고 하네요." 그녀는 이미 환자복이 아니라 청바지에 긴소매 티셔츠를 걸친 평상복 차림이었다. "고마워요." 그녀는 애써 스키너의 눈을 들여다보며 말했다. "라스무센을 잡아줘서요. 또 그를 막아줘서."

스키너는 고개를 끄덕였다. "도움이 될 수 있어서 기쁘오."

작은 미소가 멀로이의 얼굴에 깃들었다. 이렇게 대답할 때 그녀의 눈에는 예의 그 불빛이 반짝였다. "그리고 이제 부국장님이 저한테 그 도움의 대가가 무엇인지 말해줄 차례겠지요? X-파일을 남겨두기라던가?"

하지만 스키너는 고개를 저었다. "아니, 이제 내가 반론을 제시할 차례요." 그는 침대의 그녀 옆에 서류를 떨구었다.

그녀는 서류를 펼쳐보고는 그를 올려다보며 눈살을 찌푸렸다. "이건 제 사건 경위서인데요. 기묘한 협박장 같은 건가요?"

"전혀 아니오." 스키너는 팔짱을 꼈다. "당신은 몇 년 전에 이 남자의 예산을 삭감했지. 아마 그의 이름도 몰랐을 거요. 그는 연구를 계속했소. 너무 혁신적이어서 동화나, 믿거나 말거나 같이 들리는 연구를 말이오. 그러고는 복수를 위해 당신을 쫓아왔소. 이런 것이야말로 X-파일이 다루는 종류의 사건이오. 다른 방식으로는 설명될 수 없는 사건들, 뚜렷하게 즉각적인 성과를 보이지 않을 때조차 장기적으로 영향을 미칠 사건들 말이오. 그게 바로 X-파일이 존속해야 하는 이유요."

멀로이는 생각에 잠겨 서류를 무심하게 넘기면서 그의 말을 숙고했다. 마침내, 그녀는 고개를 끄덕였다. "무슨 말인지 알겠어요." 그녀는 인정했다. "저는 확고한 숫자들, 뚜렷한 이익들, 정량화할 수 있는 성과들을 다루지요. 하지만 그래요, 어쩌면 사건들을 약간…, 다른 식으로 다루는 팀이 하나쯤은 있어야 할지도 모르겠네요. 이런 사건들 말이에요." 그녀는 고개를 끄덕였다. "좋습니다, 스키너 부국장님. X-파일은 남습니다."

스키너는 마주 고개를 끄덕이며 웃지 않으려고 최선을 다했다.

"고맙소. 회복 잘 되기를 바라오."

밖으로 나와 복도를 걸으면서, 스키너는 이 일에 대해 생각했다. 처음에는 일정 부분 별난 고집 때문에 X-파일을 옹호하기도 했다. 더 이상 뼈를 원하지 않지만 뺏기게 되면 싸우려 드는 개처럼. 하지만 X-파일에 가치가 있다는 점을 안 지는 꽤 되었다. 그리고 이제 그는 심지어 그 가치를 설명할 방법을, 그래서 다른 이들도 그 가치를 보게 하는 방법을, 적어도 조금쯤은 알게 되었다.

이제는 샤론이 그를 용서하고 소파에서 벗어나게 해 줄 가치를 보게 하는 일만 남았다. 하지만 스키너는 멀더조차 그 일은 도울 수 없으리라 생각했다.

그래도 초콜릿이라면 도움이 될지도 모르지. 아주, 아주 많은 초콜릿이라면.

THE X FILES™

땅거미

Dusk

폴 크릴레이

THE X FILES™

뉴햄프셔 주, 캐슬 블러프
2015년 12월 21일, 오전 2시 16분

킴 던컨은 이 땅에서 살아온 십칠 년 동안 미심쩍은 결정들을 수없이 해왔다. 하지만 스스로 생각해도 이번은 최악의 결정 중에서도 선두를 다투는 결정이었다.

하지만 어쩌겠는가? 브리오니와 그 아이의 지옥에서 온 친구가 한밤중에 집을 몰래 빠져나가는 것을 보았으니 그녀로선 따라가는 수밖에. 그 외에 무슨 수로 그녀가 자기 여동생에게 창피를 주겠는가? 창피를 주려면 확고한 사실이 필요했다. 그리고 확고한 사실이란, 함께 가지 않으면 부모님에게 이르겠다고 협박하는 것을 의미했다.

그녀는 지금 그 결정을 약간 후회하고 있었다. 킴은 몸을 떨면서 아빠의 누비 재킷을 더 단단히 여몄다. 묵직한 안개가 나무둥치들 사이에 서서히 휘감겼다. 그녀는 코앞 1m도 분간할 수 없었고, 시간이 흐를수록 점점 더 추워졌다.

"마르코!"[27] 그녀는 소리쳤다.

브리오니의 친구이자 앞서 언급했듯 지옥에서 온 오드리가 그녀에게 입김을 뿜어댔다. "조용히 해!" 그녀는 딱딱거렸다. "맙소사, 언니 진짜 짜증난다. 언니 때문에 다 망하겠어."

---

27) 아주 근사한 남자를 일컫는 속어.

킴은 오드리의 눈앞에 핸드폰을 불쑥 내밀고는, 오드리가 얼굴을 찡그리고 욕을 중얼거리며 고개를 돌릴 때까지 들고 있었다.

브리오니, 오드리, 그리고 브리오니의 재수 없는 언니, 키미. 무슨 삼류 십 대들의 시트콤 같았다.

"집에 가자. 금방 눈이 올 거야." 킴이 말했다.

"오지 말라고 했잖아." 브리오니가 말했다.

"그래, 그리고 내가 널 여기 혼자 보냈다는 걸 엄마가 아시기라도 하면? 나는 한 달간 외출이 금지되겠지."

"뭐가 다르다고 그래? 친구가 있는 것도 아니면서. 언니의 멍청한 책들이나 보면서 그냥 방에 앉아 있으면 되잖아."

"정말? 그게 네가 생각하는 최고의 욕이야? 내가 방에 앉아서 책을 본다는 게?"

오드리는 완벽하게 펴진 머리카락을 날리며 휙 돌아서더니 숲으로 더 깊이 들어갔다. 세 걸음도 가지 못해 발을 잘못 디디더니 무릎으로 넘어지고 말았다.

"그럼 그렇지. 하이힐을 신고 숲에서 하이킹이라니. 매우—영리하지—못함이라고 해시태그[28]라도 붙여야겠다."

"하이킹하는 거 아니거든. 찾고 있는 거지."

그거였다. 그들이 크리스마스를 삼 일 앞둔 아찔하게 추운 밤에 숲을 허우적거리고 있는 어처구니없는 이유가.

찾기.

컬럼 제임스, 그 초대박 베스트셀러 〈땅거미〉 소설에 나오는 신비

28) 트위터, 페이스북 등 SNS에서 편리하게 검색할 수 있도록 게시물 뒤에 약어로 분류해 놓는 것.

한, 삼백 살 먹은 뱀파이어 찾기.

"도대체 언제쯤 그가 멍청한 책 속의 등장인물이고 안개 낀 숲을 돌아다니는 진짜 인물이 아니라는 점을 받아들일 거야?"

"그렇다는 걸 어디 증명해 봐. 사라랑 재스민이랑 쇼, 전부 그를 봤는걸. 그는 엄청나게 매력적이다? 하지만 그런 점은 뽐내지도 않아." 오드리가 비웃으며 말했다.

브리오니는 끄덕거렸다. "있지, 그리스 신처럼 잘 생겼는데 본인은 깨닫지 못한다?"

킴은 이를 갈았다. 여동생이 거의 모든 말을 질문처럼 하는 게 너무 싫었다.

"그리고 사라가 그러는데 걔랑 칼럼이 한순간 서로 통했다? 그리고 그 순간 자기가 그에게 특별하다는 것을 알았대."

"그래서 걔네가 그와 얘기라도 했다는 거야, 그래?" 킴이 물었다.

"아니. 그가 사라를 쳐다보는 그 눈길 있잖아? 언니는 이해 못 할 거야." 브리오니가 말했다.

"어쨌든, 거짓말하는 거야. 컬럼 제임스가 걔를 고를 리가 없어. 그렇게 형편없는 애를." 오드리가 말했다.

"어디 보자. 네가 더 그의 이상형이지?" 킴은 말했다.

오드리는 머리카락을 가볍게 넘겼다. "당연하지."

"실망시켜서 미안하지만. 나는 그 첫 책을 읽었거든. 그의 이상형은 친구가 없는 조용한 외톨이라고." 킴이 여동생에게 미소를 지으며 말했다. "우리 중에 그의 이상형이 있다면, 그건 나란 말이지."

"맙소사, 언니 정말 불쌍하기 짝이 없다. 그가 언니를 고르기라도 할까 봐." 브리오니가 말했다.

"그래, 내가 불쌍하지. 상상의 뱀파이어가 자기를 알아봐 주길 바라며 한밤중에 숲을 휘젓고 다니는 애한테 그런 말을 들으니."

오드리가 갑자기 돌아서더니 킴의 재킷을 거머쥐었다. 분노로 일그러진 소녀의 얼굴에 킴은 놀라 눈을 깜박였다. "그는 상상이. 아니야." 얼굴을 킴의 얼굴에서 고작 몇 센티미터 떨어진 앞까지 붙인 채 그녀가 소리쳤다.

"그래, 그래. 알았어. 맙소사, 진정해."

오드리는 오 초 동안 킴을 노려본 다음, 재킷을 놓아주고 달콤하게 웃더니 옷을 펴 주었다. 그녀는 돌아서서 숲 속으로 더 깊이 들어가기 시작했다.

"설사 누가 여기 있다 해도 인터넷에서 관심이나 끌고 싶어 하는 변태일 거라는 건 너도 알지?" 킴은 소리쳤다. 하지만 오드리는 그녀를 무시했다.

그들은 계속 걸었다. 안개는 점점 짙어졌고, 하얀 연무가 숲에 깔리며 나무들을 거의 꼭대기까지 감추었다. 나뭇가지가 킴의 머리카락에 엉켰다. 그녀는 욕설을 내뱉으며 잠깐 멈추었다.

"얘들아! 기다려." 킴이 소리쳤다.

그녀는 얼굴을 찡그리며 머리카락을 풀려고 머리를 흔들었다. 결국엔 머리카락을 홱 잡아당겨 풀다가 한 뭉치를 뜯기고 말았다.

"끝내주네."

킴은 짜증을 부리며 가지를 꺾어 바닥에 내동댕이쳤다.

그 순간 자신이 혼자임을 알아차렸다.

킴은 주변을 둘러보았다. 안개는 더욱 짙어져서, 피곤한 눈 위에 안대를 한 것 같았다.

"브리오니?"

대답이 없었다.

"오드리?"

킴은 몇 걸음 더 나아가다 이내 멈췄다. 어디로 가고 있는지 전혀 알 수 없었다. 1m 앞도 보이지 않았다. 예전에 읽기로는, 길을 잃으면 그 자리에 멈춰 서서 누군가가 찾아오길 기다려야 한다고 했다. 하지만…. 그녀는 주변을 둘러보며 축축하게 뺨을 적시는 안개에 몸을 떨었다. 밤새 여기서 서성거릴 수는 없었다. 얼어 죽을 것이다.

킴은 움직이기로 결정했다.

어디를 디뎌야 할지 계속 발밑을 쳐다보았다. 넘어져 발목을 접질리는 건 가장 바라지 않는 일이었다.

이따금 멈춰 서서, 나머지 둘이 어디로 갔을지 생각하며 귀를 기울였다.

그러다 어느 순간 저 위쪽에서 하얀빛을 보았다.

FBI 본부, 워싱턴 D.C.

월요일 오전 8시 54분

'나는 특별하지 않다. 멋진 아이들 중 하나도 아니다. 감수성이 풍부하지도 않다. 그리고 고스 애호가[29]도 아니다. 나는 그저 고등학교를 졸업해서 이 쓰레기 같은 마을을 떠나 시카고에서 저널리즘을

29) Goth. 종말 · 악마 · 죽음 등을 노래하는 록 음악의 한 형태. 그런 음악이나 분위기를 추종하는 사람들을 가리키기도 한다.

공부하고 싶은 아이일 뿐이다.'

'그것이, 컬럼 제임스와 계속 마주치는 것이 그토록 이상하게 느껴지는 이유다. 마치 그가 일부러 접근하는 것 같다. 그야말로 말도 안 되는 일이다. 멋진 남자아이들은 나 같은 여자아이한테 반하지 않으니까. 그런 일은 일어나지 않는다. 그런 아이들은 치어리더를 더 좋아한다. 머리가 텅 빈 여자애들. 자기들의 벌써부터 좁아터진 사고방식에 도전하지 않는 애들 말이다.'

'솔직히 말하자면, 컬럼은 나를 약간 들뜨게 했다. 그는 외톨이다. 사실, 약간 별종으로, 새하얀 피부에, 미소는 마치 할리우드 스타의 미소 같다. 그리고 그의 눈은….'

'…그의 눈은 깊고, 어두운 연못처럼 모든 걸 감추고 있다. 아무것도 드러내지 않는다.'

스컬리는 넌더리를 내며 책을 탁 덮었다. "미안해요. 정말이지 내 취향이 아니네요."

멀더는 점잖게 고개를 끄덕였다. "댄 브라운[30] 팬에 가까운 취향인가요?"

스컬리는 그 책을 책상 위에 던졌다. 책은 서류 더미에 부딪혀 쿵 소리를 내며 바닥에 떨어졌다.

"이봐요. 내 책 살살 다뤄요." 멀더가 책상에서 다리를 내려 책을 집어 들고는 세심하게 털어냈다.

스컬리가 눈살을 찌푸렸다. "당신 책이요?"

"그래요." 멀더가 말하며 손상이 가지 않았는지 책등을 확인했다. "초판본이라고요."

---

30) Dan Brown. 세계적인 베스트셀러 〈다빈치 코드〉의 저자.

스컬리는 다음 한 방을 기다리며 그를 쳐다보았다. 하지만 그 한 방은 없었다.

"정말이에요?"

"왜요? 십 대 소녀와 뱀파이어에 대한 책을 읽는 남자는 다 정신 나간 놈이에요?" 그는 잠시 멈칫했다. 마지막 말을 곱씹는 것이 분명했다. "말이 잘못 나왔군요. 사실 스컬리, 나는 〈땅거미〉 책이 나오기 전부터 이 작가의 팬이었어요. 유진 매컬로이. 그는 헌터 S. 톰슨[31]과 동시대의 작가였어요. 그 둘은 칠십 년대에 곤조 저널리즘에 불을 지폈어요. 당신도 그들에 대한 이야기를 들어봤을 거예요. 그들은 세상에 알려진 모든 약물을 다 했어요. 메스칼린, LSD, 흥분제, 진정제, 뭐든 말만 해요. 듣자하니, 매컬로이가 가장 즐긴 건 MDMA[32]라더군요. 그 순간만큼은 세상 사람들을 전부 죽이고 싶어지지 않는다고 했고요."

"참 다정하기도 하네요. 그래서 그 사람은 도대체 어쩌다 곤조 저널리즘에서 십 대들을 다루는 소설로 넘어가게 된 거죠?"

멀더는 어깨를 으쓱했다. "모르겠어요. 하지만 〈땅거미〉가 그 사람의 다른 작품들을 전부 합친 것보다 훨씬 더 많이 팔리기 시작하니까, 더 잘 나가는 쪽에 집중하기로 했겠죠. 당신도 그 책들을 읽어야 해요, 스컬리. 아마 놀랄 거예요."

"멀더, 올해가 몇 년도죠?"

"왜요?" 그는 바로 앉더니 엷은 미소를 띤 채 열정적으로 몸을

31) Hunter S. Thompson(1937~2005). 미국의 저널리스트이자 작가. 당대의 정치·사회·문화를 공격적인 어조로 폭로하며 취재 대상에 관찰자의 주관을 적극적으로 개입시키는 곤조 저널리즘이라는 새로운 장르를 개척했다.

32) 환각제의 일종, 흔히 엑스터시로 알려짐.

숙였다. "시간의 손실을 경험했어요? 아무도 없는 길에서, 차 안에 있었는데, 어떻게 왔는지 기억이 나지 않았나요?"

"몇 년도죠?"

"2017년이요."

"멀더!"

"알았어요. 2015년이에요."

"그럼 우리가 서로를 안 지 얼마나 된 거죠?"

"이십일 년?"

"그럼 그 시간 동안 내가 이런 책 읽는 거 본 적 있어요? 첫 장만 봐도 이 책이 외로운 십 대와 불만에 찬 주부들을 대상으로 한다는 게 보이잖아요. 주인공은 어느 모로 보나 평범하죠. 십 대 아이들 대부분이 스스로에 대해 느끼는 것과 유사해요. 책을 읽으면서 아이들이 감정을 이입할 수 있게 비워 둔 장치인 거예요. 그렇게 평범한 인물이 수백 년 산 뱀파이어의 관심을 끌 수 있다면, 아직 자기들에게도 희망이 있을 테니까요."

멀더는 고개를 끄덕이고 있었다. "그래서 당신이 좋아하리라 생각한 거예요."

스컬리는 눈썹을 치켜세웠다. 멀더는 양손을 들어 올렸다.

"농담이에요."

"게다가 이상한 일이라면 같이 일하면서도 충분히 겪고 있으니, 고등학교에서 얼쩡거리며 소일하는 삼백 년 산 남자 이야기는 사양이에요."

"그래요, 매컬로이도 그 부분을 설명했어요. 그의 뱀파이어는 고조된, 강렬한 감정들을 먹고 살기도 해요. 그냥 피만 먹는 게 아니죠.

그런 종류의 에너지를 얻기에 고등학교보다 더 좋은 곳이 어디 있겠어요?"

스컬리는 한숨을 쉬었다. "그렇다고 쳐요. 그런데 이 이야기는…, 왜 하는 거예요?"

멀더는 그녀에게 서류를 건넸다. 스컬리는 서류를 펼치고 상단을 훑었다. 실종 보고서였다.

"캐슬 블러프라는 작은 마을에서 십 대 아이들 몇 명이 실종됐다는 보고가 있었어요. 지금까지 세 명이에요." 멀더가 말했다.

스컬리는 보고서를 휙휙 넘겼다. 기본적인 경찰 보고서였다. 세 명의 십 대 아이들. 모두 한밤중에 사라짐. 전부 삼 주 이내 간격으로 실종됨.

"서로 연관성이 있나요?"

"모두 〈땅거미〉 책에 빠져 있었어요."

스컬리는 기다렸다. 아무 말도 뒤이어 나오지 않았다. "멀더, 이 나라 십 대 아이들 절반이 〈땅거미〉 책에 빠져 있어요. 그건 연관성이 아니에요."

"실종된 부근에서 컬럼 제임스가 목격되었다면요?"

스컬리는 눈을 깜박였다. "책에 나오는 뱀파이어요?"

멀더는 고개를 끄덕였다. "그리고 유진 매컬로이가 같은 마을에 산다면요?"

"그 사람 신간이 출간되는지 확인해 보라고 하겠어요. 이 사건은 싸구려 홍보 이벤트가 잘못된 것처럼 들리니까요."

"나도 처음엔 그렇게 생각했어요. 그러다 이 핸드폰 영상을 보게 되었죠."

멀더는 컴퓨터 모니터를 스컬리 쪽으로 돌리고 키보드를 눌렀다.

스컬리는 앞으로 몸을 숙였다. 눈 덮인 숲의 바닥을 찍은 영상이었다. 나뭇잎들과 잔가지들, 그리고 한 쌍의 발이 보였다. 두려움에 찬, 공포에 질린 숨소리가 들렸다. 잠시 뒤에 핸드폰이 어깨높이로 올라가며 이미지가 위쪽으로 치솟았다.

저 너머, 나무둥치 사이에, 한 형체가 있었다. 다만 그 형체는 빛나는 것처럼 보였다. 스컬리는 눈을 찡그렸다. 아니, 빛나는 것이 아니었다. 그 형체는…, 반짝거렸다. 마치 햇빛에 비친 먼지처럼 은색이며 하얀색 빛의 티끌들이 그 주변에서 온통 반짝였다. 빛의 장난인가? 안개에 달빛이 반사된 건가?

스컬리는 확신할 수 없었다. 그녀는 더 가까이 몸을 숙였다. 그 형체는 숲 바닥에 무릎을 꿇고 있는 두 여자아이를 내려다보고 있었다. 이미지는 핸드폰을 들고 있는 자가 광각 줌을 사용한 것처럼 변했다. 가까이 확대되면서 선명도가 떨어진 채 떨렸다. 그럼에도 스컬리는 그 여자아이들의 얼굴에서 몰입한 표정을—그 눈에 깃든 헌신을 볼 수 있었다.

핸드폰을 들고 있는 사람이 서서히 움직였다. 발밑에서 잔가지가 부러졌다. 반짝이는 형체가 두리번거렸다. 스컬리는 공포에 차 숨을 들이켜는 소리를 들었다. 그러더니 핸드폰을 든 사람이 돌아서서 뛰어 이미지가 미친 듯이 요동쳤다. 흐려지고 기울어졌다. 멀더의 스피커에서 겁먹은 울음소리가 흘러나왔다.

그리고 끊어졌다.

"재단 앞에 무릎을 꿇고 있는 것처럼 보였던 두 여자아이는 브리오니 던컨과 오드리 캐플란이에요. 둘 다 이틀 밤 전에 사라진 이후 나타나지 않았어요. 지역 경찰은 아무것도 알아내지 못했고요. 첫 번째 사건이랑 마찬가지예요."

"왜 FBI에 이제야 알린 거죠?"

"첫 번째 사건은 납치가 아니라 가출일 가능성이 있었어요. 지역 경찰이 최근 사건에 비추어 첫 사건을 재조사한 다음에 연락을 한 거죠."

"그래도, 이틀 전이라면서요? 범죄 현장이 오염되었을 거예요."

"나도 알아요. 피터스 수사관이 이미 증거수집 팀과 함께 그곳에 가 있어요. 나한테 전화한 사람이요."

"뭐라고 하던가요?"

"그 사람이 한 말을 인용하죠. '어이 도깨비. 고등학교 아이들이 열 올리는 소설 속 뱀파이어가 저지른 연쇄 납치사건 어떻게 생각해요?'" 멀더는 웃었다. "내 말은, 그런 식으로 말하는데, 내가 어떻게 거부하겠어요?"

뉴햄프셔 주, 캐슬 블러프

오후 3시 23분

멀더가 운전하는 차는 검은 나무들이 줄지어 선 겨울의 터널을 지나쳤다. 메마른 가지들이 탁한 회색빛 하늘을 향해 얽혀 있었다. 그는 몸을 떨며 히터 온도를 높였다. 오늘 밤에는 눈 예보가 있어 눈 내리는 밤이 될 터였다. 화이트 크리스마스다. 그런 크리스마스를 보낸 지는 꽤 오래전이었다.

그는 GPS를 확인했다. 몇 분 안에 마을에 도착할 것 같았다. 그는 스컬리를 쳐다보았다. 그녀는 잠들어 있었고, 입가에는 침이 흐른 자국이 살짝 남아 있었다. 멀더는 한동안 그 자국을 바라보았다. 스컬리는 단호하게 자신은 잘 때 침을 흘리지 않는다고 했다. 멀더가 그녀의 베개에 남은 축축한 부분을 지적할 때조차 그랬다. 그는 침 자국이 역겹지 않다고, 그냥 침이 흐른 자국일 뿐이라고 설명하려 애썼다. 앙증맞은, 기품 있는 침 자국이라고. 하지만 그런 말로는 전혀 스컬리의 짜증을 덜지 못했다.

그는 백미러를 흘끗 보고 길 한쪽에 차를 세웠다. 핸드폰을 꺼내어 카메라로 그녀의 침 자국을 찍으려고 하는데, 그녀가 코골이를 멈추고 눈을 떴다. 멀더는 재빨리 핸드폰을 감추었다.

"아직 멀었어요?" 스컬리가 하품을 참으며 말했다.

멀더는 창문 밖을 가리켰다. 그가 차를 세운 곳은—다름 아니라 순전히 운이 좋은 덕에—마침 마을 표지판 옆이었다. 거대한 표지판으로, 1950년대 교외 지역의 조감도가 담겨 있었다. 어떤 이유에선지 만화로 그려진 뱀파이어가 집들 위의 하늘을 날아다니고 있었다.

스컬리는 눈을 가늘게 뜨고 표지판을 보았다. "뱀파이어가 무슨 상관이에요?"

멀더는 어깨를 으쓱하고 차를 출발시켰다. "새로 덧붙였을 거예요. 관광산업을 알리려고요."

"근사하네요."

표지판 위에는 다음과 같이 쓰여 있었다. '캐슬 블러프. 인구 3,546명. 하룻밤만 보내시라. 결코 떠나고 싶지 않을 테니.'

"나만 그런가요? 저 말이 약간 불길하지 않아요?" 멀더가 말했다.

"당신만 그런 게 아니에요."

"다행이군요."

약 오 분 뒤에 그들은 마을로 들어섰다. 멀더는 눈살을 찌푸리고 김이 서린 창문을 내다보았다. 그다지 볼 것도 없었다. 잡화점, 술집 몇 개, 가족이 운영하는 오래된 식당 두어 개. 이 마을은 마치 왜곡된 시간 속에 갇힌 듯이 보였다. 하지만 그는 이해할 만하다고 생각했다. 고작 몇천 명이 사는 마을이란 상당히 배타적이기 마련이었다. 여기서는 아마 아직도 전화로 접속하는 인터넷을 사용하리라.

"보안관한테 잠깐 들러 볼래요? 아니면 사건 현장으로 바로 갈까요?" 멀더가 말했다.

"보안관을 먼저 보는 게 좋겠어요. 그동안 진척이 있었는지도 알아보고 지역 호텔도 추천받고요."

멀더는 빨강 신호등에 서서히 차를 세웠다. 아이 네 명이 얇게 얼음이 낀 보도에서 나무 썰매를 끌고 있었다. 노먼 록웰[33]이 부러워할 광경이었다.

"내 생각엔 B&B[34]가 최선일 것 같네요, 스컬리. 여기는 아직 호텔이 발명되지 않은 것 같아요."

보안관의 사무실은 중심가를 따라 반쯤 가서, 멀더가 마을 광장(가운데 말라붙은 분수가 있는, 사방 10m 정도의 눈을 덮어쓴 풀밭으로 구성된 광장)이라고 추측한 부분 한쪽에 자리 잡고 있었다.

그 건물 밖에는 주차 자리가 두 개뿐이었고, 둘 다 경찰차가 세워져

33) Norman Rockwell(1984-1978). 미국의 화가이자 삽화가. 주로 미국인들의 일상을 그림으로 표현했다.

34) Bed and Breakfast. 침대방과 아침 식사를 제공하는 형태의 숙소.

있었다. 그 경찰차들은 마치 '코작'[35]의 재방송에서 본 칠십 년대 차들처럼 보였다.

멀더는 길가에 차를 세웠다. 차 밖으로 나와 건물 정면에 있는 현관을 향하는 동안 얼어붙을 듯한 공기가 그의 얼굴을 찔렀다.

"여기가 보안관 사무실인 거 맞아요?" 스컬리가 다가와, 접힌 담요가 걸쳐져 있는 흔들의자 쪽으로 고갯짓하며 물었다.

멀더는 문을 가리켰다. 유리창 위에 페인트로 이렇게 쓰여 있었다.

'캐슬 블러프 보안관 사무실. 즐거운 하루 되세요.'

그들은 둘 다 한동안 그 글을 쳐다보았다. 멀더는 그 문구에 비꼬는 의도가 담겨 있는지 궁금했지만, 왠지 그렇게 생각되지는 않았다.

내부는 좀 작았지만 적어도 그럴싸한 경찰서처럼 보였다.

시골 마을에 있는.

일요일 오후의.

오십 년대의 경찰서처럼.

작은 대기실이 나왔다. 벽에는 쿠션 깔린 의자들이 줄지어 있고, 낡은 잡지들로 뒤덮인 테이블 하나가 방 한가운데에 놓여 있었다. 그들 왼쪽에 있는 칸막이 안에는 팔순쯤 되어 보이는 한 여자가 앉아 있었다.

뜨개질하는 중이었다.

그들은 칸막이 쪽으로 다가섰다. 그 안의 벽은 오래된 잡지들에서 찢어낸 빛바랜 사진들로 뒤덮여 있었다. 멀더는 눈을 가늘게 뜨고 사진들을 바라보았다. 댈러스. 왕족, 뭐 그런 것들이었다.

"안녕하십니까, 부인." 멀더가 말했다.

---

35) Kojak. 미국 CBS 방송에서 1973년 방영된 범죄 드라마.

그 늙은 여자는 뜨개질을 계속하며 혀끝을 입가로 내밀었다. 멀더는 스컬리를 흘끗 보았다. 스컬리는 어깨를 으쓱했다.

멀더는 유리창을 두드렸다. "부인?"

그 늙은 여자는 겨우 고개를 들더니 그를 노려보았다. 멀더는 배지를 보였다.

"특별수사관 폭스 멀더입니다. 이쪽은 제 파트너, 데이나 스컬리이고요. 보안관을 만나러 왔습니다."

그녀는 눈을 찡그리고 그들의 배지를 들여다보며 입술을 달싹거렸다. 멀더는 그녀가 배지를 읽으며 "FBI"라고 실제로 입 모양을 그리는 것을 볼 수 있었다. 그녀는 마침내 한숨을 쉬더니 의자에서 엉덩이를 떼었다. 칸막이 문을 열더니 몸을 앞으로 기울였다.

"레스터! 방문객이야!" 그녀는 소리쳤다.

그녀는 다시 의자에 털썩 주저앉아 뜨개질을 계속했다. 잠시 뒤에, 키가 크고 마른 인물이 대기실에 나타났다. 멀더는 눈을 깜박였다. 새로 등장한 이 인물은 보안관 유니폼을 입고 있긴 했지만, 고작 스무 살 남짓 돼 보였다. 분명히, 그럴 수는 없었다.

레스터는 성큼성큼 걸어 나와 그들과 악수를 나눴다.

"레스터 굿맨이라고 합니다. 보안관 대리입니다."

"대리?" 멀더가 물었다.

"네에. 진짜 보안관은 아버지지만, 아버지는…. 잠시 활동을 할 수가 없어서요. 따라오시죠."

그들은 경찰 회람과 주에서 발행된 실종자 포스터가 붙어 있는 복도로 레스터를 따라갔다. 레스터는 한 방문 앞에서 멈추고는, 부드럽게 방문을 열며 그들에게 안을 보라고 손짓했다. 스컬리가 먼저 보고 알 수 없는 얼굴로 멀더를 향했다. 그녀는 그가 볼 수 있게 옆으로 비켜섰다.

방은 어두웠지만, 멀더는 병원 장비들이 갖추어진 것을 볼 수 있었다. 기계들이 윙윙거렸다. 파란 불빛이며 녹색 불빛들이 안락하게 깜박거렸다.

커다란 사람이 휠체어에 앉아 있었다. 수액 공급 라인이 책상을 지나 뒤쪽 스탠드에 꽂혀 있는 수액 파우치까지 둥글게 호를 그리고 있었고, 그 사람의 머리는 책상에 기대져 있었다. 멀더는 그 남자가 아직 살아있는지 확신할 수 없었다. 살아있는 것처럼 보이지 않았다.

레스터는 멀더의 어깨 너머로 손을 뻗어 문을 닫았다. "아버지입니다. 이 마을에서 사십 년 동안 보안관 일을 하셨지요. 아버지는…, 업무 인계하기를 좀 꺼리시고 계세요. 다시 돌아오실 거예요. 하지만 그동안은 제가 대리 자격으로 보안관을 맡고 있어요. 그 영화 보셨어요? 브루스 윌리스와 그 형편없는 가발 말이에요.[36] 로봇에 정신을 심어서 로봇이 사람들의 일상을 대신하게 하잖아요? 그게 저예요. 제가 아버지 로봇이죠."

멀더는 그의 어조에서 어떤 억울함도 느낄 수 없었다. 그저 체념만 느껴질 뿐이었다.

"그래도 마을 사람들은 괜찮고요?" 멀더가 물었다.

레스터는 어깨를 으쓱했다. "불평은 없었어요. 물론, 마을 사람들 모두 제가 이 실종된 아이들 사건을 어떻게 다루는지 지켜보고 있지만요."

36) 〈써로게이트(2009)〉. 로봇이 인간의 육체를 대신한다는 설정에서 출발한 SF 영화로, 이 영화에서 브루스 윌리스는 자신을 대신하는 로봇 역할을 할 때 가발을 썼다.

멀더는 그 말에 거의 코웃음 치다시피 했다. 레스터는 피해자들보다 기껏해야 한두 살 위였다.

"사실은, 제가 할 일이 별로 없어요. 최근에 가장 번잡했던 일은 두어 달 전에 발생한 약한 지진 정도였거든요. 늙은 엘시네 굴뚝이 무너졌었어요. 주민들은 한 달이 지나도록 그 이야기만 계속했고요."

"진척이 좀 있었나요?" 스컬리는 물었다.

레스터는 볼에 바람을 넣었다. "음, 빌 위크스 아저씨가 — 철물점을 운영하는데요 — 아줌마에게 굴뚝을 다시 지어주겠다고 해서—"

"실종된 여자아이들 말이에요." 스컬리가 부드럽게 말했다.

레스터의 얼굴이 붉어졌다. 멀더는 이 애송이가 가엾어졌다. "죄송해요. 그렇죠. 어…, 아뇨. 아무것도요. 당신네 동료들이 숲을 뒤지고 있어요. 키미가 이 모든 일이 벌어졌다고 말한 부근을요."

"키미?" 스컬리가 물었다.

"죄송해요. 킴 던컨이요. 목격자."

"그렇군요. 그 아이랑 얘기 좀 해야겠는데요."

레스터는 고개를 끄덕였다.

"이전에 실종됐던 여자아이는, 그쪽도 진척이 없나요?" 멀더가 물었다.

"전혀요. 숲은 65km가 넘어요. 개들을 풀었었고, 주말마다 가족들이 수색을 이끌었어요." 그는 고개를 저었다. "하지만 지금까지는 아무것도 없어요. 제 생각엔 전부 나타날 거예요. 그냥 가출해서 좀 놀고 있는 걸 거예요."

그는 전혀 자기 말을 믿는 것 같지 않았다.

"그 아이들 모두 집에선 아무 문제도 없었고요?" 스컬리가 물었다.

레스터는 고개를 저었다. "가족들에 따르면, 모든 게 좋았대요. 루시—맨 먼저 실종된 여자아이요—는 전 과목 A를 받는 학생이었고요. 내내 책만 읽고 지냈어요. 대부분은 그 멍청한 〈땅거미〉 책들이죠." 그는 뚱한 얼굴을 하고 고개를 저었다.

"범인이 삼백 년 산 뱀파이어라고 생각하는 건 아니라는 말이죠?" 스컬리가 물었다.

"설마요. 그건 그냥 멍청한 여자아이들이나 난리 치는 이야기일 뿐이에요."

"그럼 그 영상은 어떻게 생각하나요?" 멀더가 물었다.

레스터는 어깨를 으쓱했다. "장난이죠. 매컬로이의 팬들—땅거미들[37], 그 아이들은 자기들을 그렇게 불러요—은 그의 책이 실재 뱀파이어를 토대로 썼다고 믿는 거 아세요? 오십 년대에 마을을 공포에 떨게 했다고 여겨지는 그 뱀파이어—."

멀더는 한 손을 올렸다. "잠깐만. 무슨 얘기죠?"

"아, 네. 죄송해요. 보고서엔 없나 보네요. 오십 년대에 마을에 사건들이 있었어요. 지금 일어나고 있는 일과 비슷했어요. 여자아이들이 실종됐고요. 남자아이들도 두 명 있었고. 전부 여덟 명이었어요. 어떻게 소문이 퍼지게 됐는지는 모르겠지만, 사람들은 뱀파이어 짓이라고들 했지요. 말하자면 매컬로이는 그 사건들에서 아이디어를 얻었다는 거예요. 그리고 이 땅거미들은 컬럼 제임스가 실존 인물이라고 생각하고요. 오십 년대에 그 사건들을 벌인. 저는, 그런 건 미식축구팀 아이들이 웃자고 지껄이는 농담이라고 생각해요."

"이 상황에 웃을 거리가 있는지 모르겠군요." 스컬리가 말했다.

---

37) Duskites. 땅거미의 원제 Dusk에서 만들어낸 말.

"여자아이 셋이 실종됐는데, 이게 그냥 어떤…, 고등학생의 장난이라면 그런 짓을 한 아이들은 벌을 받아야 해요."

"당시 실종된 아이들은 돌아왔나요?"

레스터는 고개를 흔들었다. "시체도 없었고요. 아무것도 없었어요. 더 자세히 알고 싶다면, 광장 너머 톰에게 물어보세요. 그 사람이 B&B를 운영하고 있어요. 아직 체크인 안 하셨죠?"

"아직 안 했어요."

"음, 상당한 인물이에요. 오십 년대에 발생했던 납치사건 중 하나를 목격했다고 주장하고 있거든요."

"매컬로이는 정확히 어디에 사나요?" 스컬리가 물었다.

레스터는 깜짝 놀라 그들을 쳐다보았다. "왜요?"

"내가 팬이에요. 여기 있는 동안 사인이나 받을까 싶어서요." 멀더가 말했다.

"마을 외곽에 집이 있어요. 중심가를 따라가다가 오른쪽의 비포장도로를 타세요. 그 끝에 집이 있어요. 그 사람이 책에 사인해 줄지는 모르겠네요. 성격 더러운 개자식이거든요. 위스키랑 담배를 살 때만 마을에 내려와요."

B&B는 마을 광장 반대쪽에 있는 이층짜리 집이었다. 멀더는 차 트렁크에서 작은 여행 가방을 꺼내 안에 들어간 스컬리와 합류했다.

비좁은 응접실이 그들을 맞았다. 나무판이 덧대져 있었다. 가죽 안락의자가 있었고, 벽에는 사슴 머리가 걸려 있었다. 스컬리는 접수대에서 기다리고 있었다. 그녀는 어깨 뒤를 흘끗 보고 그에게 무언가를 내밀었다. 일종의 홍보 책자였다.

멀더는 스컬리가 벨을 누르는 동안 책자를 훑어보았다. 책자는 이전의 뱀파이어 공격을 담고 있었고, 아이들이 실종된 장소로 안내한다는 홍보로 마무리되어 있었다. 약 이십 년 전에 컴퓨터의 그림판 프로그램으로 짜 맞춰진 듯이 보였다. 심지어 코믹 산스체[38]가 쓰였다.

멀더는 책자를 대충 읽어보았다. 그 공격은 육 개월 간격으로 벌어졌다. 책자에는 피해자들의 이름에다 흑백사진까지 게재되어 있었다.

접수처 뒤의 구슬로 장식된 커튼이 한쪽으로 젖혀지더니 칠십 대로 보이는 커플이 나타났다.

"안녕들 하세요. 난 에일린이에요." 여자가 말했다.

"그리고 난 톰이요." 남자가 손을 내밀며 악수했다. "당신들 둘이 우리 아이들을 찾아 줄 FBI 친구들이오?"

"최선을 다할 겁니다. 방이 있습니까? 더블침대 방으로요?" 멀더가 말했다.

"그럼, 둘은 커플인가요?" 에일린이 물었다.

"음…, 그래요." 스컬리가 말했다.

"잘됐네요. 둘이 같이 일하면 좋지요. 특히 집에서 멀리 가야 할 때는요. 그렇지요, 톰?" 에일린이 말했다.

"같은 뱀파이어라는 거 두 사람도 알겠지, 그렇죠?" 톰이 앞으로 몸을 숙이며 말했다.

"그 오십 년대 뱀파이어 말인가요?" 멀더가 물었다.

"그렇소. 그가 돌아왔소."

---

38) Comic Sans. 컴퓨터에서 사용되는 영문 글씨체의 일종.

"다시 돌아온 이유는 아십니까?"

"시작한 일을 끝내기 위해서지."

에일린의 미소가 흔들렸다. 그녀는 재빨리 스컬리에게 열쇠를 건넸다. "자, 여기 있어요. 저녁 식사는 여섯 시에서 여덟 시 사이에요. 우리랑 함께 먹을 건가요?"

"뭔가 먹어야 할 것 같네요."

"스테이크가 있다오." 톰이 말하면서 스컬리에게 관심을 돌렸다.

"좋네요." 그녀가 말했다.

"어떻게 해 드릴까? 드라큘라 백작의 기호대로? 아니면 햇빛에 바짝 구워서?"

"백작의 기호대로요." 스컬리가 말했다.

"저도요." 멀더가 말했다.

톰은 그들을 수상쩍게 쳐다보더니, 책상 아래로 손을 뻗어 분무기를 꺼냈다. 에일린이 눈을 크게 뜨며 그를 막으려고 했지만, 그는 이미 플라스틱병의 손잡이를 누르고 있었다.

물줄기가 멀더의 얼굴을 적셨다. 멀더가 깜짝 놀라 눈을 깜박이는 사이 톰은 병을 스컬리에게 돌려 그녀에게도 분사했다.

그들 네 사람은 혼란과 당황스러움이 떠도는 가운데 한동안 가만히 서 있었다. 마침내 톰이 웃으면서 분무기를 치웠다.

"성수요. 그냥 확인하는 거지." 그가 설명했다.

멀더는 물을 닦았다.

"정말이지, 너무 미안해요." 에일린이 말했다.

그들이 킴 던컨의 집을 찾아갈 무렵, 오후의 햇살은 희미해지고 있었다. 잿빛 하늘이 낮고 무겁게 내려앉았다. 또 한바탕 눈이 오겠군, 하고 스컬리는 생각했다.

킴의 엄마가 문을 열었다. 그녀는 게슴츠레하고 공허한 눈을 하고 있었다. 딸이 실종된 이후로 한숨도 못 잔 것 같았다.

"특별수사관 데이나 스컬리와 폭스 멀더입니다. 킴을 만나러 왔습니다."

던컨 부인은 고개를 끄덕이고 그들을 부엌으로 안내했다. 스컬리는 창문 너머로 마당을 볼 수 있었다. 킴은 아버지 것이 분명한 커다란 누비 재킷으로 몸을 감싸고 오래된 나무 그네에 앉아 있었다. 손에는 무언가 뜨거운 것이 든 머그잔을 들고 있었다. 공기 중으로 김이 솟아올랐다가 차가운 바람에 삼켜졌다.

던컨 부인은 창밖을 보고 있었다. 스컬리는 그녀의 기분이 어떨지 상상해보았다. 그녀가 킴을 야단쳤을까? 킴은 언니였다. 브리오니를 돌봐야 했다. 결코 그렇게 단순한 일은 아니었겠지만, 그런 위험한 생각이 분명 엄마의 머릿속을 스치고 있을 것이다. 의문. 의심. 킴이 최선을 다한 것일까? 어째서 킴은 브리오니가 집을 못 나가게 막지 않았을까? 왜, 왜, 왜?

"던컨 부인?" 스컬리는 말을 걸었다.

던컨 부인은 흠칫 놀라, 마치 처음 보는 것처럼 그들을 바라보았다.

"킴과 대화 좀 할 수 있을까요?"

"해 보세요." 그녀는 다시 창문 밖을 돌아보며 말했다. "우리는 할 만큼 해 봤어요." 그녀가 부드럽게 덧붙였다. "저 아이는…, 달라졌어요. 항상 좀 동떨어져 있긴 했어요. 하지만 지금은…." 그녀는 고개를 저었다. "거의 말을 안 해요. 그저 숲만 바라보고 있어요."

스컬리와 멀더는 부엌문을 나서서 킴에게 다가갔다. 킴은 그네를 살짝 밀고 있었다. 무릎을 구부려 뒤로 밀고, 그네가 부드럽게 흔들리게 놔뒀다가, 다시 밀었다.

"킴?"

대답은 없었다.

"킴." 스컬리가 다시 불렀다. "몇 가지 물어보고 싶은데."

"뭐 때문에요? 핸드폰 영상 있잖아요." 킴이 받아쳤다.

"우리는 네가 녹화를 멈춘 다음에 벌어진 일에 더 관심이 있단다." 멀더가 말했다.

킴은 고개를 돌려 멀더를 쳐다보았다. "무슨 소리예요? 아무 일도 없었어요."

멀더는 고개를 끄덕였다. 그는 잿빛 하늘을 올려다보고 나서 다시 눈을 내려다보았다. 그는 발로 차서 눈 속에 구멍을 뚫었다. "음, 그냥…, 보고서에서, 네가 잊어버린 게 없나 싶어서. 혹시 빠뜨린 게 없을까."

그녀는 다시 고개를 돌려 재킷 속으로 더 깊이 파고들었다. "빠뜨린 거 없어요. 난 달렸어요. 할 수 있는 한 빨리 그 빌어먹을 곳에서 도망쳤어요. 동생을 버리고 나만 빠져나왔어요. 이제 나 좀 그냥 내버려둬요."

"킴—."

"혼자 좀 내버려 두라고요! 대체 왜 여기 있는 거예요! 가서 동생을 찾아요! 내 동생 찾아서 데려오라고요!" 그녀는 눈물이 맺힌 채 소리쳤다.

킴은 그네에서 뛰어내려 집 안으로 달려 들어갔다. 그들 뒤에서 문이 쾅 닫혔다. 스컬리는 창문 너머 던컨 부인과 눈이 마주쳤다. 부인은 그저 무기력하게 어깨를 으쓱거렸다.

마을에서 뻗은 길을 따라갈 무렵 드디어 눈이 내리기 시작했다. 묵직하고 풍성한 눈송이들이 조용히, 빽빽하게 떨어지다가, 그들이 밝힌 헤드라이트 불빛에 하얗게 타올랐다.

그들은 처음엔 매컬로이의 집으로 들어가는 길을 놓쳐서 마을 경계를 넘어섰다가 온 길을 되돌아가야 했다. 천천히 이동하자 마침내 나뭇가지들로 뒤덮어 잘 보이지 않게 가려놓은 길이 보였다.

"방문객들을 좋아하지 않나 보네요, 안 그래요?" 스컬리가 말했다.

멀더는 고개를 끄덕였다. "어떤 기자가 예고도 없이 그의 문간에 들이닥친 적이 있었어요. 칠십 년대 일이에요. 매컬로이는 그 기자를 의자에 묶어놓고 오 일간 감금했어요."

스컬리는 농담인지 가늠하며 그를 쳐다보았다. 그는 항상 알기 힘들었다.

"왜 체포되지 않았죠?"

"그 기자가 그 사건을 기사로 썼거든요. 퓰리처상을 받았어요."

그들은 바퀴 자국이 깊게 패인 길로 조심스럽게 차를 몰고 가다, 키 큰 전나무들 사이에 자리한 놀라울 만큼 현대적인 집에 다다랐다. 그 집은 전면부가 유리로 되어 있었다. 스컬리는 거실을 들여다볼 수 있었다. 낡고 편안한 의자들. 벽을 따라 늘어선 책꽂이들. 활활 타오르는 벽난로. 텔레비전이 없음을 그녀는 알아차렸다. 오늘날에는 드문 일이었다.

그들은 차에서 내렸고 멀더가 현관을 노크하며 말했다. "준비해요.

그는 까다롭게 굴기로 정평이 자자하니까요."

"보통 사람들은 기자들을 오 일씩 감금하지 않는다는 말인가요? 놀랍네요, 멀더."

문이 휙 열렸다. 스컬리는 즉시 한 발짝 물러서며 총을 꺼냈다. "FBI다. 무기를 버려!"

매컬로이는 반바지만 입은 채, 총열 두 개짜리 쌍발식 산탄총을 손에 들고 그들 앞에 서 있었다. 직접 만 담배가 입가에 걸려 있었다.

그는 담배 연기 사이로 찡그리며 그들을 쳐다보았다.

"누구라고?"

"FBI입니다. 무기 내려요." 멀더가 말했다.

"FBI?"

멀더는 코트 안쪽에서 그의 신분증을 꺼냈다. 매컬로이는 노려본 다음, 산탄총을 벽에 세웠다.

"팬인 줄 알았소." 그가 중얼거렸다.

스컬리는 경계하며 총을 총집에 넣었다. "팬들을 이런 식으로 대하나요?"

"극성팬들한테만 그러지. 나를 찾아낸 팬들 말이오."

그는 돌아서서 집 안으로 들어갔다. 스컬리는 멀더를 쳐다보았다. 멀더는 어깨를 으쓱하고는 따라 들어갔다.

매컬로이는 그들을 부엌으로 데리고 갔다. 보아하니 밀크셰이크를 만드는 와중에 그들이 방해한 모양이었다. 그는 멈췄던 부분부터 계속해서 아이스크림을 한 숟가락 주전자에 넣었다. 그러고는 그 위에 위스키 반병을 따랐다. 몇 번 휘젓고는 유리잔에 부었다.

"좀 드시겠소?"

"근무 중입니다." 멀더가 말했다.

"좋을 대로 하쇼."

매컬로이는 유리잔에 든 것을 반쯤 들이마시고, 입맛을 다시며 한숨을 쉬었다. "좋구먼."

"매컬로이 씨, 몇 가지 물어보고 싶은데요." 스컬리가 말했다.

"뭘 말이오?"

"실종된 여자아이들에 대해서요."

그는 당황한 듯 보였다. "어떤 실종된 여자아이들이오?"

"선생님. 정말로 자기 동네에서 어떤 일이 벌어졌는지 모른다고 말씀하시는 건가요?" 스컬리는 목소리에서 짜증을 지우려고 최선을 다하며 말했다.

"자기 동네? 여기는 내 동네가 아니오. 난 이 동네가 싫소."

"그럼…, 왜 여기 사시죠?"

"내가 글을 쓸 수 있는 유일한 곳이니까. 난 여기서 자랐소. 그렇다고 내가 이 동네를 좋아하는 건 아니지. 질색이라니까."

"세 명의 여자아이들이 실종됐습니다, 매컬로이 씨. 사람들은 범인이 컬럼 제임스라고들 하고 있어요. 동네에 도는 소문은 오십 년대에 이 마을을 공포에 떨게 한 뱀파이어를 토대로 당신이 책을 썼다더군요. 그 컬럼 제임스가, 사실은, 진짜라고요." 멀더가 말했다.

매컬로이는 넌더리를 내며 머리를 흔들었다. "이 마을엔 멍청이들만 가득하지. 컬럼이 진짜라고 생각하는 사람들이 있는 줄은 알았지만, 여자아이들이 실종된 건 몰랐소. 내가 〈땅거미〉에 대한 아이디어를 어디서 얻은 줄 아시오? 나는 내가 얼마나 멍청한, 얼마나 생각

없는 책을 쓸 수 있는지, 그리고 여전히 사람들이 그 책을 사줄지 알고 싶었소. 풍자할 의도였지. 현대사회며 우리가 오락으로 소비하는 그 생각 없는 유행거리들에 대한 논평 말이오. 오늘날 십 대 아이들이 얼마나 멍청하게 무엇이건 쉽게 믿을지. 뱀파이어는 우리 모두가 중독된 생각 없는 쓰레기들에 대한 비유였소. 어쩌다 우리는 가십거리를 다루는 쓰레기 신문들이며 종일 계속되는 오락거리들 없이는 살 수 없게 되었나." 그는 웃음을 터뜨렸다. "문제는, 오늘날 십 대들이 풍자를 모른다는 거요. 혹은 아이러니를. 그 아이들은 그 책을 덥석 물었소. 내가 자기들을 위해서 진지한 소설을 쓰는 것인 양 믿어버렸지." 그는 질색하며 고개를 저었다. "만일 그 아이들이 컬럼이 진짜라고 생각하면서 돌아다닌다면, 나는 성공한 거군. 내가 바랐던 대로가 아닐 뿐이지만."

"본인의 책이 실패하기를 바란 것처럼 들리네요." 스컬리가 말했다.

"바보처럼 굴지 마시오. 나는 성공하길 바랐소. 다만 정당한 이유가 있길 바랐지. 그 책이 무엇인지 사람들이 알아주기를 말이오. 오늘날 세계의 그릇된 모든 것들에 대한 증오에 찬 편지라는 것을. 나는 〈땅거미〉 책들을 경멸하오. 뼛속 깊이 혐오하지. 그 책들에는 현대사회의 모든 부조리가 담겨 있소. 의미 있는 양 퍼지는 생각 없는 헛소리. 심오한 사상인 양 가장한 대중적인 심리학. 상상할 수 있는 가장 파괴적인 형태로 농축된 십 대의 관계 — 스토킹하고 스토킹당하고 사냥하고 사냥당하고. 누구도 내가 말하고자 하는 바를 제대로 이해하지 못한다는 것을 깨달았을 때, 나는 심지어 시간증[39]에 대한 페티

39) necrophilia. 시체와 성관계를 즐기는 성적 기호.

시즘까지 던져 넣었소. 컬럼이 죽었다는—수 세기 동안 죽어 있었다는 사실을 분명하게 했지. 그조차 먹히지 않았을 때 나는 그가 여주인공이 자기 인생을 살지 못하게 하는 지배적인, 학대적인 변태로 만들었소." 그는 어깨를 으쓱했다. "독자들은 그게 낭만적이라고 생각하더군. 시간을 거슬러 갈 수만 있다면 나는 초고가 문밖을 나가기 전에 불태워 버렸을 거요. 아이디어가 떠오르기도 전에 자살해 버렸겠지."

매컬로이는 얼굴이 벌겋게 상기된 채, 말 그대로 입가에 거품을 물고 있었다. 그는 진정하려고 애쓰면서 밀크셰이크를 다시 한껏 들이켰다.

"음…, 그래서 지금은 어떤 작업을 하고 있나요?" 스컬리는 대화 주제를 조금이나마 바꾸고자 물었다.

매컬로이는 마치 그녀가 제정신이 아니라는 듯이 쳐다보았다. "〈땅거미〉의 새로운 이야기지, 물론."

멀더는 경찰서에서 받아온 사진들을 꺼냈다. "매컬로이 씨, 이 여자아이 중에서 지난달에 당신을 찾아온 아이가 있습니까?"

매컬로이는 밀크셰이크를 마저 마시면서 사진을 들여다보았다. "이 아이." 그가 말하며 첫 번째 피해자인 트레이시 설리번의 사진을 가리켰다. "이 아이는 집착하고 있었소. 컬럼이 진짜라고 생각했지. 내가 그를 알고 있고 자기들을 소개시켜줘야 한다면서. 자기들은 영혼의 짝이 틀림없다더군."

"그게 언제였습니까?"

매컬로이는 어깨를 으쓱했다. "몇 주 전이오. 그때는 상당히 지쳐 있었지. 나는 그냥 그 아이가 보는 앞에서 문을 쾅 닫아버렸소. 내가 기억하는 이유는 다만 그 빨강 머리 때문이오."

"이 주변에 컬럼 제임스처럼 입고 다니길 좋아하는 사람이 있습니까?" 멀더가 물었다.

매컬로이는 고개를 저었다. "내가 아는 중에는 없소."

"그리고 영화를 찍고 있지도 않고요? 북트레일러[40]나 그런 것도요?"

"맙소사, 전혀요. 지금도 충분히 나빠요. 내가 영화까지 돌기를 원하는 것 같소?"

스컬리는 수첩을 덮으며 공손하게 미소 지었다. "시간 내주셔서 감사합니다, 매컬로이 씨." 그녀는 명함을 내밀며 말했다. "생각나는 것이 있으면 전화 주세요."

차로 돌아와 스컬리는 창을 통해 매컬로이가 소파에 주저앉는 것을 지켜보며 말했다. "당신은 저 사람을 믿어요?"

"우리가 대중문화, 반짝 유명인사, 복잡한 관계 문제들에 대한 단순한 해결책에 사로잡힌 문화 속에서 살고 있다는 그 말? 물론이요."

"무슨 말인지 알잖아요. 멀더, 나는 매컬로이를 이 사건의 중요 용의자라고 생각해요. 이 사건이 새어 나가면 매컬로이에 대한 언론의 관심이 엄청날 거예요. 판매 부수가 하늘을 찌를 거라고요."

"저 사람의 판매 부수는 이미 하늘을 찌르고 있어요. 게다가 자기 스스로 더 이상의 관심은 원하지 않는다잖아요."

"진심이라는 법은 없죠. 저 사람이 범인 같아요. 적어도 실종된 아이들 중 하나가 자기를 보러 왔다고 인정했잖아요. 게다가, 저 사람은 그다지…, 안정적이지 않고요."

---

40) 새 책을 소개하는 동영상.

"안정적이라는 걸 누가 정의할 수 있어요, 스컬리? 저 사람은 창조적인 천재예요. 그리고 과거에 엄청나게 많은 약물을 복용했고요. 모든 점을 고려할 때, 저 사람은 꽤 잘해가고 있다고 생각해요."

"멀더, 당신 객관적으로 보지 못하고 있어요. 당신이 팬이라는 점 때문에 생각에 지장을 받고 있다고요."

멀더는 웃음 지었다. "아니에요. 당신 말을 듣고 있어요. 정말이에요. 저 사람은 분명 용의자지만 핸드폰 동영상에 있던 사람은 그가 아니었어요. 그 여자아이들을 납치한 인물은 180cm는 넘어 보였어요. 매컬로이는 겨우 당신보다 클까 말까 하잖아요."

스컬리는 한숨을 쉰 다음 하품을 참았다. "오늘 밤에는 더 이상 아무것도 알아내지 못할 것 같네요. 뭐 좀 먹고 쉬죠. 숲에는 내일 가서 현장을 확인해요."

멀더는 고개를 끄덕였다.

멀더는 다음 날 아침 미친 듯이 문을 두드리는 시끄러운 소리에 깨어났다. 그는 잠에 취한 채 일어나 앉았다. 총을 잡은 다음 눈을 깜박이며 스컬리의 등을 찔렀다. "누가 문 앞에 있어요." 그가 중얼거렸다.

스컬리는 신음을 흘리면서 이불을 어깨 위로 더 높이 끌어당겼다. 멀더는 눈을 깜박이며 시계를 보았다. 오전 여섯 시 이십 분이었다.

"멀더, 스컬리 수사관?" 복도에서 목소리가 들렸다. 멀더는 그 목소리를 알 것 같았다. 보안관 대리 굿맨이었다. "나와 보셔야겠어요." 레스터가 소리쳤다. "실종된 여자아이들이 발견됐어요."

보안관 대리가 여자아이들을 발견했다고 했을 때, 스컬리는 한 가닥 희망을 품었다.

그렇게 어리석지 말았어야 했는데. 희망은 이런 직업에서 품을 만한 것이 아니었다. 현실주의라면, 좋다. 비관주의, 물론이다 — 지나치게 신경 쓰지만 않는다면. 하지만 희망? 그건 안 될 말이었다.

그 여자아이들은 밤사이 마을 광장에 버려져 있었다. 발견되었을 무렵, 시체들은 눈에 뒤덮여 있었고, 유용했을지 모를 발자국들은 지워진 지 오래였다.

스컬리는 부검대 위에 올려진 첫 번째 시신을 바라보았다. (다른 두 구의 시신은 밖에 있는 경찰차 안에서 대기 중이었다. 캐슬 블러프에는 시체보관소가 없었다) 브리오니 던컨이었다.

그녀는 아직 시간을 들여 제대로 해부하지 못했지만, 그럴 필요도 없었다. 적어도, 사망 원인을 알기에는.

"과다출혈이에요. 전부 빠져나갔어요." 그녀는 멀더에게 말했다.

멀더는 눈썹을 치켜세웠다. "전부요?"

"거의 전부요." 스컬리는 브리오니의 허벅지 안쪽의 멍든 부위를 가리켰다. 두 개의 구멍 뚫린 상처가 뚜렷하게 보였다. "피는 대퇴부의 동맥에서 흘렀어요."

"반항한 흔적은요?"

스컬리는 고개를 저었다. "그 점 때문에 피해자들이 약에 취했다는 생각이 드네요."

"혹은 일종의 황홀경에 있었다던가?"

스컬리는 한숨을 쉬었다. "아니에요, 멀더. 약이에요. 피터스 수사관이 워싱턴에 조직 샘플을 몇 개 보냈어요. 결과가 늦게 나오진 않을 거예요. 로히프놀, 케타민, 졸피뎀을 검사해 보라고 했어요."

"데이트 강간에 쓰이는 약물 말이에요?"

스컬리는 고개를 끄덕였다. "그거라면 혈관 수축이 없는 이유도 설명될 거예요. 피해자들이 약에 취했다면 공포도 느끼지 못했을 테니까. 몸을 돌며 혈관을 수축시키는 아드레날린이 분비되지 않은 것이니까요."

"하지만 그것으로 출혈이 설명되진 않잖아요?"

"피해자들이 약물에 중독됐다면 취할 수 있는 방법은 많아요. 예를 들면, 주사기로 혈액을 빼낼 수도 있고. 그러면 구멍 자국도 설명되고요. 피가 계속 흘러나오도록 살인자가 혈액응고방지제를 주사했을 수도 있어요."

"그럼 당신은 아직도 이 사건이 사람의 손으로 저질러진 일이라는 거예요?"

"그래요. 이 일에 어떤 초자연적이거나 알려지지 않은 힘이 작용했다는 지표는 전혀 없어요. 멀더, 내 생각엔 우리가 연쇄 살인범을 쫓고 있는 것 같아요. 오십 년대에 실종된 여자아이들에 관한 기사를 읽은 누군가가 지금 그 살인들을 모방하고 있는 거죠. 어쩌면 범인은 심지어 혈액 애호증에 시달리는지도 몰라요."

"피에 대한 성적 갈망 말이에요? 그건 아니에요, 스컬리." 멀더는 고개를 저었다.

"왜요? 그런 갈망을 채우기에 자기들만의 뱀파이어가 있다고 믿는 마을보다 더 나은 장소가 어디 있겠어요? 완벽한 위장이잖아요. 사실, 그런 기호를 가진 사람이 뱀파이어에 대한 글을 쓰면서 경력을 쌓기에는 훨씬 더 좋은 위장이기도 하고요."

"이건 뱀파이어 짓이에요, 스컬리. 컬럼 제임스라는 말이 아니에요. 하지만 분명히 피를 빠는 어떤 흡혈귀의 짓이라고요."

"좋아요. 당신은 그런 쪽으로 조사해 봐요. 나는 부검을 할 테니까."

멀더는 돌아섰다.

"멀더."

그는 멈췄다.

"아무나 찔러대지만 마요. 적어도 내가 실험 결과를 받을 때까지는요."

멀더는 B&B로 갔다가 접수처 뒤에서 앤 라이스[41] 소설을 읽고 있는 톰과 마주쳤다.

"끔찍한 일이오. 그 여자아이들 말이오." 그 노인이 말했다.

"그렇죠. 저기, 제가 물어보고 싶은 게 좀 있는데요. 그 오십 년대에 있었던 사건들. 어떻게 멈췄습니까?"

"아, 내 관광 투어를 예약하면 어떻게 끝났는지 바로 알 수 있지."

"그럴 시간이 없어요, 톰."

"그렇지. 그럴 거요. 음, 한 외국인 친구가 그 뱀파이어를 추적했소. 스테판 쿠르츠베그라는 이름이었지. 그 사건이 벌어졌을 때 이 마을에서 산 지 일 년인가 그랬소."

"그 사람이 그 뱀파이어를 죽였다는 증거가 있습니까? 사체라던가? 잿더미라던가요?"

---

41) Anne Rice. 〈뱀파이어와의 인터뷰〉의 작가. 뱀파이어를 문학적으로 진지하게 다루는 작가로 손꼽히며 지속적으로 뱀파이어를 다룬 소설을 출간하고 있다.

톰은 만족해서 웃음 지었다. "없소. 그냥 말뿐이었소. 그래서 내가 같은 뱀파이어라고 생각하는 거요."

"쿠르츠베그는 어떻게 됐나요?"

"마을에 머물렀지. 1986년에 죽었소."

멀더는 생각에 잠겨 고개를 끄덕였다. "고맙습니다, 톰."

멀더는 스컬리에게 말을 해야 할지를 생각하며 B&B 밖에서 잠시 망설였다. 하지만 무슨 할 말이 있겠는가? 무엇으로도 그녀의 마음을 바꾸진 못할 터였다.

대신에, 그는 핸드폰을 꺼내 워싱턴으로 전화를 걸었다. 그는 자신의 신분증 번호와 보안 번호를 불러주고 정보부에 연결해 달라고 부탁한 끝에, 그와 스컬리가 전에 같이 일했던 에밀리 도일과 통화할 수 있었다.

"이봐요, 도일. 나예요. 급한 일이 있어요."

"아, 나는 잘 지내요, 멀더, 물어줘서 고마워요." 그녀는 비꼬는 투로 말했다. "어떻게 지내요, 멀더?"

"미안해요, 도일. 급해서. 스테판 쿠르츠베그에 대해 알 수 있는 건 전부 다 찾아줘요. 1986년에 캐슬 블러프라는 곳에서 사망했어요."

"그게 다예요?"

"유감스럽게도 그런 것 같네요. 내가 급하다고 얘기했죠?"

"말한 것 같아요, 네."

"정말 급해서 그래요."

그는 도일의 한숨 소리를 들었다. "조사해 볼게요."

멀더는 전화를 끊고 주변을 둘러보았다. 거리는 텅 비어 있었다. 세 여자아이의 발견이 모든 사람을 집 안에 가두었다. 스컬리가 한 가지는 옳았다. 매컬로이는 어떤 식으로든 이 일과 관계가 있었다. 뱀파이어가 이곳, 〈땅거미〉의 작가가 사는 곳에서 사냥을 하고 있다는 것은 우연의 일치 이상임이 분명했다.

멀더는 다시 그를 조사해보기로 결심했다. 이번에는 그 남자가 대화를 나눌 만큼 제정신이기를 바라면서.

멀더가 매컬로이 집 밖에 막 차를 세웠을 때 그의 전화가 울렸다. 도일이었다.

"뭐 좀 알아냈어요?"

"안녕, 도일. 잘 지내요, 도일?"

"안녕, 도일. 잘 지내요, 도일? 자, 이제 뭘 찾았나요?"

"당신은 정말이지 사회성을 키울 필요가 있어요, 멀더. 됐어요, 당신의 쿠르츠베그 씨는 아주 흥미로운 삶을 살았더군요."

"어떤데요?"

"우선, 나치의 무기를 만드는 프로그램에서 일했어요. '페이퍼클립 작전'에 대해 좀 알아요?"

페이퍼클립 작전은 제2차 세계대전의 여파로 전략사무국에서 부화시킨 작전이었다. 독일의 과학자들과 기술자들이 미국으로 건너와서 다양한 정부 프로젝트에서 일했다. 주로 러시아가 그들에게 손을 뻗치지 못하게 하려는 의도였다.

"알아요."

"그는 그중 하나였어요."

"어떤 일을 했어요?"

"기밀이에요. 파일에 접근할 수가 없어요. 여기까지가 말 그대로 내가 알아낸 전부예요."

흥미로웠다. "고마워요, 도일."

"전혀요. 다만 이런 내용은 스컬리한테 들을 수도 있었는데요."

"스컬리?"

"네, 스컬리가 매컬로이의 과거를 조사해 달라고 부탁했잖아요?"

"그게 쿠르츠베그랑 무슨 상관이에요?"

"아. 당신들 따로 일하고 있군요, 응? 이런 거죠. 매컬로이는 쿠르츠베그의 아들이에요. 성년이 되자마자 이름을 바꿨고요."

멀더는 전화를 끊고 매컬로이의 집을 쳐다보았다. 그가 쿠르츠베그의 아들이라고? 멀더는 총을 확인하고 차에서 내렸다. 문을 두드렸지만 대답은 없었다.

"매컬로이 씨? FBI입니다."

여전히 아무 응답이 없었다. 멀더는 문을 열어 보았다. 잠겨 있었다. 그는 주변을 둘러본 다음, 권총 손잡이로 유리창을 깼다. 그 안으로 손을 집어넣어 문고리를 돌리고, 집으로 들어섰다.

집은 비어 있었다. 그런 느낌이 왔다. 그는 확실히 하고자 모든 방을 확인했지만, 그의 직감이 옳았다. 아무도 없었다.

멀더는 문으로 돌아가다가, 문득 멈춰 섰다. 어디서도 작업실을 보지 못했다. 매컬로이는 어디서 그의 책들을 썼을까?

그는 다시 집 안으로 들어갔다. 이번에는 바닥을 유심히 보았다. 부엌 바닥에서 바닥 문을 발견하고 열어 올리자 지하실로 이르는 계단이 나왔다.

멀더는 계단을 내려가다가 계단 끝에서 잠겨 있는 문을 발견했다. 그는 준비 태세로 총을 들고 문을 찼다. 문은 벽에 쿵 부딪혔다.

"매컬로이 씨? 안에 계십니까?"

대답은 없었다. 멀더는 방 안으로 들어가 전등 스위치를 찾아냈다. 그가 스위치를 누르자, 어수선한 작업실이 드러났다. 오래된 책상, 나무로 된 문서 보관함들. 벽에는 온통 노랗게 변한 신문 조각들과 지저분한 글씨로 휘갈겨 쓴 종잇조각들이 붙어 있었다.

멀더는 그 지저분한 글씨들을 훑어보았다. 절반은 〈땅거미〉 줄거리에 대한 아이디어들이었고, 나머지 반은 사회에 대해 반발하는 장광설들이었다. 멀더는 책상에 다가가 서랍을 획획 열어보다가 오래된 가죽 장정의 노트를 발견했다. 펼쳐 보았다. 매컬로이의 글씨체는 아니었다. 훨씬 더 깔끔했고, 만년필로 쓰인 필기체 글이었다.

멀더는 그것이 일기장임을 깨달았다. 스테판 쿠르츠베그의 일기장이었다.

그는 읽기 시작했다.

스컬리는 수술용 장갑을 쓰레기통에 던져 넣고 보안경을 벗었다. 사망 원인은 세 경우 모두 같았다. 과다 출혈. 허벅지의 구멍 자국. 반항한 흔적 없음.

그녀의 핸드폰이 진동했다. "스컬리 수사관입니다."

"스컬리? 피터스예요. 실험 결과가 나왔어요."

"어때요?"

"당신이 예상한 약물은 모두 음성이에요."

스컬리의 어깨가 축 처졌다. "정말이에요?"

"유감스럽게도. 하지만 당신이 흥미로워할 만한 무언가가 나오긴 했어요. 어마어마한 양의 MDMA."

스컬리는 몸을 바로 세웠다. 심장박동이 빨라졌다. "엑스터시 말이에요?"

"코끼리 한 마리를 다른 모든 코끼리들과 사랑에 빠지게 해서 다 같이 광란의 밤을 보내고 싶게 할 만한 양이에요."

"고마워요."

스컬리는 전화를 끊었다. 그녀는 전화기로 턱을 두드렸다. 멀더가 매컬로이에 대해 뭐라고 했더라? 그가 고른 약물이 MDMA라고 했지 않았나?

그녀는 서둘러 굿맨 보안관의 사무실로 향했다. 보안관은 거기 없었지만, 스컬리는 사무실 내부 전산망에 접속해서 킴 던컨의 핸드폰 영상을 찾아냈다.

그녀는 빛나는 형상이 등장하는 지점까지 영상을 돌렸다. 특징을 잡아내기는 어려웠지만, 그 형상은 실제로 기묘한 하얀 머리를 한 늙은이같이 보이지는 않았다. 그리고 멀더가 옳았다. 그 형체는 키가 너무 컸다. 매컬로이가 그 형상처럼 변장할 방법은 없었다.

그렇다고 그가 연관되지 않았으리라는 법은 없었다. 공범이 있을 수도 있다.

하지만 누가? 굿맨 보안관은 그 영상을 보았다. 그는 이 마을의 모든 사람들을 알고 있었다. 만일 그 형체가 이 주변의 누군가라면, 그가 알아차렸을 터였다.

스컬리는 떨리는 영상을 무심히 바라보고 있었다. 영상은 킴이 발견되고, 그 빛나는 형체가 돌아보는 부분까지 재생되었다. 킴이 몸을 돌려 뛰면서, 시야가 바뀌고 거칠게 흔들렸다.

스컬리는 눈살을 찌푸렸다. 그녀는 재생을 멈추고, 한 번에 한 장면씩 끊어 보았다. 무언가가 보였다…. 무언가 친숙한 것이.

그녀의 손가락이 키보드 위에 멈추었고 만족스러운 미소가 얼굴에 번졌다.

공터의 바깥쪽 가장자리에 있는 나무 중 하나에 기대져 있는 것은 쌍발식 산탄총이었다. 소위 뱀파이어라는 형체가 발하는 하얀 빛이 금속 표면을 반사하지 않았다면 눈에 띄지 않았을 것이다. 손도 보였다. 총 위에 놓여 있었다. 몸의 나머지 부분은 그늘 속에 가려져 있었지만, 그 손은 늙어 보였다.

"잡았다."

한 시간 뒤에 멀더는 눈을 깜박이며 흐린 불빛을 올려다보았다. 그는 이제 뱀파이어 뒤에 얽힌 배경을 알아냈다.

전쟁 동안 스테판 쿠르츠베그는, 하인리히 힘러[42]가 이끄는 초능력자, 심령술사, 영매의 엘리트 인원으로 구성된 초자연 현상 전담 기구, IOW(Institute for Occult Warfare)의 일원으로 일했다. 힘러는 초자연적인 능력을 이용하는 것만이 독일이 승리할 수 있는 유일한 방법이라고 생각했다.

그리고 이 기구는 심지어 전쟁 전에 출범했다. 힘러는 한때 베벨스부르크 마을을 공포에 떨게 했던 한 뱀파이어에 대한 전설을 들었다. 그는 베벨스부르크 성을 백 년간 임대하는 계약에 서명하고, 이 뱀파

42) Heinrich Himmler(1900-1945). 나치 친위대장. 유대인수용소에서 대학살과 탄압의 원흉인 인물.

이어를 찾아내어 같은 편으로 삼으려고 했다.

멀더는 이미 그 성에 대해 알고 있었다. 힘러는 그 성을 독일인을 세상의 지배자로 만들어 줄 오컬트와 이교도적인 의식들에 전념하는 훈련소로 전환하려고 했다. 그는 그 성을 성배의 성이라 명명하고 자신의 시간 대부분을 운명의 창 같은 초자연적인 산물을 찾는 데 허비했다.

그리고 그 성에는 또한 비밀 실험실이 있었던 것 같았다. 힘러와 다른 IOW들은 실제로 그 뱀파이어를 잡았다. 하지만 그들은 뱀파이어가 자신들과 같은 편에 서도록 설득할 수 없었다. 그래서 그들은 나치가 가장 잘하는 짓을 했다. 그들은 팀을 만들어 뱀파이어를 실험하고, 그들이 통제할 수 있는 무기로 만들려고 했다.

쿠르츠베그는 그 팀의 지도자였다.

그들은 그럭저럭 뱀파이어의 약점 일부를 없앨 수 있었다. 뱀파이어 주변을 감싼 그 빛은 일종의 방패였다. 햇빛 차단막. 뱀파이어는 원하면 이제 낮에도 출몰할 수 있었다. 그들은 종교적인 상징에 대한 약점도 제거했다. 한 가지 문제는, 뱀파이어가 미쳤다는 것이었다. 완전히 정신이 나갔다. 뱀파이어는 쿠르츠베그에 집착하게 되었다. 말은 전혀 듣지 않았다. 힘러는 무기로써 실험해 보고자 인근 마을에 뱀파이어를 풀었다. 뱀파이어는 전 주민을 몰살해 버렸다.

그들은 뱀파이어를 다시 잡아 지하실에 가두었다.

그때 전쟁이 끝났다. 쿠르츠베그는 미국 정부에 채용되었지만, 뱀파이어는 풀려나 그를 쫓아왔다. 이때가 오십 년대로, 뱀파이어가 캐슬 블러프에서 한바탕 살인을 저질렀던 때였다. 쿠르츠베그는 뱀파이어를 마을 외곽에 있는 버려진 탄광 중 하나로 유인했고, 다이너

마이트를 터뜨려 탄광 전체가 그 뱀파이어의 머리 위로 무너져 내리게 했다. 일기장에 따르면, 쿠르츠베그는 그가 마침내 그 뱀파이어를 죽였다고 생각했다.

멀더는 생각에 잠겨 벽을 쳐다보았다. 굿맨 보안관이 언급했던 최근의 약한 지진. 어쩌면 그 지진 때문에 무언가가 느슨해져서 뱀파이어가 다시 자유로워졌는지도 몰랐다.

그리고 지금 그 뱀파이어는 중단했던 일을 계속하고 있었다.

결국 그 뱀파이어는 매컬로이의 소설에 나오는 그 뱀파이어, 컬럼 제임스가 아니었다. 매컬로이는 아버지의 일기장에서 아이디어를 얻은 것이었다.

그는 핸드폰을 꺼내어 스컬리에게 전화했다.

"멀더? 어디예요?"

"매컬로이의 집이에요. 들어봐요, 내가 할 말이—."

"나중에요. 매컬로이가 범인이에요. 그는—."

"여기 내려오면 안 되지." 멀더 뒤에서 목소리가 들렸다.

몸을 휙 돌린 멀더의 눈에 자신의 머리에 곧장 내리꽂히는 매컬로이의 산탄총 개머리판이 보였다. 통증이 번뜩이고 불꽃이 튀었다. 멀더는 바닥에 쓰러졌다. 그의 핸드폰이 눈에 들어왔다.

스컬리의 목소리가 들렸다. "멀더?"

멀더는 손을 뻗어 힘없이 핸드폰을 거머쥐었다. 그때 누군가가 그를 질질 끄는 것이 느껴졌다. 그는 팔을 휘저어 핸드폰을 주머니에 집어넣었다. 정신이 없는 와중에도 한 가지는 기억했다. 핸드폰은 반드시 지니고 있어야 했다.

"멀더! 멀더, 당신 괜찮아요?"

대답은 없었다. 잠시 뒤에 전화는 끊어졌다. 스컬리는 초조하게 자신의 핸드폰을 바라보았다. 그녀가 들은 목소리는 매컬로이의 것이었다.

멀더가 위험했다.

그녀는 스키너 국장[43]에게 전화를 걸었다. "국장님. 멀더가 위험합니다. 당장 그의 전화를 추적해야 해요."

"바로 승인하지."

"제 핸드폰 GPS에 연결하라고 해 주세요."

그녀가 전화를 끊는 순간 굿맨 보안관이 사무실로 뛰어 들어왔다.

"더 많은 여자아이가 실종됐어요!"

"얼마나 많이요?"

"아홉이요."

"아홉 명…." 도대체 어떻게 매컬로이가 아홉 명이나 납치한 거지?

"이번엔 편지를 남겼어요."

스컬리는 순간 동작을 멈추었다. "뭐라고요?"

"그 아이들은 발견된 다른 세 여자아이가 컬럼에게 거부당했다고 생각하나 봐요. 자기들한테도 아직 컬럼의 짝으로 선택될 기회가 남아 있다면서. 그래서 그를 찾으러 간 것 같아요."

멀더는 심각한 두통을 느끼며 깨어났다. 두개골이 반으로 쪼개지는 것 같았다. 그는 양손을 들어 올려 머리를 만져보려 했지만, 손은

---

43) 2015년이 배경이므로, 많은 팬들이 바랐듯 스키너가 국장으로 승진했을 가능성도 충분히 염두에 두고 작가가 집필한 것으로 보인다.

등 뒤로 묶여 있었다.

멀더는 간신히 눈을 뜨다가, 통증에 움찔거렸다. 흐릿한 오렌지색 불빛이 주변을 비추고 있었다. 흙벽. 나무로 된 지지대. 좁은 통로.

그는 탄광 속에 있었다. 필시 오십 년대 이후 뱀파이어가 갇혀 있던 곳일 터였다.

그는 왼쪽을 쳐다보았다. 거대한 흙과 바위 덩어리들이 통로를 막고 있었다. 하지만 바닥에는 구멍이 있었다. 널찍한 틈이었다.

"그에게 먹이를 줘야 해, 당신은 알지."

멀더가 오른쪽을 돌아보니 매컬로이가 산탄총을 들고 다가오고 있었다.

"매컬로이. 나를 보내줘. 아직은 이 일을 막을 시간이 있어."

"이 일을 막아? 당신은 이 일을 막을 수 없어. 아무도 못 해. 그게 세상 돌아가는 방식이야."

그는 멀더 앞에 쪼그리고 앉았다.

"나는 당신이 아는 그자를 창조했어. 컬럼 말이야. 그는 내 책에서 생명을 얻었지. 그러니 나는 그에게 계속 먹이를 줘야 해."

"아니. 매컬로이, 당신은 당신 아버지의 일기를 토대로 책을 쓴 거야. 그 뱀파이어를 이렇게 만든 건 당신 아버지라고."

"거짓말쟁이!" 매컬로이는 손등으로 멀더를 후려쳤다. "그는 나 때문에 생겼어. 그들 모두 말이야, 모르겠나? 그 뱀파이어? 내 팬들. 그들은 항상 굶주려 있지. 항상 먹이를 줘야 해."

터널 바닥에 있는 틈 사이로 하얀빛이 비쳤다. 매컬로이는 그쪽으로 고갯짓했다. "그가 오고 있군."

매컬로이는 일어나서 주사기를 꺼냈다. "이건 MDMA라고 하지.

그는 자기 희생양이 고분고분한 걸 좋아하거든, 당신은 알겠지. 아드레날린 맛을 싫어하거든."

숲 속에 남아있는 눈 때문에 길을 찾기가 어려웠다. 스컬리의 발은 눈 더미에 자꾸 빠졌다. 그녀는 길에서 겨우 오 분 남짓 왔을 무렵이었지만 벌써 숨을 거칠게 쉬고 있었다.

그녀는 핸드폰을 다시 확인했다. GPS 신호로 보면 멀더의 전화기는 겨우 1km 남짓 떨어져 있었다.

"이쪽이에요." 스컬리가 말하며 가리켰다.

"제가 좀 봐도 될까요?" 굿맨이 물었다.

스컬리가 전화기를 건네자 그는 화면을 들여다보았다. "오래된 탄광들이네요. 이 탄광들은 백 년 전에 닫혔어요."

"어딘지 알아요?"

레스터는 고개를 끄덕였다. 스컬리는 전화기를 도로 받아 주머니에 넣었다. "앞장서요."

"기다려!" 멀더는 절실하게 시간을 벌어야 했다. "약물은 필요 없어. 내가 가지. 기꺼이."

매컬로이는 얼굴을 찌푸렸다. "뭐?"

"내가 이해 못 하는 것 같나? 내가 모를 것 같으냐고? 그 뱀파이어. 그자는 우리야. 우리의 문화지. 최신 유행에 대한 끝없는 굶주림. 새로 나온 책. 새로운 가십거리. 끊임없이 먹이를 던져줘야 하는 스물네 시간 방영되는 채널과 가공된 뉴스들. 유명세에 대한 추구. 자기들이 섹스하는 장면을 찍었다는 것만 자랑삼아 내세우는 재능 없는 바보들에 대한 리얼리티 쇼. 고작 이 년밖에 안 된 영화들의 끝도 없는 다시 찍기. 종영된 텔레비전 프로그램들은 만화와 소설로 재탄생되지. 소셜 미디어가 이렇고. 페이스북이 저렇고. 나는 알아, 매컬로이. 당신과 나, 우리는 더 단순한 시대를 갈망하고 있지. 사람들이 나한테 트위터를 하라고 요구한 거 알아? 우리 부서 말이야. X-파일 말이지. 다른 FBI 부서들은 전부 트위터에 등록했고 나한테도 하라고 했다고."

매컬로이는 총을 약간 내렸다. "빌어먹을. 나는 트위터를 증오해. 내 출판사에서도 나한테 트위터를 하라고 하더군. 다시 한 번 언급하면 내 최근 원고를 불태우겠다고 했지."

"그거 봐. 나는 이해한다니까. 도대체 왜 끝없이 모든 것을 공유하려는 거야? 자기 사진이며 자기가 뭘 먹는지에 대한 사진들 말이지. 누가 신경 쓴다고, 안 그래?"

"그들이 신경 쓰지. 그도 신경 쓰고. 그게 우리가 끊임없이 먹이를 줘야 하는 이유야." 매컬로이는 한숨을 쉬었다. "먹을거리를 주지 않으면, 우리를 집어삼킬 거니까. 상황은 더 나빠질 거라고."

"아니. 그렇게 되지 않아. 먹이를 주지 않으면, 말라 죽게 되지. 우리는 같이 맞서 싸울 수 있어."

매컬로이는 처량하게 고개를 저었다. "아니. 그놈은 절대 죽지 않아. 나는 이렇게 해야만 해. 모르겠나? 그래야 다른 사람들이 안 할 테니까. 인간은 타락했어. 누구도 더 이상 신경 쓰지 않지. 세상에는 고작 몇 분 동안의 명성을 누리기 위해 기꺼이 야수를 먹이고, 기꺼이 자기들의 자존심과 삶과 다른 이들을 희생할 사람이 항상 존재할 거야." 매컬로이는 몸을 세웠다. "신과 인간의 적조차 자신의 황폐함

속에서도 친구와 동료를 만들었지만, 나는 혼자다."[44] 그는 다시 고개를 저었다. "나는 이 일을 해야만 해. 더 나빠지는 것을 막기 위해서."

스컬리는 멈추었다. 위쪽에 무언가가 보였다. 밝은 색채들의 번뜩임이. 그녀는 레스터와 함께 가까이 다가가며 총을 뽑아들었다. 이제 목소리들이 들렸다. 소리 높여 언쟁하고 있었다.

"그는 널 원하지 않을 거야, 멍청한 년아. 순결한 누군가를 원할 거라고."

"그럼 넌 빠져야지. 네가 과학실 뒤에서 도니를 빨아준 거 다 알아."

"FBI다. 내가 볼 수 있게 손들어." 스컬리가 외쳤다.

그녀는 나무를 돌아 열일곱 살쯤으로 보이는 다섯 명의 여자아이들이 옹기종기 모여 있는 것을 발견했다. 클럽이라도 갈 듯이 차려입고 있었다. 스컬리는 얼굴을 찌푸리고 총을 집어넣었다.

"너희들 여기서 뭐 하니?"

"무슨 상관이에요?" 아이 중 한 명이 대꾸했다.

스컬리는 눈썹을 치켜세웠다. "나는 연방 법을 집행하는 사람이야. 살인자를 쫓고 있고. 그러니 전부 나랑 상관이 있지. 두 번 묻지 않겠어, 꼬마 아가씨."

"우린 컬럼을 찾고 있어요." 한 아이가 내뱉었다.

레스터가 스컬리 쪽으로 몸을 기울였다. "실종 신고되었던 아이 중 몇이네요."

"그 뱀파이어를 왜 찾고 있지?" 스컬리가 물었다.

---

44) M.W. 셜리의 소설 〈프랑켄슈타인〉에서 나오는 괴물의 독백. 신과 인간의 적이란 사탄을 가리킴.

"그가 다른 아이들을 거절했으니까요. 죽어서 발견된 아이들 말이에요. 그건 그가 아직 진짜 여자 친구를 찾고 있다는 뜻이기도 해요. 그를 이해하는 누군가를요."

"그리고 그는 나를 고를 거야." 다른 아이가 말했다.

"꿈 깨시지. 나일 거야."

"너희 중 아무도 아닐 거야." 스컬리가 딱 잘라 말했다. "왜냐하면, 너희는 모두 집으로 돌아갈 테니까."

아이들은 스컬리를 위아래로 쳐다보았다. "내 생각은 안 그런데, 아줌마." 한 여자아이가 말했다.

"당장!" 스컬리는 소리쳤다.

여자아이들은 펄쩍 뛰었다. 굿맨 보안관조차 움찔했다.

"우리한테 그런 식으로 말할 수는 없어요. 이건 인권 침해라고요."

스컬리는 한숨을 쉬고 레스터에게 돌아섰다. "보안관. 이 아이들이 집으로 돌아가는지 확인하세요. 아이들이 골치 아프게 굴면, 연방수사관의 공무 집행 방해로 기소해 버려요."

스컬리는 등 뒤에서 이는 불만들과 항의들을 무시하며 핸드폰을 다시 꺼내 들고 출발했다.

틈 사이로 번지는 빛이 점점 밝아졌다. 매컬로이는 멀더를 일으켜 세웠다.

"정말 미안하네, 친구. 당신은 꽤 괜찮아 보이는데. 상황이 달랐다면 같이 취하고 싶었을 거야. 하지만 지금은 뱀파이어에게 먹이를 줘야 해. 그게 내 의무니까." 매컬로이는 말했다.

"이럴 필요는 없어."

"필요해. 이건 내 벌이야. 그 책들을 쓴 데 대한 속죄인 거지."

그는 산탄총으로 멀더를 밀며 그 틈새로 향하게 했다. 하얀빛이 더욱 강해지면서 쏟아져 흙벽을 비추었다. 매컬로이는 멀더가 그 끝에 이를 때까지 그를 밀쳐댔다. 멀더는 어쩔 수 없었다. 그는 그 틈새를 들여다보았다.

깊은 갱도가 보였다. 부러진 나무 버팀목들이 벽을 지탱하고 있었다.

그리고 그를 향해 재빠르게 올라오고 있는 뱀파이어가 보였다. 거의 틈새 위쪽에 다다를 참이었다.

"FBI다, 손 보이게 올려!" 그들 뒤에서 한 목소리가 외쳤다.

멀더는 산탄총이 옆구리에서 떨어지는 것을 느꼈다. 돌아보니 매컬로이가 무기를 획 돌려 스컬리를 겨누고 있었다. 순간 멀더는 스컬리가 발포할 수 없음을 깨달았다. 안전하게 총을 쏘기에는 그가 너무 매컬로이에 가까이 붙어 있었다.

매컬로이가 막 방아쇠를 당기는 순간, 그는 앞으로 달려들어 묶인 손으로 산탄총을 붙잡아 들어 올렸다.

총성은 좁은 터널 안에서 귀를 먹먹하게 만들며 울려 퍼졌다. 작은 파편들이 그들 위의 버팀목을 맞추면서 오래된 나무들이 산산이 부서졌다. 흙과 돌덩이가 천장에서 쏟아졌다. 통로에 먼지 구름이 피어올랐다.

"멀더, 비켜요!"

멀더는 비틀거리며 흐릿한 빛을 향해 나아갔다. 그는 매컬로이가 내지르는 성난 고함을 들었다. 돌아서니 그 늙은이가 산탄총으로 그를 겨누는 모습이 간신히 눈에 들어왔다.

그 순간 질식할 듯한 흙먼지 사이로 빛나는 두 손이 갈라진 틈새 사이에서 뻗어 나와 매컬로이의 발목을 잡는 것이 보였다.

멀더와 매컬로이의 눈이 얽혔다.

다음 순간 매컬로이는 구멍 너머로 홱 넘어가 버렸다.

멀더는 돌아가야 할지 갈등하며 망설였다.

"멀더! 천장이 무너져요."

멀더가 올려다보자 커다란 벽 더미가 미끄러지더니, 뒤이어 바위와 돌들이 갈라진 틈새를 덮어버렸다.

멀더가 돌아서서 달려 나가는 순간 천장 전체가 무너져 내렸다.

멀더와 스컬리는 갱도에서 튀어나와 기침하고 캑캑거리며 손을 펄럭여 먼지 구름을 흩었다. 그들은 눈 더미에 풀썩 주저앉았다. 탄광 입구가 무너져 거대한 회색과 갈색 구름이 하늘로 피어올랐다.

멀더는 한바탕 기침을 토해 낸 뒤, 앉아서 한때 탄광 입구였던 먼지 더미를 바라보았다.

"당신도 봤어요?" 그가 말했다.

"보다니 뭘요?"

"뱀파이어 말이에요. 그게 매컬로이 발목을 잡았어요."

"멀더, 나는 매컬로이가 탄광 갱도로 떨어지는 걸 봤을 뿐이에요. 뱀파이어는 없었어요."

멀더는 한숨을 쉬었다. 스컬리에게 손을 내밀자 그녀는 주머니칼로 밧줄을 잘라주었다.

"그의 팬들이 행복해하지 않겠네요." 스컬리가 말했다.

"그렇겠죠." 멀더는 동의했다.

그들은 일어섰다.

"그래도, 항상 팬픽션[45]이 있으니까요. 내가 한 번 써 볼까요. 당신을 집어넣을 수도 있을 거 같아요. 데이나 스컬리 대 컬럼 제임스."

"그러기만 해 봐요, 당신 차 버릴 테니까."

"왜요, 스컬리. 재미있을 거예요. 당신이 혼자 삼백 년 산 뱀파이어를 쫓아가서 당신만의 매력으로 그 존재를 상대하는 거죠. 대박 날 거예요."

그들은 숲을 향해 걷기 시작했다. 멀더는 어깨 너머로 고개를 돌려 먼지 구름이 서서히 잦아드는 것을 바라보았다.

"대박날 거예요, 내가 장담해요."

45) fan fiction. 독자가 자신이 좋아하는 작품을 바탕으로 이야기를 재구성해서 쓰는 소설.

THE X FILES™

외계인에 대한 사랑

Loving the Alien

스테판 페트루챠

THE X FILES™

FBI 본부, 워싱턴 D.C.

1997년 10월 6일, 오후 3시 15분

일상에 갇히면 우리는 새로운 것을 갈망하게 된다. 그 새로움이 얼마나 쉽게 우리를 배신할 수 있는지, 혹은 오랜 습관이 주는 안락함이 사라지면 얼마나 깊이 그리워질지를 망각하고서. 공포와 피해망상조차, 그게 전부라면 따분해질 수 있다. 그날 아침의 사무실은 너무나 일상적으로 느껴져서 좀처럼 집중할 수 없었다. 이를테면, 나는 열 번도 넘게 물어야 했다.

"멀더, 당신은 어떻게 이 일이 완전히 시간 낭비가 아니라고 생각할 수 있어요?"

그리고 물론, 그는 농담으로 대답했다. "작은 녹색 남자가 말해주더군요, 스컬리. 아니면 이런 주장은 너무 스쿠비 두비어스적[46]인가요?"

그의 멋쩍은 미소에 나는 의례 그렇듯 눈동자를 굴렸다. 하지만 형편없는 농담치고 나쁘지는 않았다. 어쩌면 그는 적절한 순간에 나에게 써먹기 위해서 며칠째 그 농담을 간직했는지도 모른다. 어쨌거

---

46) Scooby-dubious. 스쿠비 두(Scooby doo)는 1969년 이래 죽 이어지고 있는 미국 애니메이션 캐릭터로, 십 대 청소년들과 함께 미스터리한 사건을 조사하는 강아지의 이름이다. 이들이 조사하는 사건은 대개 미심쩍은 초자연적 현상들에 기원한 것으로 아마도 여기서 Scooby와 미심쩍다는 뜻의 dubious가 합쳐져, 스쿠비 두의 사건들처럼 미심쩍은, 이라는 뜻으로 Scooby-dubious라는 용어가 탄생한 것으로 보인다.

나 그 말은 멀더 수사관이, 상투적인 표현이지만, 흔적도 없이 사라지기 전에 남긴 마지막 말이었다.

그와 함께 사건을 수사하고 싶지 않았던 것은 아니지만, 나는 이미 다른 사정이 있었다. "하루만 기다려요, 아니면 내가 약속을 취소하고…."

"아니에요. 당신은 주커만 박사하고 약속이 있잖아요."

"이번 검사는 형식적인 거예요."

"이 일도 그래요."

그는 지방 신문의 기사 두 개와 쪽지 하나를 내밀었다. 그 사건은 X-파일이라고 하기에도 부족했다. 내보일 가치조차 없었다. 작은 마을의 외계인 목격담들은 뭐든 새로운 것을 갈망하는 따분한 마을에서 튀어나오는 선정적인 헛소리에 불과하다.

쪽지로 말하자면, 멀더도 역시 일축했다. "이건 오백만 달러를 주겠다고 제안하는 이메일 사기의 수기 버전이나 마찬가지예요. 살아있는 EBE[47]를 자세히 보게 해 주겠다는 점이 다르지만요. 빅풋이니 츄파카브라(Chupacabra)니 살아있는 외계인들을 잡았다고 주장하는 사람들은 최소한 일 년에 여섯 명은 되잖아요. 하지만 데이나 스컬리는 한 명뿐이죠."

우리는 처음부터 서로를 보호해왔다. 내가 암에 걸린 이후 멀더가 보여준 어색한 모성애는 처음엔 감동적이었지만, 점점 짜증스러워졌다. 나는 살아남기를, 삶이 허용되기를 바랐었다. 하지만 내가 습관과 새로운 것의 배반에 대해 말하고자 한 바가 바로 이런 거다.

---

47) extraterrestrial biological entity. 외계 생물학적 개체에 대한 줄임말로 드라마 〈X-파일〉 시즌 1에서 이 용어가 사용되었다.

나는 늘 그랬듯 한숨을 내쉬었다. 그는 늘 그랬듯 미소 지으며 눈을 찡긋했다. "그러지 마요. 그림자 정부가 이런 바보 같은 것을 보내거나 한 건 아닐 테니까요. 나는 이틀이면 돌아올 거고, 당신은 나한테 클럭스드롭 구체[48]가 어째서 자연적으로 형성된 물질이고, 고대 우주비행사의 증거가 아닌지 다시 설명해 줄 수 있을 거예요."

마이클 크리츄가우[49] 덕에 미국 시민들의 대량 납치 뒤에는 바로 우리 군대가 있다고 확신하게 된 후로, 멀더의 자기비하적인 유머는 거의 마조히스트적인 느낌마저 풍겼다. 이 세상에 외계인이 존재하지 않는다는 생각은 그를 우울하게 하는 것 같았다.

"그게 가짜가 분명하다면, 왜 가는 거예요?"

"그게 사우스캐롤라이나 비숍빌에서 왔으니까요. 그곳은 스케이프 올레 늪의 도마뱀 인간 탄생지예요!"

스쿠비 두비어스적인 것에 대해 말하자면, 그는 몇 년 전에 자신이 완전히 속기 쉬운 사람이 아님을 증명하려고 1988년의 도마뱀 휴머노이드[50] 목격담들을 맨 먼저 제기했었다. 하지만 한 목격자가 거짓말을 시인하면서 발자국 흔적을 뜬 것은 가짜임이 드러났다. 차에

---

48) Klerksdorp Spheres. 남아프리카, 원더스톤 사(社) 소유의 30억 년 된 황철석 광산에서 발견된 작은 원형 광물. 혹자는 이 광물이 외계 생명체에 의해 만들어진 것이라고 주장했으나, 지질학자들은 이것이 제조된 것이 아니라 자연적인 현상으로 발생한 것이라 결론지었다.

49) 드라마 〈X-파일〉 시즌 5의 등장인물. 외계인 납치는 군이 생화학 무기 개발 및 실험을 덮기 위해 조작해낸 가설임을 멀더에게 밝혔다. 스컬리 역시 외계인에 납치된 후 불치의 암에 걸리는데 이 역시 멀더의 행보를 막기 위해 외계인 납치를 조작한 정부 고위층 일부 비밀 조직의 행위라는 것이다. 멀더는 이 정보를 토대로 추적하여 스컬리의 치료법을 찾는다. 드라마의 스토리를 좀 더 덧붙이자면 후에 이르러 외계인은 실재하며, 비밀 조직은 그 외계인의 침략과 그들의 목적을 돕기 위해 활동한다는 식으로 이야기가 진행된다.

50) humanoid. 인간과 유사한 존재. 대게는 인간과 외형이 유사한 로봇을 가리키지만, 멀더는 외계인, 전설 속 인간과 유사한 괴물 등을 일컬어 휴머노이드라는 용어를 쓴다.

남은 깊은 "발톱" 자국들은 전동식 공구로 만들었던 것이다. '나는 믿고 싶다 씨'조차 그 일은 당황스럽게 생각했다.

다시 말해서, 그는 지금 무언가를 언급하지 않고 있었고, 나는 진실을 기다리고 있었다.

우리는 항상 진실을 기다리는 것 같았다.

"좋아요, 당신이 이겼어요. 사실 그 글씨가 낯이 익어요."

"낯이 익어요? 어떻게요?"

"알아볼 수는 없지만, 신경이 쓰여요. 아마도, 아마도 별거 아니겠지만…."

"오백만 달러가 생길 더 좋은 기회를 잡았단 말이군요." 나는 그에게 말했다. 말은 그래도 나는 스스로에게 말하고 있었다. '혼자 가게 하자. 멀더의 기분이 나아질지도 몰라.'

그래서 더 이상 반대하지 않고 나는 정확히 그렇게 했다. 그를 혼자 가게 했다. 적어도 육체적으로는.

그날 밤 나는 반쯤 잠든 채, 그가 온통 그림자에 쌓여 구석에 놓인 내 서랍장 옆에 서 있는 모습을 보았다고 생각했다. 하지만 아무것도 아니었다. 혹은 꿈이었다. 멀더의 모습을 한 꿈.

다음 날 그가 전화를 받지 않았을 때, 나는 비숍빌의 보안관인 존 퀸랜에게 연락을 취했다. 그는 시간이 아주 많은 것 같았다. 멀더를 만났다고 할 뿐만 아니라, 간단한 설명까지 덧붙였다.

"그 사람은 핸드폰 충전기를 잃어버렸고 대체품을 못 구했어요. 그렇게 입었으니 주차장에 있는 소나무처럼 한눈에 들어오죠. 그러니 틀림없이 내 눈에 띌 겁니다. 보면 전화하라고 할게요."

전화는 오지 않았다.

그날 밤 나는 또 다른 그림자를 보았다. 이번에는 돌아가신 지 삼 년 된 내 아버지처럼 보였다. 아버지를 보는 것은 두렵다기보다는 위안이 되었다. 심지어 더 자세히 보고 싶었다. 하지만 고개를 돌리자 아버지는 사라졌다. 빛의 장난이었다. 실망했지만 그러리라 예상했기에, 나는 그저 하얀 천장을 바라보며 아버지가 어떤 식으로 나를 스타벅이라고 불렀는지 떠올렸다.

스타벅은 〈모비딕〉에 나오는 일등 항해사다. 그는 정신 나간 에이헙 선장이 알려지지 않은 항로로 나아가는 동안 배와 선원들을 이끄는 데 헌신하는 현실적인 남자였다. 다시 말하자면, 스타벅은 합리적인 인물이었다. 아버지는 멀더를 만난 적이 없다. 아버지가 그를 좋아했을지는 모르겠지만, 그를 뭐라고 불렀을지는 짐작이 간다.

다음 날 아침, 주커만 박사에게 예상대로 건강하다는 증명서를 받고 대기실을 나서려다 나는 모든 사람이 텔레비전을 쳐다보고 있는 것을 알아차렸다. CNN이 비숍빌의 목격담에 대해 방송하고 있었다. 그들은 익명의 목격자가 찍은 흐릿한 외계인 영상을 '독점'이라며 내보내고 있었다. 영상에는 흐릿한 형체가 더욱 흐릿한 나뭇가지들 사이에서 현란하게 뛰어다니고 있었다. 물론, 뉴스 앵커는 그 크기를 짐작하게 할 만한 대조물이 없음은 언급하지 않았다. 과거에는, 아주 반사가 잘 되는 눈을 가진 알비노 종 아메리카 올빼미가 모스맨(Mothman)[51]이라고 찍힌 적도 있었다. TV 프로그램 중 가장 신뢰받는 뉴스에 나온 이 잽싸게 달리는 존재는 다람쥐처럼 보였다.

하지만 멀더는 아직도 연락이 없었다. 이제는 밀려드는 언론과 구경꾼들에 기진맥진한 퀀랜 보안관도 그를 보지 못했다. 신용카드 기

51) 1960년대 웨스트버지니아 주에서 목격되었다는 괴물의 일종.

록상 멀더는 매력적이게도 '인 오아 아웃'[52]이라고 이름 지은 모텔에 방을 하나 빌렸다. 모텔로 건 전화 역시 응답이 없었을 때, 나는 여분의 핸드폰 충전기를 챙겨 넣고 비행기를 예약했다.

지역 공항
사우스캐롤라이나 주, 플로렌스
수요일 오후 4시 57분

몇 시간 뒤, 나는 내 파트너의 생사에 대한 너무나도 익숙한 걱정에 휩싸인 채 비숍빌에서 56km 떨어진 플로렌스 지역 공항에 서 있다. 주의를 돌려 보려 하지만, 예스러운 공항도, 사람들도, 차의 라디오도, 그 무엇도 소용이 없다. 흥미로운 풍경을 기대해 보지만 20번 도로변에는 평평한 농장이 끝도 없이 펼쳐질 뿐이다. 여행이 거의 끝나갈 무렵에야 늪이 언뜻 보인다. 게으른 태양이 늪지대 뒤에 낮게 자리 잡은 채, 알아볼 수 있는 사물들로 해석되기를 거부하는 기이한 실루엣들로 나를 조롱하고 있다.

그리고 물론, 나는 멀더가 그중 하나가 아닐까 궁금해한다.

나는 그의 실종이 군사적인 음모와 관계가 있다고는 생각하지 않는다. 보다 일상적인 무엇이라 생각한다. 비주류 이론 신봉자나 별 볼 일 없는 사기꾼이 멀더에게 자신의 외계인이 피부병 난 애완용 원숭이라는 사실을 들키자 취한 상태에서 격분하여 그를 살해하는 거다.

하지만 멀더는 워낙 훈련이 잘되어 있어서 쉽게 해칠 수 없다. 그보

52) Inn or out. 여인숙 Inn의 발음을 이용 '들어오든지 나가든지 in or out'라는 의미.

다는 혼자 늪에 갔다가 미끄러졌을 가능성이 높다. 혹은 뱀에 물렸거나. 사우스캐롤라이나에는 여섯 종이나 되는 독뱀이 흔히 분포되어 있고, 그중 세 종은 방울뱀이다.

악어도 지나친 걱정거리는 아니다.

비숍빌 인근에 다다를 무렵, 나는 나의 모성애가 멀더의 그것만큼이나 짜증스러움을 깨닫는다.

'그는 아마 괜찮을 것이다.'

도마뱀 인간 기념품점의 표지판에 그려진 활기찬 파충류 얼굴에 이상하게 안심이 된다. 저렇게 천박한 게 실재할 리가 없다. 내가 거친 두 모텔은 꽉 차 있다. 오래된 급수탑 밑에서 마을 중앙의 전경을 바라보니 그 이유를 알겠다. 중계차들, 기자들, 호기심에 찬 구경꾼들이 중심가에 넘쳐나고 있다. 이번 주엔 큰 뉴스가 없는 게 분명하다. 나의 목적지인 벽돌로 지은 한 층짜리 경찰서는 물론 그 인파 한가운데에 있다.

고작 네 블록 너비의 마을인데, 나는 그 네 블록 너머에 차를 세우고 걸어가야 한다. 워싱턴에서 입던 옷으로는, 마을의 열기와 습기가 마치 몸에 퀼트 이불을 감은 듯 느껴진다. 사무실에서 어두운 정장 차림은 그저 벽에 녹아들 뿐이다. 여기서는, 내가 가는 방향마다 휴대용 불빛이 따라 다닌다. 흥분한 기자들이 마이크를 내밀며 바보 같은 질문들을 던진다. 그들은 모두 자기들 이름을 알리고자 열심인 것 같다. 그래서 이런 이야기를 다시는 다루지 않아도 되도록.

"당신은 MIB[53]입니까?"

53) Men in Black. 주로 UFO 목격담에 결부되어 뒤처리를 담당한다고 알려진 가상의 조직. 비밀 조직에 종사하는 비밀 조직원들을 일컫는 말이기도 하다. 영화를 통해 많이 알려져 있다.

"내가 남자처럼 보여요?"

"아니요."

"내가 검은 옷을 입고 있나요?"

"아니요, 하지만…."

그때쯤 나는 사슴 같은 눈망울을 한 두 명의 부보안관을 향해 유리문에 배지를 눌러 보이고 있다. 안쪽으로, 오래된 포마이카 접수대 너머, 부보안관 두 명과 유니폼을 입지 않은 직원 세 명이 더 보인다. 몇 대의 전화기가 구식 따르릉 소리를 내며 커다랗게 울리고 있지만 모든 이들의 눈은 바깥 인파에 머물러 있다.

금발 머리를 머리쓰개로 고정한 탄탄한 체격의 여자가 손뼉을 치며 전화기를 가리킨다. 자신을 셰리 테이트 부보안관이라고 소개한 뒤, 그녀는 나를 창문이 없는 뒷방으로 안내한다. 그 안에 보안관이 손에 볼펜을 쥐고 서류들과 사진들이 가득 쌓인 테이블 앞 플라스틱 의자에 무너지듯 앉아 있다.

"아직도 바빠요, 존?" 부보안관 테이트가 묻는다.

그는 그녀보다 어리고, 어깨가 넓고 체격이 탄탄하며, 짧은 모래빛 머리카락을 하고 있다. 알전구가 드리운 그림자가 비좁은 방을 어렴풋하게 누아르 영화 같은 분위기로 자아내고 있어, 나는 그가 보가트 같은 목소리이기를 기대할 뻔 한다. 하지만 그는 보가트처럼 말하지 않는다. 올려다보지도 않고 입술을 비죽거린다.

"그래, 하지만 당신하고는 다른 일로 바빠지고 싶어서 죽겠어, 벨벳 양."

내가 헛기침하자, 그는 더듬거리며 말한다. "오. 난…, 당신은…, 스컬리 수사관인가요?"

"내 옷이 그렇게 티가 나나요?"

그는 안으로 들어오라고 손짓한다. "고마워요, 어, 테이트 부보안관. 그만 가 봐요."

'벨벳 양'은 무릎을 약간 구부려 인사하고 사라졌다.

"내 말이 부적절하게 들렸겠군요."

멀더가 위험한 순간이기에 나는 문제를 만들고 싶지 않다. "작은 사무실이니 격식 없이 얘기하는 게 당연하겠죠."

그는 테이블에 펜을 던진다. "작고, 기진맥진하고, 스트레스 받는 사무실이지요. 기자들이 하도 몰려들어서 한꺼번에 오줌이라도 싸면 하수관이 역류할 지경이에요. 그리고 한 시간 안에 내 생애 첫 전국 기자회견이 있을 거고요. 팔십 개나 되는 목격담들을 어떻게 처리할지 발표하기로 되어 있어요. 솔직히, 나는 아무 생각도 없고요."

"다른 관할에서의 지원은 없나요?"

"도마뱀 인간을 탄생시킨 사람들을요? 그 사람들은 배가 터지라 웃고 있을 겁니다. 게다가 범죄 상황도 아닌데 그들이 뭘 지원하겠어요? 머리 큰 다람쥐를 수색한다고 초과 근무라도 하겠어요? FBI가 왔다고 하면 지원해줄지도 모르겠지만, 당신이 말하지 말라면서요."

'수사국에 음모 세력이 활동 중인 마당에, 무슨 일인지 알 때까지 소문이 나게 할 순 없어.'

"협조 감사합니다. 멀더 수사관의 흔적은 없었나요?"

"없어요. 그 사람은 늪을 혼자 어슬렁거리는 그런 사람은 아니겠죠, 안 그래요?"

"어슬렁거린다는 게 맞는 말인지는 모르겠지만…, 그럴 거예요. 충전기 말고, 멀더가 다른 말은 없었나요?"

"그냥 이곳에는 '외계인과 관련된 사람'을 만나러 왔다고만 했어요. 나한테 신경 끄라는 말인 줄 알았죠. 적어도 CNN 영상을 보기 전까지는요. 지금은…, 수사관님, 우리끼리니까 하는 말인데, FBI는 이 개소리가 진짜라고 생각합니까?"

"FBI도 물론 그렇게 생각하지 않아요. 멀더 수사관은…, 최근에는 아니에요."

그는 눈썹을 치켜세운다. "당신은요?"

"음…." 나는 목청을 가다듬는다. "외계인의 방문이란, 내가 확고한 증거 없이 수용할 수 있는 가설이 아니에요. 그리고 현재로서는, 그런 증거가 없…, 있나요?"

그는 손짓으로 일축한다. "내가 보기엔 어처구니없는 이야기들뿐입니다. 졸업하기보다 TV에 나가고 싶어 안달 난 술 취한 고등학생 녀석들이 찍은 흔들리는 영상에 흐릿한 사진들일 뿐이에요. 하지만 나는 전문가가 아니니까요."

"내가 좀 볼까요?"

그의 눈이 반짝거린다. "더 좋은 제안을 하죠. 기자회견 전까지 저 서류 더미를 반으로 줄여주면 내일 날이 밝자마자 부보안관 둘을 보내서 당신 파트너 찾는 일을 도와줄게요."

이미 어두웠다. 멀더가 늪지대를 어슬렁거릴 사람은 아니라는 것에 나도 동의한다.

멀더를 여기 불러온 두 사건을 익히 아는지라, 나는 보다 최근에 터진 이 대량의 목격담들을 쉽게 떨칠 수 있으리라 생각한다. 일상적인 상황들에서조차, 목격자들은 신뢰할 수 없다는 게 주지의 사실이다. 윌리엄 제임스[54)]가 한때 말했듯이 '믿음은 사실을 창조'한다. 보다 정확하게는, 예상은 지각(知覺)을 변형시킬 수 있다. 하얀 불빛을 우주선으로 받아들이면 그것은 기억이 된다.

진실을 재구성하는 것은 불가능하지 않지만, 그러고자 노력해야만 한다. 초자연적인 현상들에 경향이 있음을 깨달으면 도움이 된다. 1977년 '미지와의 조우'[55] 전에는 외계인에 대한 묘사가 아주 다양했다. 그 이후에는 작고 아기 같은 머리에 커다란 눈을 한 회색빛 생명체가 보통이 되었다. 예상대로, 이 목격담들은 스필버그가 세운 전형에 거의 정확하게 일치한다. 그러나 한 가지 요소가 다르다.

"이 사람들 중 절반이 180cm에서 250cm에 달하는 무언가를 봤다고 합니다. 놀랍게도 아무도 도마뱀 인간이 돌아왔다고 하지는 않더군요."

보안관은 일어나 내 어깨 너머를 살펴본다. 이따금 멀더가 그러듯이. "이 주변에서는, 그게 거짓말쟁이라고 불리는 가장 빠른 길이지요. 내 생각에는 대부분 무언가를 보기는 한 것 같습니다. 앞발을 다쳐서 뒷다리로 걸어 다녀야 하는 지저분한 곰들 이야기를 들은 적이 있는데요. 곰이라면 180cm는 되어 보일 거고, 나무도 탈 수 있죠."

"그것으로는 열여섯 개의 목격담에 나타난 터무니없는 도약들을 설명할 수는 없잖아요."

나는 멀더의 반응을 상상한다. '그들의 고향 행성에서는 중력이 더 약할지도 몰라요. 우주 비행사들이 달에서 뛰는 것처럼요.'

수십 장의 사진들과 영상 세 개는 시간이 좀 더 걸린다. 퀸랜이

54) William James(1842-1910). 미국의 저명한 심리학자이자 철학자.
55) 스티븐 스필버그 감독의 SF 영화.

보는 앞에서, 나는 어떤 특질들이 가짜인지 줄줄 읊는다. "균형이 깨졌네요. 그림자들이 맞지 않아요. 다람쥐예요. 색채가 일관성이 없어요. 누군가가 변장한 거예요. 다람쥐요. 나무 그루터기네요. 철사에 혼응지[56]를 감았군요. 그리고 이건…, 은박지를 머리에 감은 사람들이네요. 샌드위치를 먹고 있어요."

낡아빠진 근거들을 암송하고, 똑같이 케케묵은 문제점들을 발견하는 동안, 다시, 멀더의 목소리가 들린다.

'하지만 스컬리, 어떻게 설명할…?'

다만 이번에는, 그가 문장을 어떻게 끝낼지 상상할 수 없다. 그의 질문들은 내 의견을 뒷받침할 때조차 나를 다시 생각하게 한다. 지금은 혼자이므로, 내가 보기에 바보 같다는 이유로 어떤 중요한 것을 간과하지 않는지 확인해야만 한다.

미학적인 이유들로 진실을 놓치고 싶지 않다.

보안관이 마지막의 어렴풋한 이미지를 가리키면서 자기 팔을 내 팔에 문지른다. "저건 좀 신경 쓰이던데요."

"저건 뭐든 될 수 있어요."

"하지만 뭐든 될 수 있다면, 어떻게 아무것도 아니라고 확신할 수 있어요?"

나는 얼굴을 찡그렸다. "확신할 순 없어요. 하지만 증거로서도 가치가 없어요. 사람들은 모든 곳에서 형상들을 봐요. 우리의 본성에는 막연한 자극을 의미 있는 것으로 받아들이는 과정이 있어요. 변상증[57]이라고 하는데, 즉 환각을 보는 과정이에요. 이론의 여지는 있지만,

---

56) 펄프에 아교를 섞어 만든 종이 재질. 습기에 무르고 마르면 아주 단단해진다.

57) pareidolia. 벽이나 천정의 얼룩, 구름 등이 사람의 얼굴, 동물 등으로 보이는 것. 그것이 얼룩이나 구름인 것은 알고 있으면서 다른 것으로서 지각되는 것이 특징.

우리는 생존 메커니즘에 따라 존재하지 않는 것들을 보도록 진화했다고 해요."

방은 좁다. 우리는 같은 사진을 보는 중이지만, 퀸랜이 나에게 고개를 돌리고서야 나는 그가 얼마나 가까이 붙어 있는지 깨닫는다.

"환각을 보는 게 살아남는데 무슨 도움이 되는데요?"

나는 뒤로 반걸음 물러난다. "정확하게는 환각이 아니라 뇌의 짐작에 가까워요. 당신이 덤불 속에서 호랑이일지 모르는 무언가를 봤다고 쳐요. 호랑이일 수도 있고, 아닐 수도 있어요. 하지만 당신의 뇌가 그것은 호랑이라고 항상 주장한다면, 당신은 도망치게 되겠죠. 시간이 흐를수록, 당신은 살아남을 기회가 커지고 그런 특성을 물려주게 되는 거예요." 타인과의 사이에서 불쾌감을 느끼지 않을 만큼의 공간이란 문화마다 다르지만, 우리 사이의 거리는 여전히 불편하다. 나는 몇 센티미터 더 밖으로 이동한다. "그렇게 해서…, 우리는 존재하지 않는 것들을 보게 될 뿐 아니라, 그것들이 우리를 먹고 싶어 한다고 가정하게 되는 거예요."

내 머릿속에서 멀더가 말한다. '재밌네요, 스컬리. 나는 어둠 속에서 흐릿한 형상을 볼 때마다 그것을 향해 다가가는데요.'

그래서 더욱 걱정스럽지만, 그 생각으로 영상을 다시 보게 된다. 보안관의 관점을 알 수 있었다. 그 형체는 흐릿한 형상을 띠고 있다. 머리 아래쪽을 보면 그것은 인간이다. 혹은 멀더가 말하듯이, 휴머노이드다. 하지만 그 머리는 잘못되었다. 너무 잘못되어서 잡음이라 치부하기 쉽다.

하지만 그래야 할까?

보안관이 무심한 척 고개를 끄덕이며 얼굴을 더 가까이 가져온다.

"이런 초자연적인 일 중 얼마나 많은 부분이 사실은 우리가 누구인지에 대한 질문인지 알게 되면 흥미로워요, 안 그래요? 오늘 나는 외계인 납치 이야기 전체가 얼마나 신체 결박 판타지와 유사한지 읽고 있었어요. 대게 성적인 방식으로 묶이고, 찔리고, 쑤셔지잖아요. 어쩌면 우리처럼 항상 통제해야만 한다고 느끼는 사람들이 통제하지 못하는 것에 환상을 갖게 되는지도 모르겠어요."

자신을 납치한 사람들에게 사실상 강간당하고 임신하게 되는, 성적인 역할 놀이로서의 신체 결박 개념이란 나에겐 그저…, 외계인만큼이나 이질적이다. 나는 그에게 보다 설득력 있는 가설을, 외계인 납치는 군사 실험의 일부이며, 인류에 반하는 끔찍한 범죄임을 말해줄까 갈등한다.

대신, 나는 이렇게 말한다. "그런 이야기도 들어봤어요."

"오늘 밤엔 모텔을 찾기 힘들 텐데…."

"난 괜찮을 거예요."

고맙게도, 내 일은 끝났다. 내가 처리한 자료 더미는 어마어마하다. 남아 있는 것은, 놀랍게도, 아무것도 아닌 정도다. 나는 작은 더미 쪽에 마지막 사진을 올려놓고, 그것들을 팔에 안은 다음 떠나려고 돌아선다. "기자회견 시간이 다 됐네요, 그렇죠, 보안관님? 아침까지 멀더를 찾지 못하면 그때 봐요."

미소를 지으며, 퀸랜은 비켜선다.

테이트 부보안관이 얼마나 문 앞에 서 있었는지 모르겠다. 하지만 그녀의 거친 태도를 보니 내내 듣고 있었던 것 같다. 서둘러 그녀는 나를 뒷문으로 안내해서 쓰레기가 가득한 골목으로 내보낸다.

"이쪽이면 기자를 피할 수 있을 거예요." 철제 방화문이 쾅 닫힌다.

냄새만 제외하면, 나는 그 행동이 고맙다. 건물 앞 하늘은 가짜 일광이 흉물스럽게 비추고 있다. 따분한 기자들이 한가하게 수다 떠는 소리가 들리더니, 순간 조용한 물결이 그들 사이로 퍼져나간다. 퀸랜 보안관의 첫 번째 기자회견이 시작되고 있다.

"한 전문가가 검토하여 확고하게 결론지은 바에 따르면 대다수 신고들은…."

'확고한 결론'이라는 말이 나를 움찔하게 한다. 대중적인 믿음에도 불구하고, 과학은 본래 귀납적인 논리에 따라 작용한다. 과학이 다루는 것은 가능성이지 절대성이 아니다. 과학은 내일 태양이 뜬다고 '확고한 결론'을 지을 수 없다. 다만 일출의 가능성이 극히 높으며, 일출이 없으리라고 믿을 만한 알려진 근거가 없다고 말할 수 있을 뿐이다. 이런 오해 때문에 과학이 오명을 얻게 된다.

어떻게 이런 불완전한 결론에 다다르는가는 또 다른 문제다. 좋은 과학자는 증거를 본 다음에 가설을 세운다. 잘 모르는 사람이라면 내 파트너가 그 반대라고 생각할지 모르겠다. 감정을, 자신이 믿고 싶은 것을 토대로 가설을 세운다고. 옳은 말이다. 감정은 그에게 에너지를 공급한다. 하지만 멀더의 추측들은 직관에서, 상황을 그 즉시 이해하는—혹은 자신이 상황을 즉시 이해한다고 믿는 내재적인 힘에서 나온다.

나는 직관을 무시하지 않는다. 1865년에, 프리드리히 케쿨레[58)]는 뱀이 자기 꼬리를 무는 백일몽을 꾸고는, 벤젠 분자의 고리 모양을 밝혀냈다. 그러나 직관적인 도약은 즐거울지 몰라도, 어딘가 예상치 못한 곳에 떨어지면 길을 잃을 수 있다. 적어도 나처럼 체계적으로

---

58) Friedrich Kekule(1829-1896). 벤젠의 고리 구조를 발견한 유기화학자.

접근하면 출발점으로 다시 돌아갈 수 있다.

그렇다면, 나의 다음 행보는 인 오아 아웃인가? 나는 윌 스미스인지 토미 리 존스[59]인지 질문당할 위험을 무릅쓰기보다 돌아가기를 택한다. 보안관 사무실 너머 작은 묘지는 위안이 된다. 그 너머 버려진 커다란 건물은 별로 그렇지 않다. 하지만 내 마음이 으슥한 곳에서 호랑이들을 불러내기 전에 모텔 주차장이 눈에 들어온다.

나는 FBI를 언급하지 않고, 멀더를 실종된 친구라고 말한다. 불붙은 담배를 꼬나물고 불친절한 얼굴로 담배 연기를 내뱉고 있는 모텔 주인, 페기 화이트는 전혀 협조적이지 않다. 언론과 부대낀 하루 덕에 정보가 얼마나 쉽게 돈으로 전환될 수 있는지 깨달은 것이다.

대여섯 살 정도 되는 작은 소녀, 매기가 조용히 그녀의 옆에 붙어 있다. 엄마가 팔을 휘두를 때마다 불붙은 담배를 피하려고 움직일 뿐이다. 아이의 눈빛은 둔하고, 마을에 모인 낯선 사람들에 대한 불안의 반작용이 보인다. 내가 아이에게 웃어 보이자, 아이도 마주 웃는다.

의도적이진 않았지만, 페기는 좀 누그러지더니 멀더를 기억한다고 시인한다. "생김새가 맘에 들지 않았어요. 체크인하고 몇 시간 뒤에 나갔고, 이제 나한테 빚이 있을 뿐이에요. 그게 다예요."

매기의 예쁘장한 얼굴과 여윈 몸은 어릴 때 실종된 멀더의 동생 사만다를 떠올리게 한다. 멀더도 나처럼 닮은 점을 알아봤다면 아이에게 말을 걸었을지도 모른다. 하지만 아이는 멀더를 기억하지 못할 뿐더러, 페기는 더 이상 내 의도를 신뢰하지 못하고 TV를 보라며 아이를 보내버린다.

---

59) 영화 〈맨 인 블랙〉의 주인공 역을 맡은 두 배우.

멀더의 숙박료를 계산하고서야 나는 우중충한 방으로 안내된다.

방에서는 곰팡이와 표백제 냄새가 동시에 풍긴다. 얼핏 보기에 방에는 멀더의 반쯤 열린 가방 말고는 아무것도 없다. 자세히 보려면 시간이 필요하겠지만, 페기는 시간을 주려 하지 않는다. 내가 한 시간을 요구하자, 그녀는 웃어댄다. "경마에 다리 하나 없는 개를 내보내는 것만큼 웃기는 말이군요." 그녀는 약간 흔들리는 문을 톡톡 두드린다. "당신이 보는 방은 사방 80km 내에 유일하게 남은 방이라고요. 출장비를 받는 엄청 많은 기자들이 내 통상 요금의 여섯 배를 내겠다고 서로 기를 쓰고 덤비는 마당인데. 거기다 먼저 방을 쓰던 사람이 '수수께끼'처럼 사라졌다고 말한다면…."

"수수께끼 같다고 말한 적은 없는데요."

"그럼 내가 당신보다 더 나은 이야기꾼인가 보네요."

나는 이 방이 잠재적인 범죄 현장이라고 주장한다. 보안관에게 전화하겠다고 위협한다. 대답으로, 그녀는 카펫 위에 필터 찌꺼기를 약간 뱉는다. 나는 멀더의 짐을 가지고 내 렌터카에서 하룻밤 보내는 것도 생각해보지만, 그가 여기에 단서를 남겼을 수도 있다. 우리는 그녀가 말하는 '통상 요금'의 세 배를 내기로 합의한다. 바라건대, 출장비 명세서를 내밀 때 스키너가 비용을 승인해주면 좋겠다.

한 시간을 달라고 요구했었지만, 조사에는 이 분 걸렸다. 눈에 띄는 유일한 것이 내게 부적절한 종류의 정보를 지나치게 많이 제공한다. 책상 옆 녹슨 쓰레기통 속에 둘둘 말린 채 들어 있는 그것은 멀더의 포르노 잡지 중 하나다. 두툼한 용지가 중앙에 꽂혀 있다.

하지만 멀더는 아마 이미 정기 구독을 하고 있을 것이다.[60]

---

60) 대게 잡지 중앙이나 후면에는 정기 구독 신청 엽서가 붙어 있다. 잡지 중앙에 무언가

다행히도 콘센트에 전기가 들어와서, 나는 노트북컴퓨터를 꽂고 색이 다 빠진 이불 위에 몸을 웅크린 채 보안관 사무실에서 가져온 흐릿한 사진을 들여다본다. 얼굴이 보이고, 그다음엔 토끼가, 그러더니 우리의 스물여섯 번째 대통령, 테디 루스벨트의 뚜렷한 이미지가 보인다.

몇 분 만에 나는 잠이 든다.

어떤 소리에 눈을 가늘게 뜰 때까지 얼마나 잠들어 있었는지 모르겠다. 나의 방, 멀더의 방은 어두웠다. 하지만 나는 불을 끈 기억이 없다. 어디서 소리가 났는지 모르겠다. 차 문을 세게 닫은 소리인지, 쓰레기통에 병이 떨어진 소리인지, 지지대가 부러진 소리인지. 나는 이불 속에 있고, 표백제와 눅눅한 냄새가 나는 베개를 베고 있다. 하지만 옷을 벗은 기억조차 나지 않는다.

그리고 다시, 누군가가 함께 있다. 다시, 온통 그림자에 쌓인 채.

그는 책상 근처, 쓰레기통 옆과 기울어진 스탠딩 램프 옆에 있다. 멀더도, 아버지도 아니지만 결과적으로 그 둘과 닮았다. 키가 더 크고, 더 우람하다. 어깨 위로 무언가가 곡선을 그리고 있다. 나는 옷자락이라고 생각하지만, 그것들은 커다란 날개처럼 보인다. 나는 두렵지 않다. 오히려, 내가 방 안에 있는 것처럼 느껴지지 않는다. 마치 내가 내 몸을 상상하고 있는 것 같다.

거의 느긋하게 질문 하나가 머릿속에 떠오른다. '당신은 누구인가요?'

가 꽂혀 있는 것을 보고 스컬리는 정기 구독 신청 엽서라고 생각한 것 같다. 또한, 드라마 〈X-파일〉에는 멀더가 포르노를 보는 장면이 종종 등장하며 스컬리에게 들킨 적도 많다(국내 방영본에는 편집됐을 가능성이 높다). 그런 멀더의 취미를 알기에 스컬리는 그가 이미 정기 구독을 하고 있으리라 생각한 것이다.

유사하게 내 머릿속에 답이 떠오른다. '유리엘.'

나는 그 이름을 안다. 유리엘은 대천사다. 인류가 타락한 뒤, 인간이 낙원에 다시 들어가는 것을 막기 위해서 신이 에덴의 입구를 지키도록 보낸 천사다. 밸런타인데이 카드에 그려진 귀엽고 통통한 천사가 아니라, 커다란 불꽃 검으로 타락한 천사들과 싸우는 용맹한 천사다.

하지만 여전히 나는 두렵지 않다.

'원하는 게 뭔가요?'

방 안은 여전히 어떤 소리도 침범하지 않고 있다. 하지만 내 머릿속에서 그는 내 마음의 목소리보다 더 크고 더 낮게 말한다. '뛰어라. 그러지 않으면 그는 죽을 것이다.'

그리고 사라진다.

나는 깨어난다. 정말로 깨어난다. 전등은 내가 켜 놓은 그대로다. 나는 이불 위에, 흐릿한 사진과 내 노트북컴퓨터 옆에 있다. 이상한 자세로 잠든 탓에 옆구리가 아프다.

나는 내가 '선잠' 상태에서 환각을 경험했다고 생각한다. 깨어 있을 때, 뇌는 외부적 자극 — 리얼리티에 반응한다. 잠들면, 내적 자극 — 꿈에 반응한다. 화학물질들이 몸을 마비시켜서, 꿈을 꾸는 도중에 움직이지 않게 한다. 하지만 경계적인 상태에서는 그 자극이 뒤섞이며 생생한 환각을 만들어낸다. 침실에 어두운 형체가 나타나는 일은 흔하다. 어떤 이유인지, 날아다니는 개들도 그렇다.

실제는 아니었지만, 동시에, 케쿨레는 실제 분자 모양을 꿈으로 꾸었다. 어느 때라도 우리는 단지 뇌의 작용을 극히 일부만 깨달을 뿐이다. 형편없는 모텔 방에 나타난 대천사를 믿지 않는다고 해서,

내가 나 자신에게 무언가를 말하려고 했을 그 가능성을 받아들이기를 거부해야 한다는 뜻은 아니다.

나는 유리엘이 서 있던 장소를 다시 살펴본다. 책상 서랍들은 비어 있는 그대로다. 나는 하나씩 꺼내서 그 바닥과 옆면을 확인한다. 아무것도 없다. 방바닥에는 먼지 덩어리들만 있을 뿐이다. 포르노 잡지만 쓰레기통에 덩그러니 들어 있다.

혹은 정말 그럴까?

나는 잡지를 꺼낸다. 해바라기 씨앗 껍질들이 페이지 사이에서 우수수 떨어진다. 나는 중간에 꽂힌 두툼한 직사각형 모양의 것을 다시 들여다본다. 그것은 정기 구독 신청 엽서가 아니다. 메모장의 뒷면이다. 멀더는 그 메모장을 책갈피로 썼을 것이다.

내 파트너의 집착이 그에게 고독한 삶을 안겨 주었음을 알기에, 나는 그의 사적인 습관들을 지나치게 자세히 물으려 하지 않는다. 동시에, 나는 이렇게 물어야만 한다. 〈더러운 비행 청소년의 십 년〉[61]에 대한 평을 읽을 때 굳이 읽던 부분을 표시해야 할까?

메모장 바닥에는 아무것도 없지만, 직관이 나를 이만큼 끌어 왔고 나는 아직 쉽게 포기하지 않을 것이다. TV에서 처음 본 고전적인 수법을 써서, 나는 그 표면에 연필을 문지른다. 효과가 있다. 멀더의 익숙한 글씨체로 쓰인 두 단어가 나타난다. '늪지대 오두막집.'

숫자들도 있다. 좌표들이다.

렌터카의 앞좌석 칸에 GPS 장치가 있음을 기억하고 나는 장치를 가지러 나간다. 예스러운 묘지를 지날 때, 빈 맥주 캔들과 부서진

61) 드라마 〈X-파일〉 시즌 5에 등장했던 포르노 영화로, 멀더가 용의자를 미행하는 척하며 보러 간 장면이 나온다.

위자 보드[62]에 걸려 넘어질 뻔 한다. 그 널빤지는 조지 칼린[63]의 농담을 상기시킨다. "사람들한테 저 하늘 위에 우주를 창조한 보이지 않는 인간이 있다고 한다면, 대다수 사람은 당신을 믿는다. 사람들한테 페인트가 덜 말랐다고 한다면, 꼭 만져서 확인하려 한다."

그는 틀렸다. 사람들은 보이지 않는 것도 만져 보려 한다.

보도진이 발하던 빛은 사라졌다. 작은 마을 저 끝을 천천히 돌고 있는 보안관 사무실에서 나온 고독한 SUV 차량만 빼면 중심가는 텅 비었다. 그 너머로, 하늘가를 따라 겨자색 빛줄기가 번지고 있다. 예상을 충족시키며 태양이 뜨고 있다.

나는 딱히 사고 없이 내 차에 도착한다. GPS를 보면 해당 위치는 스케이프 올레 늪 쪽으로 10km 떨어져 있다. 가는 길이 나타나지 않아 도움 없이는 여기서 거기로 갈 수 없다. 멀더는 괜찮거나, 아니면 이미 죽었을 것이다. 나는 퀸랜을 깨우려고 핸드폰을 움켜쥔다. 막 번호를 누르려는 참에 SUV가 멈춘다.

'벨벳 양'이 운전대를 잡고 있다. 여드름투성이 남자 부보안관이 산탄총을 들고 있다. "뭐 좀 건졌나요?" 그녀가 충분히 친절하게 묻는다. 나는 그녀에게 좌표들을 보여준다. "더 안 좋을 수도 있어요. 10km가 아니라 16km일 수도 있거든요. 상황은 좀 조용해졌네요. 사람들이 드디어 잠들었어요. 당신이 원하면, 우리가 지금 태워다 줄게요." 그녀는 내 구두를 본다. "트렁크에 뱀 막이용 장화 여분이 있어요. 만약을 대비해서, 기동대에 수송용 헬리콥터를 대기시켜 놓으라고 무전을 넣어 둘게요."

62) 심령술에 쓰는 점괘 판.
63) George Carlin(1937-2008). 미국 코미디언이자 영화배우.

멀더가 구두보다 나은 걸 신었기를 바라면서, 나는 차에 오른다. 마크 히크먼, 금발의 이십 대 청년이 자신을 소개하고 써모스 보온병에 든 커피를 따라준다.

"'드디어' 잠들었다고 했죠. 내가 뭘 놓쳤나요?"

히크먼의 충혈된 눈이 약간 더 커진다. "새벽 한 시까지는 조용했어요. 그러다 난데없이 전화가 열 통쯤 걸려왔어요. 목격담들이요. 보안관님이 걸려온 대로 지도에 표시했어요. 우리는 그게 남동쪽에 있는 알(Al's)의 장식 정원 주변에서 출발해서 들판을 가로질러 가로등이 시작되는 버려진 창고 지붕을 타고 넘어왔다고 생각해요. 그런 다음 꽁무니를 빼고 온 길로 다시 깡충깡충 뛰어간 거죠."

손으로 그 도약을 설명하려고 하다가, 그는 커피를 테이트에게 엎지를 뻔해서 가볍게 찰싹 얻어맞는다.

"사진 찍은 사람이 있나요?"

히크먼은 고개를 저었다. "그것은 약 십 분 동안 그 지역을 다 돌아다녔어요. 방송국 사람 하나가 쫓아갔지만, 아무것도 얻지 못했어요. 목격자는 많은데, 보안관 말이 당신은 그들을 대단찮게 여긴다더군요. 나는 어떻게 그 많은 사람이 다 거짓말을 할 수 있는지 모르겠는데 말이죠."

"나는 사람들이 거짓말을 한다고 말하진 않았어요. 자기들이 보는 것이 무엇인지 반드시 아는 건 아니라고 했을 뿐이에요. 동물을 오인한 게 아니라면, 속임수일 수도 있거든요."

"그렇게 점프하면서요?"

나는 어깨를 으쓱한다. "마을을 위해 사업을 선전하길 원하는 사람이 곡예사나 아니면…, 파쿠르(parkour) 전문가를 고용했을 수도 있죠."

"파쿠르?"

"프랑스에서 발달한 수련법이에요. 지형지물만을 이용해서 어떤 장애물이건 스스로 넘어서는 거예요. 군사 훈련법을 토대로 했죠."

불현듯 멀더의 미소가 떠오른다. '그림자 정부가 이렇게 바보 같은 걸 보내거나 한 건 아닐 테니까요.'

그랬으면 어쩌지?

스케이프 올레 늪
사우스캐롤라이나 주, 리 카운티
목요일 오전 5시 16분

풍경이 평평한 들판에서 빽빽한 산림지대로 바뀐다. 우리는 차마 비포장도로라고도 부르지 못할, SUV에는 잘 맞지 않는 오솔길에 가까운 길로 접어든다.

"ATV[64] 길이에요." 테이트가 설명한다. "우리가 얼마나 멀리 갈 수 있는지는 배수 상태가 어떤지에 달려 있어요. 차가 엉망이 되지 않기를 바랄 뿐이지요."

우리는 심하게 덜컹거렸다. 나뭇가지들이 차 옆면을 긁고 두드리는 소리가 너무 커서, 나는 목소리를 올려야 한다.

"그런 위험을 감수해줘서 고마워요."

그녀는 어깨를 으쓱한다. "일인걸요."

지난밤 내가 질투라고 생각한 것을 고려할 때, 그녀의 직업 정신은

64) All-Terrain Vehicle. 산악 오토바이라고 불리는 바퀴가 네 개 달린 오토바이.

신선하다. 어쩌면 우리는 모두 그저 잠이 좀 필요했는지도 모르겠다. 잠시 후 믿을 수 없을 만큼 높다랗고 가는 소나무들이 우리를 둘러싼다. 늪지대에는 소나무가 빽빽하다. 쥐에게는 잔디밭이 이렇게 보이리라.

"왜 여기를 스케이프 올레 늪(Scape Ore Swamp)이라고 부르는 거예요?"

그들은 서로 마주 본다. "달아난 창녀의 늪(Escaped Whore Swamp)을 줄인 말이에요. 독립전쟁 중에, 마을에 주둔했던 영국 부대가 기습을 당했었죠. 그때 그들의 '위안부' 여자 셋이 달아나서 이곳에 숨었거든요."

3km 정도 간 뒤에 앞바퀴 하나가 푹신한 땅에서 헛돌더니 이어 두 개가 헛돈다. 할 수 없이 멈춰 서서 테이트는 목이 높은 뱀 막이용 고무장화와 오렌지색 조끼들을 건넨다.

"사슴으로 오해받고 싶진 않겠죠…, 혹은 외계인이라든가."

조끼는 꽉 끼고 장화는 너무 크다. 나로선 둘 다 제구실해주기를 바랄 뿐이다. 조끼와 장화를 착용한 후, 우리는 테이트가 '장거리 행군'이 되리라고 말한 길을 걷기 시작한다. 얕고 탁한 물가로 뻗어있는 축축한 진흙투성이 땅을 생각해 볼 때, 더 나은 말은 '고투의 시간'일 것이다.

나는 경험자들이 길을 이끌게 한다. 그들이 디디는 곳을 디디고, 그들이 하는 대로 하려고 한다. 하지만 내가 특히 두껍고 썩어가는 나무둥치를 세 번째로 디딜 때, 둥치가 무너져버린다. 테이트와 히크먼이 나를 잡지만, 이미 이끼 낀 물이 헐거운 장화 끝으로 튀어 들어와 발과 발목이 흠뻑 젖은 다음이다. 나는 장화를 벗어 물을 버리려 하지만, 종아리가 스멀거리는 느낌에 마음을 바꾼다.

한참 뒤에 GPS 좌표가 500m 정도로 다가온다. 곧 도착하리라는 것을 알고, 히크먼이 방광을 비우기 위해 밑동이 두꺼운 사이프러스 나무 뒤의 눈에 띄지 않는 장소로 향한다. 벌레들이 끊임없이 윙윙거리는 데도 그는…, 큰 소리를 낸다.

테이트와 나는 어색하게 주변을 둘러보다 서로 마주 본다.

그녀가 얼굴을 찡그린다. "지난밤 일 말인데요. 나는 존 퀸랜을 초등학교 때부터 알았어요. 사귄 지 삼 년 정도 됐고요."

"내가 상관할 일은 아니지만, 직업상 영향을 미치지 않나요? 그는 당신의 상관이잖아요."

그녀는 나를 직시한다. "어떤 조직에서는 그럴지도 몰라요. 하지만 우리 사무실에선 누가 승진하든 그 이유가 비밀이 될 수 없어요. 존이 나를 위해서 헛짓이라도 했다면, 그는 욕을 먹었을 거예요. 주로 나한테서 먹었겠지만요."

"하지만…." 내가 방문객이라는 사실을 기억하고 나는 입을 다문다.

"단, 당신에게 수작을 건 일은 정도를 벗어난 행동이었다고 생각해요. 다음에 당신을 만나면 사과할 거예요."

테이트의 여유로운 자신감은 그녀가 지배적인 파트너임을 쉽사리 짐작하게 한다.

"당신은 누구 있어요?"

"아뇨."

그녀의 눈썹에 아주 작은 주름이 잡힌다. "당신이 멀더 수사관에 관해 얘기할 때 지은 표정을 보고 나는 다르게 생각했는데요."

"그런 게 아니에요. 그 사람은 내 파트너예요."

"그런 게 아니면서 그런 것일 수도 있어요, 무슨 말인지 알죠."

그녀가 남부의 친근감이라 생각할지도 모르는 것이 이제 거슬리기 시작한다.

"우리 관계가 복잡하다는 건 인정해요, 하지만…."

내가 어떻게 설명해야 할지 생각해내기 전에, 히크먼이 마침내 일을 마치고 외친다. "뭔가 보여요."

사이프러스 나무 뒤에서 철벅거리고 나오면서, 그는 나무들 사이로 흐릿하게 보이는 직사각형 꼴을 가리킨다. 아마 90m쯤 떨어진 것 같다.

테이트는 눈을 가늘게 뜬다. "도대체 뭐지…? 여기서 망루를 본 적은 있지만, 그냥 사다리에 발판일 뿐이었는데."

'늪지대 오두막집'이 자리한 작은 공터는 나뭇가지들이 두껍게 그물처럼 얽히고 둘러싸여 있어 히크먼이 마체테[65]로 나무들을 베어내야 한다. 나는 오래 묵은 방파제 더미들 위에 세워진 썩어가는 통나무집을 예상했지만, 이 오두막집은 갑판에 사용되는 일종의 PVC 합성물로 만들어진 것 같다. 창문은 없고 문이 하나 달려 있는데, 낮게 기울어진 지붕에 환풍기가 줄지어 달려 있다. 가스 발전기의 칙칙거리는 소리가 벌레들의 울음소리를 방해한다.

소용돌이 모양의 은빛 뚜껑들이 햇빛에 반짝이며 내게 말한다. "새 것이야."

테이트가 내 곁에 무릎을 꿇는다. "우리가 어떤 상황에 부닥쳤는지 말해줄래요?"

65) machete. 날이 넓고 무거운 칼.

이건 설명 없이 받아들이라고 요구할 만한 상황이 아니다. 나는 늘 그렇듯 한숨을 쉰다.

"멀더 수사관은 외계인을 생포했다고 주장하는 사람을 만나러 여기 왔어요."

그러자 예상대로 불신의 말이 튀어나왔다. "그 사람은 그것을 믿었고요?"

히크먼은 주위를 둘러보았다. "안될 게 뭐예요? 장식 정원은 정동쪽이에요. 길이 있다면 그것이 지난밤에 여기서 왔을 수도 있어요."

나는 그의 어깨를 건드린다. "그건 속임수였다고 봐요. 하지만 그렇다고 이 상황이 덜 위험한 건 아니에요. 만일 누군가가 멀더를 안에 가두고 있다면 그들은 우리를 반기지 않을 거예요."

"그래도…."

히크먼의 두려움은 멀더의 믿고자 하는 바람만큼 전염성이 강하지 않다. 하지만 내가 본 것들을 전부 고려할 때, 나는 내가 틀릴 수 있음을 인정해야 한다.

테이트는 어깨를 으쓱한다. "당신 파트너니, 당신 뜻대로 해요."

다행스럽게도, 외계인이든 아니든, 작전은 똑같다. "창문이 없기는 양쪽 다 마찬가지예요. 우리도 볼 수 없지만, 그들에게 카메라가 없는 이상, 그들도 우리를 볼 수 없어요. 발전기를 끄고 누가 나오는지 지켜보죠."

웅크린 채로, 테이트 부보안관과 나는 문의 양쪽에 자리를 잡는다. 초조해진 히크먼은 발전기로 다가간다. 발전기는 털털거리며 멈춘다. 그 갑작스러운 고요함으로 인해 이전엔 들리지 않았던 환풍기 팬들의 윙윙거림이 들린다. 환풍기들이 천천히 돌다가 멎자, 나는 안의 공기가 어떻기에 늪의 냄새가 실내 공기보다 더 맡을 만한지 궁금해진다. 오두막집은 필로폰 제조에 딱 맞는 크기다.

'멀더, 이번에는 어떤 일에 휘말린 거예요?'

우리는 총을 꺼내고, 총구는 내린 채 기다린다. 삼십 초 정도가 느리게 흐른 뒤에, 모기 한 마리가 히크먼의 뺨에 내려앉는다. 나는 경고차 내 입술에 손가락을 올리지만, 그는 세게 뺨을 철썩 치며 선명한 빨간 얼룩을 남긴다. 그 철썩거림은 날카롭고, 크게 울린다.

그리고 대혼란이 일어난다.

사람들은 위기 상황에서는 아드레날린이 솟구쳐 시간이 느리게 흐르는 것 같다고 말한다. 하지만 지금은 그렇지 않다. 뒤이은 순간들은 형편없는 사진 만큼이나 흐릿하다. 우레 같은 폭발이 문에 머리 크기만 한 구멍을 낸다. 그 나머지가 벌컥 열린다. 적어도 180cm쯤 되는, 강인한 형체가 손에 산탄총을 들고 튀어나온다.

그 형체가 외계인인지, 인간인지, 야수인지, 혹은 멀더인지 내가 분간하기도 전에 히크먼이 총을 발사한다. 이전에 사람을 한 번도 쏜 적이 없었을 텐데도, 그는 흉부를 정확히 강타한다. 다음 두 발은 너무 급속도로 이어져서, 그 형체는 채 쓰러지기도 전에 세 번째 총탄을 맞는다. 세 번째 총알을 맞자 그 형체는 등 쪽으로 넘어간다. 습지의 검고 걸쭉한 액체가 그 주변에서 새어 나온다. 쓰러지는 얼굴은 나이 든 남자의 얼굴이다. 아마도 칠십 대로 머리는 벗겨지고 분홍빛 피부는 햇볕에 타서 붉게 그을린 것 같다. 그는 풍당 소리와 함께 사라진다.

지금은 빤히 보고 있을 때가 아니다. 오두막집 안에 무언가가 더 있을 수 있다.

유리엘의 뛰라는 명령을 따르듯이, 나는 거의 뛰어든다. 역겨운 냄새가 덮친다. 너무 지독해서 아무리 좋은 환풍기라도 냄새를 억제할 수 없었을 것이다. 한 개짜리 방은 커다란 빈 우리로 가득 차 있다. 우리가 냄새의 근원이다. 그 외에 오두막집은 텅 비어 있다. 멀더는 여기 없었고 그를 찾을 유일한 기회는 이미 사라져버렸는지도 모른다.

나는 급히 밖으로 나간다. 테이트가 남자의 머리를 물 위로 끌어내어 구급상자에서 붕대를 한 움큼 집어 들고 상처들을 누르고 있다. 양쪽 장화가 축축해지는 것을 무시하면서 나는 그의 허리 쪽에 두 발을 벌리고 선다. 히크먼의 조준은 정확했다. 희미해지는 심장박동이 세 개의 사입구 중 가장 큰 부분에서 한 줄기 피를 뿜어낸다. 그의 눈이 막 밧줄을 풀고 떠나려는 작은 배처럼 흔들린다. 아주 미약하게나마 그는 가까스로 의식을 차리고 있다.

아직 내겐 몇 초가 있다.

"나를 봐!" 나는 소리친다. 우리의 시선이 마주친다. 그가 마지막으로 보게 될 것이 나임을 우리 둘 다 알고 있다. "멀더 수사관은 어디 있지? 그에게 무슨 짓을 했어?"

순수한 증오심이 그의 눈에서 번뜩이더니 — 그는 죽는다.

테이트는 이미 손에 무전기를 들고 있다. "헬기 필요 없어요?"

심장이 고동치는 채로, 나는 물러난다. "네, 하지만 여기 과학수사팀이 오면 좋겠어요. 빨리요."

헐떡이는 큰 소리에 우리는 히크먼을 돌아본다. 그는 무릎을 꿇고 앉아 있다. 눈은 크게 벌어지고, 가슴은 너무 빨리 오르내려서 과호흡의 위험이 있다.

"당신은 옳은 일을 한 거예요." 나는 그에게 말한다. 비록 나의 일부는 그가 그러지 않았기를 바라지만. "고개를 숙이고 있어요. 셰리, 그가 대고 호흡할 만한 봉투 하나 있어요?"

그녀가 히크먼을 돌보는 동안, 나는 시체를 검사한다. 쉽진 않지만 손을 그의 축축한 양 주머니에 찔러 본다. 비어 있다. 신분증도, 아무것도 없다. 여긴 작은 마을이다. 어쩌면 그는 주민일지도 모른다.

"혹시 둘 중에 이 사람을 본 적 있어요?"

그렇게 운이 좋을 리가 없지.

오두막집으로 돌아가기 전에, 나는 환풍기를 다시 작동시킨다. 그 웡웡대는 팬들은 일부는 화학물질이고, 일부는 배설물인 그 끔찍한 냄새를 그다지 해소해주지 않는다. 지저분한 우리는 가로세로 6m, 4m 정도다. 두꺼운 철창 두 개가 불가능할 정도로 휘어 있고 긁히거나 물린 흔적이 있다. 자물쇠는 부서졌고, 철창문은 약간 열려 있다. 안에 무엇이 들어있었든 그건 나오길 원했고, 그럴만한 힘도 있었다.

히크먼의 목소리가 들린다. "그—그게 여기 갇혀 있었나요?"

그는 아직 창백한 얼굴로 문가에 서 있다. 테이트가 그 옆에 있다.

"혹은 누군가가 그런 식으로 보이길 바라는 것일 수도 있어요. 과학수사팀이 올 때까지 밖에 있어요. 더 이상 오염시키고 싶지 않군요."

테이트가 코를 찡그린다. "이미 상당히 오염된 것 같은데요."

"과학수사팀이 생물학적인 잔여물을 검사하면 알게 되겠죠. 그게 인간인지 아니면…."

"외계인이요?" 히크먼이 제안한다.

"동물이요. 나는 '동물'이라고 말하려 했어요."

과학수사팀이 도착하기까지는 몇 시간이 걸린다. 몇 시간이 더 지난 후에야 나는 그 나이 든 남자의 사진과 지문들이 국내 범죄자 데이터베이스에 없음을 위성 전화로 현장에서 전송받는다. 실험은 아침이 지나야 시작할 거라고 한다.

그동안 멀더는, 진실이 그렇듯, 저 멀리 있다.

눅눅하고, 초조하고, 더 좋은 아이디어도 없어서, 나는 지난밤 '외계인'의 경로를 되짚어 보기로 한다.

"장식 정원은 여기서 얼마나 멀어요?"

히크먼은 그 모든 일에 정신을 빼앗긴 와중에도, 다행히 차분하다. "3km 정도요?"

"길을 안내하지그래, 마크? 해 질 무렵에는 도착할 수 있을 거야. 내가 차를 보낼게." 테이트가 말한다. 어떤 식이든 발포 뒤에는, 관련 경찰에게 현장에서 빠져나갈 기회를 주는 것이 정석이다. 늪에 갇혀 있느라 그런 기회를 주지 못하고 있었다.

그래서 우리는 또 다른 고투를 시작한다. 땅은 점점 말라가는 반면, 길은 점점 불분명해진다. 조금씩 이동할수록, 우리가 해 질 무렵까지 도착하지 못하리라는 점이 분명해진다. 나는 어느 외계인이, 실제든 아니든, 이 길을 왔을지 의심스럽다. 히크먼은 거의 말을 하지 않는다. 상황들로 보자면 이상한 일은 아니지만, 나는 그를 모르기 때문에 그가 이 일을 얼마나 잘 받아들이고 있는지 알 수 없다. 나는 히크먼에게 선택의 여지가 없었다고 말한다. 그가 우리 생명을 구한 거라고.

마침내 그가 입을 열 때, 그것은 외침이 된다. "독사예요!"

1m 남짓 되는, 칙칙한 노랑에 흙빛 갈색이 뒤섞인 것이 내 앞을 재빨리 지나쳐 뭉툭한 나뭇가지 뒤로 사라진다. 내 눈은 움직이는 낌새를 찾아 그 나무에 고정된다.

"걱정하지 말아요. 갔어요. 그는 당신이 그를 무서워하는 것보다 더 당신을 무서워하는 거예요."

정말? 그렇다면 '그'는 틀림없이 심장마비가 왔을 것이다.

다시 숨을 내쉬기 전에, 나는 그 닳아빠진 나무의 가지 끝이 거의 하얗다는 사실을 깨닫는다. 막 꺾인 것이다. 나는 고개를 들어 나무 위에서 흔적을 발견한다. 사실, 상당수의 가지가 최근에 꺾인 모습이다. 모아 보면, 그것들은 동쪽을 향해 대략적인 선을 형성하고 있다.

히크먼은 내가 생각하는 바를 짐작한다. "파쿠르요?"

나는 고개를 끄덕인다.

답이 뭐든지 간에, 그 선을 따라가니 속도가 빨라진다. 우리는 해질 녘에 늪지대를 빠져나간다. 더욱 다행스럽게도, 아픈 내 발이 젖은 고무장화 속에서 철벅거리고 별들은 하늘에서 깜박일 때, 알의 장식 정원이 지평선 위에 나타난다.

나는 힘이 나서 속도를 내다가 서늘한 바람이 부는 촉감에 잠시 멈춘다. 이런 열기 속에서는 바람이 외계인보다 더 이상하게 느껴진다. 붙잡고 싶다. 바람은 마치 아래쪽에서 불어오듯 내 얼굴이 아니라 손가락 끝을 스친다. 내가 바람을 향해 막 돌아서는 순간, 바람은 사라진다.

도마뱀 인간은 버려진 지하도에 종종 나타났다고 한다. 이 주변에 지하도가 있을 리는 없다. 암염 동굴이라면 불가능하지는 않겠지만.

"여기 지하 동굴이 있나요?"

"린빌에 있어요. 한 320km 떨어져 있어요."

바람은 사라졌다. 따라갈 것이 없다. 어둠은 짙어지고, 아무것도 보이지 않는다. 어쨌든, 바람을 쫓을 이유는 없다.

정원에 다다를 무렵에는 가까스로 조경수들을 분간할 정도의 빛만 남는다. 겨우 보이는 것은 깊은 인상을 남긴다. 나는 동물 모양을 예상했지만, 이것들은 추상적이다. 이중나선 모양으로 곡선을 그리는 휘감긴 나무들, 피라미드들, 소용돌이들, 그리고 자유롭게 낙서한 것처럼 보이는 더욱 거친 모양들.

짧은 12㎡의 부지를 반쯤 가로질렀을 때, 저 멀리 끄트머리에 헤드라이트 불빛이 보인다. 보안관 사무실에서 온 차 같다. 히크먼보다 몇 걸음 앞서가다, 나는 지금껏 몇 킬로미터 째 함께 했던 귀뚜라미 울음소리가 뚝 그친 것을 알아차린다. 구불구불한 물결 모양으로 구부러진 낮은 덤불들 옆으로, 무언가가 보이는 것 같다. 정원의 주인이거나, 혹은 정원의 일부일 수도 있다. 나는 몇 걸음 다가선다. 그것이 움직일 때, 나는 퀸랜 보안관에게 했던 말을 떠올린다. '당신이 보는 것이 호랑이일 수도 있어요.'

그것은 광포하게—현란하게, 두렵게, 그러나 전혀 꿈같지 않게 나타난다. 유리엘이 나타났을 때는 내 머릿속에 환영이라고 안심시키는 나른함이 있었다. 지금은 그런 위안이 없다. 나는 완전히, 소름끼치게 깨어 있다. 내 속의 동물적 본능은 그 목숨을 염려하고, 나의 지성은 내가 거의 예측 가능하다고 생각했던 세계가 감히 내게 이렇게 우스꽝스러운 무언가를 내민다는 사실에 혐오감을 느낀다.

이론적인 대화에서는, 이성이 본능과 논쟁할 수 있다. 현실에서는 선택해야만 한다.

'당연히 저건 괴물이지.'

'당연히 아니지.'

나는 그것이 동물이라 믿고 싶지만, 그 두개골 크기와 거대한, 동공이 검은 눈이 그 생각을 불가능하게 만든다. 변장일까? 그래. 변장임이 분명하다. 그게 무엇이든, 그것은 호리호리하고, 유연하며, 키가 180cm쯤 되고, 잿빛의 가죽 같은 피부를 하고 있다. 그것은 웅크리자마자 뛰어오른다. 너무나 잽싸게 뛰어올라 마치 흐릿하고 거대한 다람쥐처럼 보인다. 어떻든 인간이 저렇게 빨리 움직이는 것을 나는 분명 보지 못했다.

'중력이 더 강한 세계에서 온 존재겠죠. 달에 착륙한 우주 비행사들처럼요.'

하지만 우주 비행사들은 느린 동작으로 움직이는 것 같았다. 이 존재의, 바닥에서 높은 가지까지 닿는 독립적인 점프는 코브라의 공격보다 더 폭발적이다. 두 번째 도약은 거의 가지를 갈라지게 한다. 그것은 이중나선형 나무들로 자신을 가린다. 나무들은 흔들리며 내 주변에 작은 나뭇잎들을 우수수 떨군다. 또 한 번의 점프로 그것은 단 4m 앞에, 나를 마주하고 땅에 내려선다.

한 번만 더 도약하면 나를 덮칠 것이다. 나는 얼어붙는다.

내 뇌는 소리친다. '멍청이! 저건 호랑이야. 도망쳐!'

"엎드려요!"

내 귓가의 공기가 지글거리고 타오를 때 나는 이미 고개를 처박고 있다. 권총에서 화약이 팡 터지는 소리가 들린다. 그 존재는 뒤로 공중제비를 돌아서 덤불이 마치 물인 양 그 속으로 뛰어든다. 그것이 도망치는, 혹은 그보다, 나뭇가지들이 꺾이는 소리가 들린다.

히크먼은 내가 일어나게 도와준다. 우리는 으드득거리는 나뭇잎들과 쪼개지는 잔가지들 뒤를 쫓는다. 그 움직임은 곧 사라져, 우리는 정원 끝에서 그림자의 장벽을 마주한다. 우리의 뇌는 그림자 속에서 형상을 찾아보려 애쓰지만, 암흑만이 진동할 뿐이다.

우리 중 누구도 파쿠르를 언급하지 않는다.

퀸랜 보안관이 우리 쪽으로 서둘러 달려온다. 그는 소리치고 있지만 뭐라고 하는지 내겐 들리지 않는다. 나는 조경수들을 훑어본다. 혈흔도 찢어진 옷 조각도 보이지 않지만, 너무 지쳐 있어서 놓치는 것이 없다고 장담할 수 없다. 휴식을 좀 취하지 않으면, 나의 무용함은 더욱 증가할 것이다.

마찬가지로 지치고 창백한 퀸랜은 우리를 차로 안내한다. 차에 오르고 좀 지나자, 그가 내게 자신이 추파를 던졌던 것에 대해 손으로 쓴 사과문을 건넨다. 그의 서술은 아주 객관적이고 완벽해서, 내가 성희롱으로 고소하고 싶다면, 이 편지를 증거로 써도 될 정도다. 나는 하필 이런 때를 택한 이유를 묻고 싶다. 대신에 나는 그에게 감사하고 모텔에 내려 달라고 부탁한다.

작은 마을 중심가는 다시 대낮처럼 밝다. 조명등이 위협적이고, 사람들이 가득하다.

"저 사람들이 전부 기자는 아닐 텐데요."

퀸랜이 신음을 내뱉는다. "대부분이 지역 주민들입니다. 처음 두 목격담에는 아무도 눈 하나 깜짝하지 않았어요. 팔십 개가 넘은 다음엔, 사람들이 좀 긴장했고요. 무언가가 마을을 어슬렁거리며 통과한 뒤엔 사람들이 좀 더 긴장했지요. 지금은 정부가 관여되어 있다는 소문이 판을 치고 있습니다. 주민들은 수십 년 만에 처음으로 총성을 들은 데다 흔들의자로 가득한 방에 있는 고양이보다 더 겁에 질려있어요[66]."

---

66) 고양이가 흔들의자에 자신의 꼬리가 밟힐까 봐 걱정한다는 뜻의 관용구.

"정부가 관련되어있다는 소문?"

"셰리는 당신이 잠 좀 잘 때까지 말하지 말라고 했지만…."

그는 좌석 바닥에 놓인 신문을 고개로 가리켰다. 야간에 찍어 검은 색과 녹색으로 디지털화된 흐릿한 사진이 일 면을 반쯤 뒤덮고 있었다. 단발머리에 정장 차림을 한 형체는 전혀 외계인답지 않다. 그건 지난밤 모텔로 걸어가고 있는, 나다. 내가 바보였다. 기자들이 던진 질문에 그렇게 잘난 척 대답한 후, 어느 진취적인 기자가 나를 쫓기로 결심한 것이다.

전방에는, 사람들이 무리를 지어 몰려다닌다. 곤충의 떼 같은 모양새를 취하고 있다. 장식 정원에 대해 이미 알고 있지 않았다면, 곧 알게 될 것이다. 조악하게나마 그들이 두고 온 세계를 돌려주는 어떤 설명이 없다면, 상황은 더 추악해질 수 있다.

중심가는 뚫고 지나가기가 불가능해서, 우리는 먼 길을 돌아 '인 오아 아웃'에 도착한다. 그 싸구려의, 곰팡내 나는 방에서, 나는 샤워 비슷한 것을 하고 침대로 무너진다.

어떤 일이 벌어진다, 잠이라고 부르는 일이. 적어도 내 몸은 그렇다. 하지만 내 정신은 꺼지지 않는다. 내 정신은 가능성들을 셈하면서, 정보와 꿈을 무자비하게 버리면서 달려 나간다. 나를 몰아가는 것은 집착일 수도, 격앙된 충심일 수도, 심지어 사랑일 수도 있다. 하지만 나는 그것을 정의할 수 없다. 그건 습관 이상의 습관이다. 내 파트너, 내 친구, 내 암에 대한 치료법을 알아낸 남자가 저 바깥 어딘가에 있고 나는 그를 찾아야만 한다.

나는 눈을 뜨고 있다고 생각한다. 블라인드 너머 흐릿한, 노란 가로등을 본다. 보고 있는 동안, 호흡은 느려지고, 공기가 마치 존재를 취하는 것처럼 이상한 성질을 띤다. 빛을 피하기 위해 나의 몸을 돌리자고 생각한다. 유리엘이 책상 옆 그의 자리에서 참을성 있게, 마치 거기 영원히 있었던 것처럼 기다리고 있다. 물을 필요도 없이, 내가 말을 생각해낼 필요도 없이 그는 말한다.

'뛰어라. 그러지 않으면 그는 죽을 것이다.'

이번에도, 그 목소리는 내 머릿속에서 들리듯이 느껴진다. 내 귀를 할퀴는 거친 소리와는 전혀 다르다. 유리엘은 친밀하다. 마치 공기처럼 가깝다. 이 할퀴는 소리는 시끄럽지만, 멀다. 마치 다른 사람의 방에서 들리는 것처럼. 가장 적합한 추측은 유리엘은 꿈이지만, 그 소리는 실제라는 거다.

나는 소리의 근원을 찾으려 두리번거린다. 이번에는 유리엘이 쉽사리 사라지지 않는다. 오늘 밤 그는 끈덕지다. 그 할퀴는 소리가 더 선명해진다. 위쪽에서, 모텔 지붕에서 들리고 있다. 인간인지, 동물인지, 바람인지, 그것은 방의 가로 폭을 따라 움직인다. 그 정원에 나타났던 그것인가? 그것이 나를 쫓아왔을까?

'뛰어라. 그러지 않으면 그는 죽을 것이다.'

유리엘이 말하고 있는지, 아니면 내가 그의 말을 떠올리고 있는지 정확히 모르겠다. 꿈하고는 다른 걸까? 비명이 들린다. 내 비명인가?

'유리엘, 내가 비명을 지르고 있나요?'

그는 대답 없이 사라진다. 그가 거두어간 어둠은 방을 달라지게 한다. 비명은 계속된다. 그냥 비명이 아니다—말이다. 하지만 나는 알아들을 수가 없다. 비틀거리며 침대에서 빠져나온다. 일어서자 머리가 축 늘어진다. 마치 하반신은 깨어났지만, 나머지 부분은 따라잡지 못한 것 같다. 손이 손잡이를 돌리기 전에, 이마가 문에 부딪힌다.

"아야!"

적어도 이제 좀 더 정신이 든다. 밖으로 나오니, 곰팡내와 표백제 냄새는 덜 풍기지만, 공기는 신선하다고 말하기엔 여전히 너무 탁하다. 페기 화이트가 주차장에 서 있다. 입고 있는 하얀 실내복의 넓은 소매 부분에는 오래된 담뱃불 자국들이 가득하다. 비명을 지르고 있는 건 바로 그녀다. 피곤함에 절어 비틀대는 기자들이 그녀를 둘러싸고 있지만, 마치 그녀가 호랑이라도 되는 듯 거리를 두고 있다.

"그게 우리 아이를 잡아갔어! 그게 매기를 잡아갔다고!" 그녀가 소리친다.

나는 반쯤 잠든 상태에서조차 회의적인 모양이다. 그녀가 꾸며대고 있을 가능성을 생각해본다.

가장 가까이 선 기자는 머리가 엉망이지만, 그럭저럭 넥타이는 매고 있다. 그의 카메라맨이 더 근접한 영상을 잡기 위해 렌즈를 조절한다. "외계인이 당신 딸을 납치했습니까?"

"그놈이 뭐였는지는 몰라요!"

"설명할 수 있…?"

페기는 폭발한다. 기자에게 달려든다. 매니큐어를 바른 손톱들로 기자의 얼굴을 긁어 버린다.

"당신들 잘못이야, 당신들 전부! 죽여 버리겠어!"

나는 말리려고 움직이지만, 더 이상의 폭력은 없다. 그녀는 주저앉아 발작적으로 흐느낀다. 기자 중 하나가 그녀 옆에 쪼그린다. 또 다른 이가 물병을 내민다. 카메라는 계속 촬영하고 있다.

나는 더 이상 그녀가 거짓말하고 있다고 생각하지 않는다.

아직 목욕 가운을 입고 있기 때문이겠지만, 나는 그들에게 들키지 않고 지붕을 훑어본다. 손상된 지붕널들에는 어떤 무늬가, 실제든 아니든, 나무들 쪽으로 나 있다. 거기, 하얀 천 조가리가 새로 꺾인 나뭇가지의 벗겨진 껍질 끝에 아주 조금 보인다.

나는 더 이상 그것이 여기 있었음을 의심치 않는다.

아이를 안고 가느라 그것도 속도를 내지 못했을 것이다. 어쩌면 휴식이 필요할지도 모른다. 가장 합리적인 행동은 그것을 쫓아가면서 보안관에게 내가 가고 있다고 전화하는 것이리라. 하지만 나는 그렇게 하지 않는다.

대신, 내 인생 처음으로, 무언가를 그냥 알 것 같다.

맨발로 나는 내 렌터카로 달려간다. 운전하면서 나는 매기의 납치 사건이, 모텔에서부터 수백 명 인파가 그 공포의 현장을 보려고 기다리고 있는 거리까지 번지며 내 발꿈치를 거의 꼬집는 듯 느껴진다. 속도를 높여 마을 중심가를 지나치면서 나는 사람들에게 비키라고 경적을 울려댄다. 나는 방향을 틀며 조명등을 스치지만, 속도는 거의 줄이지 않는다.

변두리를 지나치며, 나는 시속 130km를 밟는다. 길은 텅 비어있다. 헤드라이트 조명이 대각선 방향으로 내 길을 막아선 검은 색 승용차를 비출 때까지는. 어두운색 정장을 입은 누군가가 열린 차 문 옆에 서서 속도를 늦추라고 내게 손짓한다. 이런 속도에서는, 그는 흐릿한 형체에 지나지 않는다. 잘 차려입은 히치하이커일 수도, 말쑥한 도마뱀 인간일 수도 있다.

사 년 전에 멀더를 만난 이후로, 텅 빈 길에서 수수께끼 같은 검은 색 승용차의 운전자가 내게 손짓을 하며 차를 세우려 한 적이 얼마나 많았는지 셀 수도 없다. 보통, 나는 멈춰 선다. 이번에는, 아니다.

그는 펄쩍 뛰어 비켜선다. 타이어로 바닥을 긁고 먼지를 휘날리면서 나는 그 승용차 옆으로 돈 다음 그 길을 떠난다. 누구이든 간에 쫓아오겠지만, 정확하게 우회전을 한 뒤로 알의 장식 정원까지 남은 길을 가는 동안 내 백미러에는 아무것도 비치지 않는다.

알의 장식 정원
사우스캐롤라이나 주, 엘리자베스빌
금요일 오전 4시 12분

나는 보조석 앞 서랍에서 손전등을 꺼내어 차에서 내린다. 손전등 빛이 추상적인 식물 사이에서 춤춘다. 내가 나아가는 동안, 밀랍 같은 달이 구름 뒤에서 삐져나온다. 조약돌이 깔린 길에 발이 아프지만, 나는 속도를 늦출 수 없다. 정원 너머 평평한 들판에 다다르자, 내 발바닥이 고마워한다. 나는 기억과 지형 모두를 더듬어 몇 시간 전에, 내 손가락에 서늘한 바람이 스쳤을 때 내가 서 있었던 자리를 찾아보려 애쓴다.

찾은 것 같다. 바람은 몹시 부드러워서 거의 존재하지 않는 것 같지만, 내가 그 느낌을 쫓아 한 걸음 한 걸음 따라가자 점점 더 강해진다. 홀로 선 사이프러스 나무 옆에 멈춰 서자 솟구치는 공기의 물결이 내 발가락 끝을 휘감는다. 손전등 불빛에 울퉁불퉁한 구덩이 가장자리가 드러난다. 달빛이 1m쯤 떨어진 저편을 슬며시 비춘다.

'뛰어라.'

목소리가 너무 선명하고 강렬해서 나는 마치 모텔 침대로 확 끌어

당겨진 느낌이다. 심지어 왼쪽 어깨 아래의 매트리스 덩어리와 베갯잇의 진한 표백제 냄새가 느껴진다. 한순간, 나는 내가 정말로 거기 있는지 여기 있는지 확신하지 못한다. 하지만 다음 순간 발밑의 부드러운 흙과 구덩이에서 솟구치는 바람이 뺨에 맺힌 땀을 서늘하게 식히는 것을 느낀다.

나는 틀림없이 여기 있다.

그리고 다시, 유리엘이 말한다. '뛰어라.'

그래서 나는 뛴다.

눈을 감은 채, 뛰어내린다.

추락은 순간, 아주 짧은 동안이라 너무 빨리 지나쳐 전혀 기억나지 않는다. 딱딱한 땅바닥에 부딪혀 차갑고 얕은 물웅덩이에서 구르고 뒹구는 것은 아주, 한참 더 오래인 것 같다. 손전등 외에는 아무것도 부러지지 않아서, 나는 일어선다. 달빛이 물웅덩이부터 벽에 붙은 암염 침전물까지 비춘다. 앞을 분간할 수는 있지만, 많이는 아니다.

내가 정신이 나간 거라고, 의미 없는 짓을 했다고 결론지으려는 순간, 흠뻑 젖은 내 목욕 가운 밑단에서 떨어지는 물방울 소리가 아이의 훌쩍거림과 뒤섞인다.

"매기?" 나는 속삭인다.

내가 왜 속삭이는지는 나도 모르겠지만, 아이의 대답은 심지어 더 조용하다. "도와주세요."

나는 몇 걸음, 아마도 세 걸음쯤 다가선다. 그런 다음, 마침내, 선명하게, 그것을 선명하게 본다. 그것은 평평한 바위에 걸터앉아 위아래로 몸을 흔들고, 거칠게 숨 쉬며 기다란 회색 팔과 다리로 아이를 단단하게 감싸 안고 있다. 나는 그저 보기만 한 것이 아니다. 그것이 무엇인지 알아차린다.

그건 멀더다.

그의 머리를 커 보이게 한 보형물은 이마를 따라 찢어져 있다. 거대한 검은 눈 한쪽이 떨어져 나가 거인의 잃어버린 콘택트렌즈처럼 그의 옆에 놓여 있다. 그는 숨을 헐떡인다. 어떤 환각에 깊이 사로잡혀 괴로워하고 있다.

"스컬리?" 그가 공기를 들이켜며 말한다. "내가 그 아이를 찾았어요. 사만다를 찾았어요." 부드럽게, 달콤하게, 그는 떨고 있는, 겁에 질린 아이의 이마에 키스한다. "보여요? 이 아이는 아직도 이렇게 어려요. 아무것도 빼앗기지 않았어요. 아무것도."

"멀더, 말하지 말아요. 내가 사만다…를 좀 봐도 되겠어요?"

고개를 망가진 인형처럼 까딱거리면서 그는 웃음 짓는다. "회의론자. 당신은 사만다가 괜찮은지 봐야만 하는 거죠? 이 아이는 괜찮아요. 아주 좋아요. 하지만, 물론." 그는 아이를 풀어준다. "가렴, 사만다. 스컬리는 믿어도 돼. 그녀는 친구란다."

매기가 그의 무릎을 떠나기 전에, 어떤 목소리가 저 위 세상에서 소리친다.

"이봐요? 수사관? 자네 괜찮은가?"

멀더가 매기를 끌어당기며 아이의 입을 막는다. "쉿…." 그가 말하며 아이를 토닥인다.

나는 고개를 들었다가 스키너 부국장의 불안해하는 얼굴을 마주한다. 내가 다치지 않았다는 것만 알아차린 채 그는 말한다. "저녁 비행기를 탔지. 자네한테 총 맞은 남자에 대한 보고서를 가져다주려고 밤새 달려왔는데, 거의 치일 뻔했네." 하지만 다음 순간 그는 갑자기 말을 멈춘다. "수사관, 자네 그 밑에 혼자 있는 건가?"

트리니티 병원, 워싱턴 D.C.
10월 13일 월요일, 오후 1시 8분

삼 일 뒤, 멀더는 워싱턴 병원의 개인 병동에 남아 있다. 초과 지출은 다름 아닌 CIA에서 부담한다. 멀더에게 사건의 기초는 알렸지만, 나는 내가 아는 전부를 아직 그와 공유하지 않았다. 아직 남아 있는 그의 혼란을 가중시킬지 모를 어떤 불안도 일으키고 싶지 않다. 물론, 결국에는 그에게 모든 것을 말해줄 것이다.

스키너가 가져다준 보고서에 따르면, 경력 초창기, 아직 FBI의 행동과학팀에서 일하던 당시의 멀더는 중앙정보국(CIA)에서 자문을 구할 만큼 인정받고 있었다고 한다. CIA는 당시 1973년에 중지된 악명 높은 마인드 컨트롤 프로그램, 즉 MK울트라의 재생을 고려 중이었다. 제이콥 엘만 박사는 최면과 약물의 결합으로 피험자가 혐오할지도 모를 일들, 이를테면, 은밀한 암살을 명령대로 수행하게 할 수 있다고 확신했다. 그뿐만 아니라, 엘만은 피험자가 스스로를 완전히 다른 존재라고 확신하게 할 수 있다고 믿었다.

'꼭두각시'[67]라는 소설이 아니더라도, 이것이 실제로 가능하다고 여길만한 이유가 있다. 우리는 이제 최면하에서는, 개인이 자신의 정상적인 판단과 자신의 정체성에 대한 감각을 모두 잃는다는 사실을 알고 있다. 동시에, 가상의 상황에 집중하는 그들의 능력은 상당히

67) The Manchurian Candidate. 미국의 소설가 리처드 콘돈의 1959년 작품.

증가한다. 하지만 젊고 이상적이었던 멀더는 실용적인 면과 윤리적인 면 모두에 대한 근거를 제시하며 프로젝트를 실질적으로 무산시켰고 엘만의 경력을 파멸시켰다. 궁핍해진 채, 엘만은 사라져버렸다.

그 이후로, 추정컨대 엘만은 그의 연구를 어떻게든 계속했고 성과를 냈으며 복수를 위한 계획에 착수했다. '도깨비' 멀더가 얻은 명성을 알아내기란 어렵지 않았을 것이다. 외계인의 출현을 몇 장면 연출해서(아마도 그 정교한 의상을 직접 입고) 그럴싸한 미끼를 제공하고, 그는 멀더를 함정으로 유인했다. 그런 다음, 그 끔찍한 우리에서 엘만은 멀더 자신이, 그가 인생을 바쳐 찾고자 한 바로 그것—외계인이라고 확신시켰다.

나는 엘만의 궁극적인 목표가 멀더에게 창피를 주면서 자신의 경력을 회복하려 한 건지, 혹은, 아마도 멀더에게 경찰을 공격하게 해서 그를 결국 죽이려고 한 건지 잘 모르겠다. 내가 아는 것은 사우스캐롤라이나에 있는 엘만의 집에서 발견된 모든 정보는 CIA가 압수했으며, 지금은 반드시 필요한 경우에만 접근 가능하다는 것이다. 스키너 부국장이 조치를 취해 보려 했지만, FBI는 알 필요가 없나 보다.

그렇게 극단적으로 변화된 상태를 유지하려면, 심리적인 강화뿐 아니라 정기적인 약물도 필요했을 것이다. 엘만이 죽으면서 그런 효과들은 사라졌다. 매기 화이트를 자신의 잃어버린 동생으로 오인한 것은 멀더의 진짜 정체성이 회복되고 있었다는 의미였다.

이로써 '방 안의 코끼리'[68]가 남는다. 그 가짜 외계인의 믿기 힘든 곡예들 말이다. 정확한 답은 없지만, 나는 세 가지 가능성을 제시한다. 그중 일부는, 혹은 전부가 진실일 수 있다. 아니면 전부 아니거나.

---

68) 모두가 감지하고 있지만 아무도 공공연히 적시하지 못하는 문제를 일컫는 말.

첫 번째, 멀더의 혈액에서는 엄청난 양의 에피네프린[69]이 발견되었다. 이는 인공적인 아드레날린이 엘만의 혼합물 중 일부였음을 뜻한다. 두 번째, 입증되지는 않았지만 소위 히스테리 상태에서 어떤 힘이 발산된다는 주장이 있다. 흔한 예로 당황한 엄마가 차에 깔린 아이를 구하기 위해 무거운 차를 들어 올린 일이다. 그런 무용담은 대게 생사가 갈리는 상황들에서 발생하지만, 예외는 있는 법이다. 마지막으로, 믿음 그 자체가 강력한 원동력이 된다. 무대를 연출하는 최면술사가 종이꽃을 생동감 넘치는 무용수로 바꿀 수 있다면, 무모한 도약이 가능하다는 멀더의 믿음으로 인해 실제로 그것을 성취했을 가능성도 있다.

아무튼, 값은 치러졌다. 연속적인 골절상과 인대 파열, 두 개의 멍든 뼈와 더불어 진찰 결과 멀더 수사관은 세 번의 가벼운 심장마비도 겪었다. 다행히 그 심근경색들은 심각한 손상을 남기지 않았다. 그래도 나는 방문 시마다 확인해보곤 한다.

새로운 것을 갈망하는 만큼, 결국 우리의 자아 자체는 현실에 기반을 두고 있다. 멀더가 회복될수록 내게 가장 위안을 주는 것은 그에 대한, 우리에 대한 친숙한 것들, 심지어 내가 짜증스럽다고 여긴 그 특성들이다. 멀더는 점점 더 그다워지는 반면 자꾸 자기 말을 반복하곤 한다. 조만간 그러지 않으리라 생각하지만. 이를테면, 오늘은 어제와 그리고 그 전날과 같은 말로 나를 맞는다.

"있잖아요, 스컬리. 추격하는 대신 추격당하는 입장이 되고 보니 전혀 새로운 관점이 생겼어요."

지적하는 대신, 나는 묻는다. "어떤데요?"

---

69) epinephrine. 부신수질에서 분비되는 호르몬으로 아드레날린이라고도 한다.

지난 두 번의 대화에서, 그는 완전한 미지의 세계에서 길을 찾으려 애쓰는 심오한 고독감을 묘사했다.

하지만 이번에 그는 나를 놀라게 한다. 심오한 고뇌를 고백하는 대신 그는 고개를 틀어 가늘게 눈을 뜨고 나를 본다. "잠깐만요…."

그의 눈이 접시처럼 커진다. "우와! 당신 머리가 항상 그렇게 붉었나요?"

"음…. 그런데요?"

"근사하네요. 정말이지 근사해요." 그가 말한다.

고맙다고 말하려는 순간 그는 주변을 둘러보더니 내 머리카락 색깔에 그랬듯 얼음 통에 맺힌 이슬과 창문에 비친 햇살에 경이로워한다.

"모든 게 너무 새롭게 보여요. 엘만의 약물이 남아서겠지만, 이건 플러스 같군요, 안 그래요?"

나는 대답하기 전에, 뛰어야 한다고 믿었던 일을 생각한다. 동굴이 있으리라 추측하긴 했지만, 멀더가 거기 있으리라 생각할 근거는 없었다. 그러니 그건 내 잠재의식이었을까, 혹은 어딘가 다른 곳에서 그 정보를 얻었던 것일까? 만일 본죄라는 게 있다면 나의 본죄는, '나는 모른다'는 말을 할 수 있을 때조차 그 말을 못한다는 것 아닐까? 하지만 그건 멀더의 죄이기도 하다, 안 그런가?

'그건 괴물이야!'

'아니, 아니야!'

유리엘에 대해서라면, 나는 결정하지 않기로 한다.

결국, 나는 스타벅이다. 멀더라는 미친 에이헙이 어디로 갈지 길을 가리키는 동안 배가 나아가게 유지하는 사람. 나는 스타벅이다. 배는 지켜야 한다. 그렇지 않으면 모두 끝이다.

이 끔찍하게 따분한 병실에서 멀더가 새로이 발견하는 것들마다 무엇인지 알아보고자 애쓰면서, 나는 그에게 말한다. "그럼요. 플러스고말고요."

TRUST NO ONE

THE X FILES

땅굴 쥐

Non Gratum Anus Rodentum

브라이언 킨

* 원제인 'Non Gratum anus rodentum'는 라틴어로, 직역하면 '쥐 엉덩이만큼의 가치도 없다 Not Worth a Rat's Ass'라는 뜻. 베트남 전쟁 당시 베트콩이 파 놓은 땅굴을 확인하여 남은 적을 사살하거나 생포하고 땅굴을 파괴하는 일을 담당했던 기술자나 보병, 소위 '땅굴 쥐 tunnel rat'의 슬로건이었다.

_ 옮긴이

워싱턴 D.C.
1994년 6월 23일, 오후 9시 46분

복도의 전등들이 어둑해지고 청소부가 야간작업을 시작했을 무렵, 월터 스키너 부국장은 뛰러 갈까 생각 중이었다. 그는 늘 습관적으로 권투와 조깅을 해 왔지만, 최근 들어 조깅은 점점 습관 이상의 무언가—탈출구가 되고 있었다. 지난 몇 달간 그가 주변을 뛰어다녔던 거리며 기념물들은 집이나 직장에서 찾을 수 없던 위로와 휴식을 안겨주었다. 그가 사적이고 공적인 삶 양쪽에서 겪는 혼란을 고려할 때, 얼마 안 되는 그 평화의 순간은 절실하게 필요한 무엇이었다.

그는 책상을 내려다보았다. 왼쪽에는 십육 년 전, 그와 샤론이 결혼식 날 찍은 사진이 담긴 액자가 놓여 있었다. 오른쪽에는 얼룩진 몰리 담배꽁초[70]로 가득 찬 재떨이가 놓여 있었다. 사진과 재떨이 모두 그의 속을 쓰리게 했다. 수사국에서 해마다 요구하는 건강진단이 다가오고 있었다. 나이치고 튼튼한 체형이긴 했지만, 스키너는 의사가 무엇—궤양—을 찾아낼지 이미 알고 있었다. 통상적인 원인들이 읊어질 터였다. 박테리아 감염. 스트레스. 건강하지 못한 식단. 흡연(그는 하지 않는다). 음주(음주는 한다). 기타 원인들. 하지만 스키너

70) Morley cigarette은 가상의 브랜드이지만, 드라마 〈X-파일〉에 등장한 후로 실제 브랜드만큼 널리 알려져서 심지어 다른 프로그램에까지 등장했다고 한다.

는 진짜 주범들이 뭔지 알고 있었다. 바로 지금 그 주범들을 보고 있는 것이다.

베트남에서 돌아와 재활 치료를 받은 뒤, 스키너는 하루하루를 소중하게 살아왔다. 전쟁과 수사국에서 보낸 시간 덕분에 그는 언제든 어떤 일이 벌어질 수 있음을 깨닫고 있었다. 자신이 얼마나 준비가 되어 있다고 생각하든, 얼마나 자신감에 차 있든, 그런 건 중요치 않았다. 상황은 아주 쉽게 — 달라질 수 있었고 — 달라졌다. 그가 전에 들은 어느 록 음악 노래에 변화들은 영원하지 않지만, 변화는 영원하다는 가사가 있었다.[71] 그 가사에 진실이 담겨 있었다. 스키너는 매 순간에 의미를 두려 했다. 좋은 순간들은 모두 즐기고자 애썼다. 아내의 포옹과 같은 단순한 것이든 혹은 아동 포르노물의 고리를 끊어놓도록 돕는 복잡한 일이든. 그는 그런 순간들을 소중히 했고, 안 좋을 때는 그 순간들에 의지했다.

하지만 최근에는 안 좋은 일밖에 없는 것 같다. 그의 결혼은 무너지고 있었다. 돌이켜 보면 오랜 기간 좋지 못했지만, 지금은 이미 손상되어 구제하거나 복구할 여지가 없는 듯이 느껴졌다. 개별 계좌. 개별적인 친구들. 개별적인 삶. 최근엔 그와 샤론이 드물게 집에 같이 있을 때조차 서로 낯선 사람들 같았다. 그는 결혼 초기 그녀와 함께 몇 시간이고 모든 것들에 대해 서로 이야기를 나누던 그때를 기억했다. 요즘 그들의 대화는 정중했지만 강제적이고 단호했으며, 주로 소소하고 쓸데없는 대화들뿐이었다. 그들이 마지막으로 서로를 만졌던 것이 언제인지는 기억도 나지 않았고, "사랑해"라는 말은 누군가

---

71) 1970~80년대 활동했던 록 밴드 러시(Rush)의 '톰 소여'라는 노래 중 유명한 가사 부분. 변화한 것들은 영원하지 않지만, 변화 자체는 영원하다는 뜻.

가 재채기를 했을 때 "조심해요"라고 말하는 것처럼 형식적이고 기계적이 되었다.

다른 이들처럼 그 역시 일에 몰두할 수도 있었지만, 일은 심지어 더 큰 스트레스의 근원이었다. 부국장으로서, 선택해야만 하는 것이 스키너의 직무 중 일부였다. 지금 그는 한 분개한 직원과 지휘 계통에 끼어든 어느 불성실한 상관—스키너의 책상 위 재떨이를 가득 채운 바로 그 상관—사이에 끼어 있었다. 게다가 그 상관의 목적과 이유는 불만스럽게도 은밀하고 잠재적인 악의의 장막에 가려져 있었다.

논리적으로는, 멀더 수사관이 소위 X-파일이 폐쇄되고 통상적인 업무들에 재배치된 일(최근에는 도청 정보와 관련되어 있다)로 자신을 탓하지는 않는다는 점을 스키너도 잘 알고 있었다. 그런 명령들은 FBI 간부 조직의 최상부에서 내려온다. 스키너의 담배 좋아하는 비공식적인 상관의 지시가 영향을 준 것이 분명했다. 그럼에도 멀더의 직속상관으로써, 스키너는 그 수사관의 생색이 깔린 겸양과 오만, 수사국 자체에 대한 끓어오르는 분노를 정면으로 받아야만 했다. 그는 그 젊은이의 분노와 환멸을 이해한다. 그 역시 그런 감정을 느끼고 있기 때문이었다. 안타까운 일이다. 멀더는 수사국의 60년 역사에서도 가장 훌륭하고 가장 전도유망한 수사관 중 하나였다. 그는 아카데미를 졸업하기도 전에 이미 이름을 날렸다. 그런 재능들이, 그 담배 피우는 남자의 수상쩍은 의도 탓에 소모되고 있었다. 스키너가 이유를 대라며 자신의 상관들에 맞섰을 때 그는 멀더가 욕했던 바와 똑같이 돌벽 같은, 불만스러운 침묵만을 접할 뿐이었다.

그러나 그가 멀더의 불만에 얼마나 동정적이든 간에, 그 수사관을—그뿐 아니라 멀더의 파트너, 스컬리도—보호하기 위해서, 스키너는 그런 감정의 고리를 끊고 멀더가 자꾸 넘어서려는 선에 두 다리를 버티고 서서 일종의 장벽 역할을 해야만 했다. 그렇게 하지 않으면 통상적인 업무에 배치되는 정도를 넘어서는 최악의 일이 폭스 멀더에게 닥치리라는 아주 강한 의심이 들었기 때문이다. 그래서 스키너는 선택하지 않겠다는 선택을 하면서, 극히 다른 두 주인 사이에 끼어 그들의 이질적인 관심사 사이에 균형을 맞추려 애쓰며 매일을 소비하고 있었다. 조만간 스스로 붕괴될 선을 지키는 자신의 위치가 언제까지 견딜 수 있게 될지 궁금해하면서.

그래, 그는 결정했다. 한바탕 달리면 좋아질지도 모른다. 늦은 밤, 별들 아래를 달리다 보면 어떤 관점이 생길지도 모른다. 혹은 적어도 몇 분간은 벗어날 수 있으리라. 좋고. 나쁘고. 별들은 이런 것에 무관심하다. 우주는 한 인간의 시험, 승리, 고난에 신경 쓰지 않는다. 우주는 그렇다.

어쩌면 뛴 다음엔 좀 잘 수 있을지도 모른다. 비록 의심스럽긴 하지만. 결혼 생활이 허물어지기 직전에 샤론은 그에게 불면 클리닉에 가서 의사를 만나 보라고 권하곤 했다. 그는 비명을 지르면서 이불을 꽉 움켜쥐고 땀에 흠뻑 젖은 채 깨어나곤 했던 것이다. 그는 샤론에게 베트남에 대한 꿈을 꾸었다고 했고, 그 말은 거짓이 아니었다. 하지만 진실은 단순히 전쟁에 대한 꿈을 꾸는 것과는 거리가 멀었다. 스키너는 베트남에서 딱 한 번 마주쳤던 늙은 여자에 대한 지속적인 악몽에 시달렸다. 그는 샤론에게 그 만남에 대해 말하지 않았다. 실은, 누구에게도 말한 적이 없었다.

어느 날 밤 순찰 중에, 스키너의 부대는 기습을 당했다. 스키너를 포함한 모든 부대원이 쓰러졌다. 총을 맞고 얼마 뒤, 그는 정글에 미동도 없이 누워있는 자신의 몸을 내려다보았다. 그는 베트콩이 자신의 유니폼을 벗기고 무기며 장비를 장악하는 동안, 평화롭게, 두려움 없이 지켜보고 있었다. 마침내 약탈을 끝낸 뒤 적군은 이동했다. 해가 뜰 무렵, 또 다른 해병부대가 도착했다. 스키너는 그들이 자신의 시체를 시체 운반용 부대에 넣고 지퍼를 채우는 것을 바라보았다. 그는 이 주 뒤 사이공에 있는 병원에서 깨어났고, 해병대가 그의 유해를 옮기기 직전에 그에게서 맥박을 찾았다는 말을 들었다.

그 정도가 샤론이 — 그리고 샤론만이 — 아는 내용이었다. 그가 그녀에게도, 혹은 다른 누구에게도 말하지 않았던 것은 한 늙은 여자가 내내 그와 함께 남아 있었다는 사실이다. 그녀는 그가 처음 자신의 시체를 내려다보았을 때 나타나 그가 병원에서 깨어날 때까지 그의 곁에 머물렀고, 결과적으로는 그를 부축해 밝은 빛에서 떼어놓고 떠났다.

스키너는 멀더라면 임사 체험이라 부를 법한 일을 자신이 겪었다고는 믿지 않았다. 그는 항상 그 늙은 여자며 나머지 일들을 환각이라 치부했고, 심각하게 다친 데다 그 땅에 머무는 동안 해야 했던 일들을 감당하기 위해 상용했던 약물들로 악화된 탓에 겪었던 일이라고 확신했다. 그럼에도, 몇 년이 지난 뒤에도, 그는 여전히 그녀에 대한 꿈을 꾸었고 비명을 지르며 깨어났다.

스키너는 한숨을 쉬었다. 그의 결혼이 파탄지경에 이른 것도 놀라운 일이 아니었다.

그는 안경을 벗고 콧날을 문질렀다. 두통이 시작되고 있었다. 누군가가 사무실 문을 두드렸다. 스키너는 안경을 다시 쓰고 몸을 바로 했다.

"들어와요."

문이 열리고 청소 직원 하나가 안으로 고개를 내밀었다. 과테말라 출신 젊은이로, 얼굴만 봐서는 스물한 살 정도로 보였다. 그가 스키너에게 웃음 짓자, 스키너는 퉁명스럽게 고개를 끄덕여 주었다.

"늦게까지 일을 열심히 하고 계시네요." 젊은이가 말하며 빙글거렸다.

"누군가는 해야지."

"조금 후에 다시 올까요?"

"아니." 스키너는 고개를 저었다. "괜찮아. 어쨌든 퇴근하려던 참이야."

그는 컴퓨터가 꺼졌는지 확인하고, 가방과 코트, 총을 챙겨 문으로 걸어갔다. 그의 뒤에서 그 젊은이가 맞지 않는 음으로 흥얼거리며 쓰레기통을 비웠다. 그를 흘끗 돌아보며 스키너는 그 나이 때의 자기 자신을 떠올렸다. 기밀 정보 취급 허가[72]를 받고 FBI 본부 내 관리직으로 채용되는 대신, 자발적으로 해병대에 입대했고—근무한 지 삼 주 만에—수류탄을 몸에 감은 열 살 된 북베트남 아이의 머리를 날려 버렸다는 점만 제외하고는.

자발적인 입대. 자살 폭탄 테러범에 발포. 그런 것들이 그가 했던 선택들이었고, 좋든 나쁘든 그 선택들은 그가 감수해야 하는 것들이었다. 지금, 그는 어떤 선택도 하지 않으면서 살아가려 애쓰고 있었다.

어느 쪽이 더 나쁠지 스키너는 생각했다.

"부탁 하나 해도 되겠나? 그 재떨이는 꼭 버려주게. 냄새나."

---

72) 공무원 채용 시 국가 기밀 등을 맡겨도 좋다는 증명.

청소부는 고개를 끄덕였다. "물론이죠. 가득 찼네요. 담배를 많이 피우시나 봐요."

스키너는 자신이 담배를 피우지 않는다는 사실을 굳이 설명하지 않기로 했다.

그는 직원용 체육실에 있는 개인 라커룸에서 운동복과 운동화를 가져오려고 건물 지하로 향했다. 가는 길에 그는 멀더의 사무실을 지나쳤다. 스키너가 처음 일을 시작했던 그 비좁고 우중충한 방은 한때 복사기를 두었던 곳이었다. 보다 최근에는 X-파일 문서들을 보관했었다.

이제 그곳은 절망적인 공허함을 풍기고 있을 뿐이었다.

멀더는 스키너보다 잠을 더 안 자는 유일한 사람이었다. 그 젊은 친구가 늦게까지 일하면서 아직 거기 있을 가능성이 높았다. 도청 정보 건에 대한 조사가 얼마나 진행되었는지 확인하기로 한 스키너는 비꼬는 농담을 각오하며 문을 두드렸다. 멀더가 답이 없자, 스키너는 방문을 열고 안으로 들어섰다. 방은 비어 있었지만, 전등은 아직 켜져 있었다. 얼굴을 찡그리면서 그는 책상에 다가가 기록과 보고서를 뒤져 보았다. 그는 멀더가 근처 메모장에 휘갈겨 놓은 낙서들—몇 개의 비행접시들, 나체 여자, 소용돌이 모양, 빅풋으로 추정되는 무언가—를 보며 아쉽게 미소 지을 수밖에 없었다. 하지만 서류 더미 아래에 묻힌 무언가를 흘끗 봤을 때 그는 다시 얼굴을 찡그렸다.

그는 기록들과 메모장을 한 편으로 밀쳐놓고, 한데 모아 클립으로 끼워 놓은 신문 기사들을 집어 들었다. 맨 위의 기사는 두 주 전 기사였고, 흘끗 보니 멀더의 현 업무와는 전혀 관계없는 일이었다. 머리기

사는 이랬다. '하수관 살인으로 두 명이 죽다.' 스키너가 앞머리를 훑어보니, 수도권의 위생시설관리 작업자 두 명이, 이 나라 수도 밑을 지나는 하수관에서 미지의 동물에 잔인하게 죽임을 당했다고 보도되어 있었다.

"빌어먹을, 멀더."

멀더는 아직도 잠재적인 X-파일 사건들을 수집하고 있는 것이 분명했다. 이는 엄격하게 금지된 일이었다.

이를 꽉 깨물면서, 스키너는 나머지 기사들을 넘겨보았다. 모두 하수관에서 돌아다니는 그 미지의 야생동물에 관한 더 상세한 기사들로, 몇몇 노숙자들의 사망이 추가되어 있었다. 스키너는 고개를 저으며 그날 아침 일자로 기록된 마지막 기사를 넘겨보았다. 그러는 순간, 마치 누군가가 복부를 후려친 듯한 느낌이 들었다. 그의 궤양이 타오르고 있었다. 그는 숨을 헉 들이쉬며 맨홀 뚜껑 옆에서 찍힌 사진을 들여다보았다. 보아하니 또 다른 노숙자가 죽은 현장 근처의 사진 같았다. 사진에는 많은 사람 — 구급대원들, 경찰관들, 구경꾼들 몇 명이 모여 있었다. 그의 눈을 사로잡은 것은 그 구경꾼들, 그중에서도 사진 왼쪽 끄트머리에 나머지 사람들과 떨어져 서 있는 노숙자 한 명이었다.

"라미레즈?"

그럴 수 있을까? 그는 뚫어지게 들여다보았다. 사진은 흑백이었고, 그 남자는 초점에서 벗어나 있었다. 라미레즈라고 하기엔 나이가 너무 들어 보였지만, 그 부분은 거친 생활환경 탓일 수도 있었다. 그는 더러운 옷을 입고 있었고, 머리카락은 가늘고 듬성듬성했으며, 수염은 엉겨 붙어 헝클어진 채였다. 그의 손과 얼굴에 노출된 피부는 오물인지 염증인지로 뒤덮여 있었다. 어느 쪽인지 스키너는 확신할 수 없었다. 다만 그의 눈을 들여다보고, 덥수룩한 수염에도 불구하고 선명하게 드러난 왼쪽 뺨의 흉터를 알아본 다음에는, 한 가지 확신을 품었다.

"라미레즈…."

스키너는 결국 조깅을 하지 않기로 결정했다.

그는 그 마지막 신문 조각을 접어 자신의 주머니에 넣었다. 나머지는 멀더의 책상에 돌려놓고, 방을 나와 등 뒤로 문을 닫았다.

건물을 떠나기 전에, 그는 총기와 가방을 확인하고 자신의 개인 총도 챙겼다. 수사관들에겐 근무시간 외에도 무기를 소지하는 것이 장려되고 있었다. 스키너는 이를 지키긴 했지만, 수사국에서 지급된 형편없는 권총보다 자신의 1911[73]을 훨씬 선호했다.

스키너가 배지를 스캐너에 대며 통과하자 경비원이 눈을 맞췄다.

"오늘 밤은 민간인 복장이 아니시네요, 부국장님?"

"오늘 밤은 아니지. 오랜 친구를 만나러 가네."

베트남, 득 포 지구

1970년 8월

야간에도 정글은 뜨거웠다. 축축한 열기가 모든 것에 들러붙는 것 같았다. 비는 상황을 악화시킬 뿐이었다.

---

73) 정식명칭은 United States Pistol Caliber.45 M1911. 45구경 콜트권총으로 1, 2차 세계대전, 한국전쟁, 베트남전쟁 등지에서 사용되었다.

열아홉 살의 월터 스키너는 득 포(Duc Pho)에서 서쪽으로 3km나 떨어진 바나나 수풀에 웅크리고 앉아 그 두꺼운 식물 위로 쏟아지는 빗소리를 듣고 있었다. 작은 물방울들이 그의 판초에도 떨어졌다. 그는 짜증스럽게 모기를 찰싹거렸다. 베트남에서는 벌레들조차 집요해서 미국의 벌레들처럼 폭우에 겁을 먹고 달아나지도 않았다. 그는 양손으로 목을 철썩 내리쳐 벌레 두 마리를 때려잡고 그 뭉개진 잔해들을 다리에 문질렀다.

다시 보니 양손에 아직도 피가 남아 있었다.

한 시간 전에, 그들의 순찰조가 바나나 수풀 중앙부에 파 놓은 베트콩의 땅굴을 발견했다. 그들은 부대에서 땅굴 쥐를 보내 그 시설을 탐색하고 파괴할 때까지 입구를 지키라는 지시를 받았다. 해병대원들은 그 지역 전체에 흩어져 있었다. 스키너에겐 보이지 않았지만, 그는 그들이 거기 있다는 사실을 알고 있었다. 스키너 본인은 땅굴 입구의 오른쪽에 자리 잡고 있었다. 시애틀 출신으로 신병 훈련소에서 갓 나온 카일 라이벡이 그의 왼쪽에 웅크리고 있었다. 스키너는 이 신참 병사에게 일을 어떻게 하는지 가르쳐주는 역할을 맡고 있었는데, 현재까지는 주로 그를 취하게 하는 것으로 임무를 다 하고 있었다.

"나중에 한 대 피울 거지?" 라이벡이 어둠 속에서 속삭였다.

"그게 이런 개 같은 일을 다루는데 유일한 방법이지. 하지만 지금은 안 돼. 지금 불을 붙이지, 그럼 찰리[74]가 네 성냥불을 보고 저기 어디 덤불숲에서 네 머리를 날려 버릴 거야. 표적을 주면 안 돼. 게다가 난 어제 한 약발이 아직 남아 있거든." 스키너는 대답했다.

74) 베트콩을 가리키는 은어.

라이벡의 눈이 커졌다. "그 말은 여기서? 어이, 그건 미친 짓이야."

"그렇게 나쁘지 않아. 지금은 그냥 후유증만 좀 남았을 뿐이라고. 그냥 기운이 좀 남아 있을 뿐이야." 스키너는 대답했다.

"맙소사, 스키너…."

"난 괜찮아. 그래도 이런 빗속에 서 있지만 않으면 좋겠지."

"여기서 얼마나 오래 기다려야 할 것 같아?"

"기다리는 만큼. 너도 알잖아. 서두르고 기다린다."

멀리 어딘가에서 무전기가 지지직거렸다. 새들과 벌레들이 자기들만의 불협화음을 만들었다. 비는 줄기차게 쏟아지며 빗방울에서 안개로 변했다. 스키너는 열기에도 불구하고 몸을 떨었다.

마침내 어둠 속에서 중위가 큰 소리로 자신의 접근과 신원을 밝혔다. 그들이 오발하지 않게 하려는 조치였다. 그 곁에는 새로운 인물—육군에서 파견된 병사가 있었다.

"스키너, 라이벡. 이쪽은 제1대대에서 파견된 라미레즈 하사다. 땅굴을 처리하도록 파견되었다. 둘이 그를 지원해라. 뭘 찾았는지 보여줘." 중위가 말했다.

"예, 알겠습니다." 두 남자는 경례 없이 대답했다.

중위가 다시 어둠 속으로 사라지는 동안 그들은 서로를 관찰했다.

"너희 둘 다 안에 들어가기엔 키가 너무 큰데. 지원은 신경 쓰지 마. 그냥 입구나 보여줘. 나머지는 내가 알아서 한다." 라미레즈가 말했다.

"뭘 할 건데?" 라이벡이 물었다.

라미레즈는 어깨를 으쓱했다. "항상 하는 거지. 고개를 숙이고 들어가서, 안을 둘러보고, 부비트랩을 조심하고, 정보를 빼내고, 그런 다음 저 빌어먹을 땅굴을 하늘 높이 날려 버리고."

"위험하게 들리는데. 정말 혼자 가고 싶은 거야?" 스키너가 말했다.

"그게 나. 사실, 저 땅굴들 속에서는 모든 게 지랄 맞거든. 집중할 수 있으면 살아남을 가능성이 더 높은데, 멍청이 둘을 뒤치다꺼리하려면 집중할 수가 없어."

"지랄하네." 스키너가 대답했다.

"나쁜 뜻은 없어. 날 투덜이라고 불러서 기분이 좋아진다면 그렇게 부르라고. 내 말은 너희가 저 아래 뭐가 있을지 모른다는 거야. 나는 알고."

라이벡은 땅굴 입구를 흘끗 보았다. "저 아래 뭐가 있는데?"

"부비트랩이 있지, 그건 확실해. 가끔은 박쥐도 있고, 뱀이나 쥐도 있지. 사이공 북쪽 호보 지구에 이런 땅굴이 있어서 들어갔었지. 베트콩이 독가스를 채워 놨더군."

"방독면을 쓰고 있었길 바란다." 스키너는 말했다.

"그땐 쓰고 있었어, 운이 좋았지. 보통은 안 쓰거든. 저 아래서는 잘 보이지가 않아. 빌어먹을 방독면을 쓰면 더 힘들고. 하지만 그때는 무언가가 나한테 그걸 쓰라고 속삭였고, 그래서 썼지. 아무튼, 잘 들어. 너희는 여기 있어, 밖에. 총소리가 들리면 그건 그냥 내가 찰리한테 인사하는 거야."

"진짜 지원은 필요 없는 거 확실해?" 스키너는 물었다.

라미레즈는 웃었다. "내가 비명을 지르기 시작하면 다르지. 그땐…, 물론, 그땐 손을 빌려줘. 아니면 기도를 하든가."

"기도 같은 건 소질 없어. 여기 온 지 한 달 만에 믿음 따위는 다 버렸거든."

라미레즈는 추가 장비를 벗어 깨끗한 흙더미 위에 올려놓으면서 점점 더 크게 웃었다. "너 진짜 병신이구나, 엉, 새끼야? 넌 이름이 뭐냐?"

"스키너."

"아니, 이름 말이야."

"월터."

"그래, 내 말 잘 들어, 월터. 긴장을 풀어. 넌 너무 바짝 흥분하고 있어. 그리고 내가 잘못 본 게 아니라면, 넌 뭔가 하고 있는 것 같은데. 그건 베트남을 경험하는 방식이 아니야."

스키너는 코웃음 쳤다. "어떻게 해야 되는데?"

"그냥 즐기려고 해봐. 여기는 디즈니랜드고 우린 전부 휴가 중인 거야."

그러더니 다른 말은 없이 라미레즈는 몸을 숙이고 땅굴로 들어가 어둠 속으로 사라졌다.

스키너와 라이벡은 말없이 기다렸다. 일분일초가 기어가는 것만 같았다. 안개가 비로 변하고 모기들이 대거 돌아왔다. 그러자 서서히, 정글이 다시 소리로 가득 차기 시작했다. 동료 해병대원 중 누군가가 어둠 속 어딘가에서 기침을 했다. 무전기가 산발적으로 지지직거렸다. 새들과 벌레들이 다시 지껄이기 시작했다.

그리고 나지막한 총성이 그들의 발밑에서 울려 퍼졌다.

깜짝 놀란 스키너와 라이벡이 동시에 땅굴 입구로 돌아섰을 때 아래쪽에서 총성이 두 발 더 터졌다. 이번에는 고뇌에 찬, 괴물 같은 비명이 뒤이어 들렸다. 그러더니 연이어 세 발의 총성이 이어졌다. 사방에서 같은 부대 동료들이 무슨 일이냐고 소리쳤다.

"젠장 저게 뭐야?" 라이벡의 목소리가 한 옥타브 올라갔다. "무슨 동물 소리 같은데."

대답하는 대신, 스키너는 몸을 웅크린 채 땅굴 안으로 들어갔다. 땅굴은 어둠 속으로 완만하게 내리막길을 그리고 있었고, 몸을 옆으로 돌리지 않고서는 지나갈 수 없을 정도로 좁았다. 서늘한 공기가 위로 퍼지며 매캐한 화약 냄새가 따라 올라왔다. 그는 쪼그리고 앉아서 어둠 속을 들여다보며 총성이 더 들리는지 귀를 기울였다. 땅굴은 조용했다.

"아무것도 안 보여." 스키너가 라이벡을 돌아보았다. "손전등 있어?"

"응. 네가 그렇게 짐을 많이 챙기지 말래서 두고 올 뻔했는데, 안 그랬지. 만화책이 보고 싶어질 수도 있고—."

"이리 내놔." 스키너가 말을 끊었다. "그리고 가서 중위님하고 다른 녀석들 좀 불러와."

"같이 안 가도 되겠어?"

"그냥 하라는 대로 해."

라이벡의 표정에는 위에 남게 된 안도감이 무심코 드러났다. 그는 배낭을 뒤져서 손전등을 찾아 스키너에게 건넸다. 그런 다음 다른 이들을 부르기 위해 달려갔다.

스키너는 손전등을 켜고 아래쪽으로 빛을 조준했다. 어둠이 그 빛 주변으로 몰려드는 듯이 보였다. 마치 그 침입에 성이 난 것처럼. 깊게 숨을 들이쉬면서, 그는 어떤 움직임이 없는지 바싹 긴장하고 귀를 기울인 채 몸을 구부려 살금살금 나아갔다. 그는 그 땅굴 쥐를 부를 만큼 어리석지는 않았다. 땅굴은 조용했다. 그는 손전등으로 앞뒤를 훑으면서 부비트랩이 없나 살펴보았다. 더 깊이 들어갈수록 땅굴 벽은 더욱 좁아졌다. 잔뜩 구부린 채 걷고 있는데도, 머리가 여전히 천장에 닿았다.

마침내 통로는 평평해졌지만, 그는 무릎을 꿇고 손과 무릎으로 기어가야만 했다. 총과 손전등을 양손에 쥔 채, 한편으로는 부비트랩이나 적군이 없는지 살피며, 그는 힘겹게 기어나갔다. 얼굴을 스치고 피부에 달라붙는 거미줄 가닥들을 탁탁 털어냈다.

순간 그는 첫 번째 시체를 보았다.

죽은 베트콩이 땅굴 중앙에 사지를 뻗은 채 누워 있었다. 옷은 찢겼고 가슴, 팔, 얼굴에는 깊은 생채기들과 하나하나가 거의 별개의 구멍 자국처럼 보이는 기이한 이빨 자국들이 가득했다. 한순간 망설인 뒤, 스키너는 죽은 남자의 얼굴에 손바닥을 대고, 그것이 실제이며 약물에 의한 환각이 아닌지 확인해 보았다. 피부는 차갑고, 매끈거렸으며 마치 치즈 같았다.

시체의 왼손 옆에 버려진 권총이 보였다. 그는 자신의 소총을 옆에 세워놓고 더 편하게 기어갈 수 있기를 바라며 그 권총을 집어 들었다. 그런 다음 다시 앞으로 나아갔다. 통로는 여전히 조용했다. 뒤를 돌아봐도 더 이상 입구는 보이지 않았다.

곧이어 스키너는 땅굴을 판 이들이 땅굴 양쪽으로 두 개의 구멍을 내놓은 지점에 도달했다. 그는 양쪽을 들여다보았다. 한쪽은 비어 있었다. 다른 쪽에는 두 번째 시체가 있었다. 이 시체 역시 앞의 시체와 같은 이빨 자국과 할퀸 자국이 가득했다. 다만 이쪽은 머리가 없었다. 부러진 대나무 창이 그 옆에 놓여 있었다. 그는 약 20m 아래쪽에서 머리를 발견했다. 두 눈이 아직 뜨여 있었다.

땅굴은 다시 좁아져 스키너의 어깨가 꽉 낄 정도였지만, 그는 계속 나아갔다. 흙바닥에 발톱 자국들과 무언가가 흙먼지 위로 끌려가며 만들어진 듯한—아마도 꼬리나 아주 커다란 뱀 같은—기이하고도 널찍한 흔적이 보였다. 그는 기어가며 세 구의 시체를 더 넘어야 했다. 그중 한 구는 복부가 찢겨 있었고 장기가 사라진 채였다. 그 시체를 타고 넘을 때 스키너의 손과 무릎이 아직도 따뜻한 복부 안에 빠졌다. 시체들에는 모두 비슷한 상처가 남아 있었다. 총알구멍이 없는 그 구멍 자국들은 분명 칼이나 총검으로 생긴 것이 아닌 어떤 이빨의 자국 같았다. 스키너는 이 남자들에게 어떤 일이 벌어졌는지 궁금했다. 라미레즈일 리는 없었다. 그는 권총과 칼만 지니고 있었다. 이 시체들은 총에 맞지 않았다. 그렇다면 그와 라이벡이 들은 총성은 어떻게 설명해야 할까? 이들을 죽인 것은 무엇이었나? 그리고 라미레즈는 어디 있을까?

그때 신음이 들렸다.

그는 소리치고자 하는 충동을 억눌렀다. 그 목소리가 찾고 있는 병사의 것인지 또 다른 베트콩의 것인지 알 수 없었다. 통로가 넓어져 그는 다시 일어섰다. 이내 땅굴은 커다란 지하실로 이어졌다. 스키너는 욱신거리는 근육들을 풀면서 안으로 들어섰다. 고통에 찬 신음이 방 안에서 다시 한 번 낮게 울리더니 거친 숨소리로 이어졌다. 스키너는 권총을 뽑아들고 손전등 불빛으로 벽을 비추었다. 조잡한 침상들, 저장고들, 나무둥치로 만든 탁자 하나와 의자, 그리고 나머지 잔해들이 보였다. 모두 마치 다툼이 있었던 것처럼 손상되고 뒤틀려 있었다. 방 안에는 아직도 화약 냄새가 코를 찔렀고 그 아래로 더 축축하고, 더 사향 같은 냄새가 깔렸다.

"거기 누구냐?"

깜짝 놀라서 스키너는 불빛을 목소리 방향으로 돌렸다. 라미레즈가 흙벽에 기대어 앉아 있었다. 그의 가슴이 힘겹게 숨 쉬는 것처럼 오르내렸다. 군복은 너덜너덜했고, 몸에는 시체에 가득했던 것과 같은 흔적들이 남아 있었다.

"라미레즈!" 스키너는 그에게 달려가 무릎을 꿇었다. "조금만 참아, 친구. 지원이 오고 있어."

"잘 안 들려, 월터." 라미레즈가 쌕쌕거렸다. "그 망할 걸 쏘긴 했는데 내 귀가 아직도 울려. 빌어먹을 총구가 터질 때 거의 눈이 멀 뻔했어."

"지원이 오고 있어." 스키너는 목소리를 올리며 되풀이했다. "다른 베트콩이 또 있어?"

라미레즈는 고개를 저었다. "전부 죽었어."

"도대체 무슨 일이 벌어진 거야?"

상처를 입은 병사는 힘없이 구석을 가리켰다. 스키너는 그가 가리킨 방향으로 손전등을 돌려 또 다른 시체를 비추었다. 하지만 그 시체는 베트콩이 아니었다. 닳아 해져서 거의 분간도 할 수 없는 남베트남 군복 누더기를 걸치고 있었지만, 유사한 점이라곤 단지 그것뿐이었다. 우선, 그것은 인간보다 훨씬 더 컸다. 스키너가 보기에 그놈은 키가 거의 200cm에, 몸무게가 90kg은 되어 보였다. 그는 그렇게 큰 게 이 땅굴에 어떻게 들어왔을까 멍하니 생각했다. 팔다리는 두 개씩 달려 있었지만 굵은 갈색 털로 뒤덮여 있었다. 머리는 돌출된 주둥이며, 구슬 같은 검은 눈, 귀, 뾰족한 이빨까지 뚜렷하게 쥐처럼 생겼다. 길고 털 없는 꼬리가 뒤쪽 흙바닥에 늘어져 있었다.

"약 때문일 거야." 스키너는 고개를 저으며 중얼거렸다.

"아니. 저건 진짜야, 확실해." 라미레즈는 헐떡거렸다.

스키너는 재빨리 상자들이며 서랍들을 뒤졌다. 깨끗한 옷가지를 발견하고 조각조각 찢어냈다. 그런 다음 라미레즈의 상처를 감기 시작했다. 라미레즈는 십여 개도 넘는 이빨 자국이며 상처에서 피를 쏟아내고 있었다. 가장 깊은 상처는 가슴에 있었다. 쥐인간의 앞니가 크고 우툴두툴한 구멍을 남겨 놓았다. 왼쪽 뺨은 늘어져 라미레즈가 말하려고 할 때마다 피부 조각이 덜렁거렸다.

"정신 차려. 잠들면 안 돼." 스키너가 그에게 말했다.

"저놈은 이 굴에 살고 있었어. 나머지를 죽인 지 얼마 되지 않았을 거야. 내가 간식을 방해한 거지. 저놈을 죽이느라 가진 총알을 다 날려야 했어." 라미레즈가 말했다.

스키너는 그 시체를 다시 돌아봤다가 그것이 변하는 것을 보고 혼란스러워졌다. 쥐 같은 생김새는 점차 사라졌고, 크기도 작아지는 것 같았다.

"생각보다 내가 더 망가져 있었나 보군." 그가 중얼거렸다.

"크게 말해, 월터. 안 들려."

"널 옮겨야겠어. 기어갈 수 있겠어?"

라미레즈는 어깨를 으쓱했다. "못 할 것 같은데. 다리가 아주 망가져 버렸어."

"좋아. 여기서 기다려."

스키너는 서둘러 땅굴로 돌아가 양쪽으로 구멍이 뚫린 지점에 다다랐다. 그는 양손을 모아 입에 대고 소리쳤다.

"이 아래 의무병이 필요하다!"

라이벡과 다른 이들이 알았다고 소리치는 것을 듣자 그의 맥박이 빨라졌다. 그런 다음 그는 라미레즈에게 기어서 돌아갔다. 방에 다시 들어섰을 때, 그는 그 쥐 같은 것이 이제 그저 베트콩 시체가 되었음을 알아차렸다. 아직 누더기가 다 된 군복을 입고 있었지만, 꼬리며 다른 모든 환상적인 요소들은 사라지고 없었다. 대신, 총알 자국이 가득 난 시체가 있을 뿐이었다. 스키너는 고개를 끄덕였다. 자신의 체내에 남아있는 약물이 문제였다는 점을 확신할 수 있었다.

"월터?"

"그래, 친구." 그는 그 병사의 옆으로 돌아갔다. "나 여기 있어."

"나랑 잠깐 있어 줄 거지?"

"물론이지."

스키너는 벽에 등을 대고 라미레즈 곁에 앉았다. 라미레즈가 스키너의 어깨에 머리를 기대고 쉬는 동안, 스키너는 그의 손을 쥐고 모든 게 괜찮을 거라고 다짐했다. 부상자의 손을 잡고 있는 게 처음은 아니었다. 그는 지뢰 때문에 몸의 안팎이 완전히 뒤집어졌던 한 해병대원을 기억하고 있었다. 스키너는 그가 죽어간다는 사실을 알면서도 그의 손을 잡고 다 괜찮아질 거라 말했다. 그 당시에 그는 그 말을 일종의 기도라 생각했다. 짓이겨진 자신의 전우가 그의 말을 들을 수 없다면, 그때는 신이 들어주리라, 그리고 결국 전우가 괜찮아지는 것을 보게 되리라 기대하면서.

그는 이제 그렇게 어리석지 않았다. 그럼에도 그는 최선을 다해 라미레즈를 위로했고, 나머지 부대가 도착했을 때 그들 둘은 여전히 기도하고 있었다.

워싱턴 D.C.
화요일 오후 11시 51분

스키너는 걸어서 현장에 도착했다. 개인 총기는 코트 아래 감춰져 있었고, 신문지 조각은 여전히 그의 주머니 속에 들어 있었다. 바람이 차갑게 불어와 쓰레기와 나뭇잎들을 보도로 쓸어내렸다. 노란 경찰 통제선 테이프가 바람에 날려 파티의 색종이들처럼 펄럭거렸다. 노숙자 네 명 외에 거리는 차도 지나다니는 사람도 없이 텅 비어 있었지만, 몇 블록 건너편에서는 둘 다 소리가 들렸다. 보이지는 않되 소리만 들리는 도시의 유령들이었다. 노숙자 셋은 더러운 담요와 침낭으로 단단히 감싸고 한 데 모여 있었다. 네 번째 노숙자는 그들과 떨어져서 갈색 종이로 술병을 감싸 들고 은밀하고 조심스럽게 들이키고 있었다.

스키너는 신문 조각을 펴들고 첫 번째 무리—남자 둘에 여자 한 명에게 다가갔다. 그들은 그에게 경계의 시선을 던지고, 자기들끼리 중얼거리며 그와 눈을 맞추길 거부했다. 스키너는 그들 셋이 얼마나 어린지 깜짝 놀랐다. 비록 거리에서의 삶 덕분에 현저히 나이 들어 보이긴 했지만, 그들은 분명히 아직 이십 대인 듯했다.

"당신 경찰 냄새가 나는데." 남자 중 한 명이 중얼거렸다. "우리 괴롭히지 마요. 우린 아무도 안 해쳐요."

"괴롭히려는 게 아니야. 그냥 누군가를 찾고 있지."

"토니?" 여자아이가 자세를 바로 하며 갑자기 흥미를 보였다. "아니면 혹시 프랭키? 다들 그 녀석들을 찾고 있는 것 같던데."

"저 녀석 신경 쓰지 마요." 처음 말했던 남자가 말했다. "헤롯 건 이후로 제정신이 아니에요."

스키너는 불만을 감추려 애쓰며 억지로 미소를 띠었다. "헤롯? 그 연쇄살인범 말인가? 나는 범인을 잡는 사람들을 위해 일하는데."

"당신이 헤롯을 거리에서 치웠어요? 우와 젠장, 형씨. 우리랑 한 잔 하죠. 너희 궁둥이 좀 들고 저 아저씨한테 자리 좀 내줘."

그 애송이가 자기 동료들을 찔러대자 둘 다 끙끙거렸다.

"있잖아요, 그들은 밤에 우릴 데려가요. 커다란 빛줄기들이 내려오고, 그러면, 쉭, 우리는 사라지는 거예요. 그들은 실험이며 그런 걸 해대요. 그래서 내가 아기를 못 가지는 거예요!" 여자가 말했다.

'멀더 수사관은 이렇게 필요할 때 대체 어디 있는 거지?' 스키너는 생각했다.

스키너는 신문 조각을 들고 라미레즈를 가리켰다. "나는 이 남자를 찾고 있는데. 본 적 있나?"

그 세 명은 눈을 가늘게 뜨고 사진을 쳐다보았다.

"이 사람이 무슨 짓을 했는데요?" 그 애송이가 물었다.

"아무 짓도 안 했어. 옛날 친구라 찾고 싶은 거지."

"못 봤어요, 형씨. 이 사진으로는 알기 힘든데. 종이가 쭈글쭈글하네요."

스키너는 지갑을 꺼내어 십 달러를 꺼냈다. "이런 종이는 어때? 이걸로는 알아볼 수 있나?"

그 노숙자 청년이 웃음 지었다. "돈은 받을게요. 그래도 본 적은 없어요."

스키너는 한동안 그들을 바라보았다. 그런 다음, 한숨을 쉬며 그는 그 애송이에게 돈을 주었다.

"고마워요, 형씨. 진짜 우리랑 파티 안 할래요?"

"그래요. 그 광선들이 오늘 밤에 또 쏟아질지도 몰라요." 여자가 끼어들었다.

"사양하겠어." 그는 네 번째 노숙자 쪽으로 고갯짓했다. "저 사람은 어때? 나를 도와줄 수 있을까?"

그 애송이가 어깨를 으쓱했다. "몰라요. 뭐 어쩌면. 저 사람은 혼자 놀아요. 아무하고도 얘기하지 않아요."

재빨리 고맙다고 중얼거리고, 스키너는 그 외톨이에게 다가가 같은 질문을 되풀이했다. 그 노숙자는 사진을 신중하게 들여다보더니 작게 훌쩍거렸다. 그는 텅 비고 퀭한 눈으로 스키너를 올려다보더니 맨홀 뚜껑을 가리켰다.

"저 아래 있다고?"

그 남자는 고개를 끄덕였다.

"확실해?"

다시 끄덕였다.

"제기랄."

스키너는 그에게 마지막 남은 십 달러를 건넨 다음 하수관으로 다가갔다. 네 개의 지지대가 맨홀을 둘러싼 채 쳐져 있었다. 바람이 다시 불어와 경찰통제선 테이프가 또 펄럭거렸다. 스키너는 다음 행동을 두고 갈등했다. 그는 연방수사국의 부국장이었다. 그럼에도 여기서 한밤중에 범죄 현장을 훼손하고 이 나라 수도 밑의 하수관으로 뛰어들지 고민하고 있었다. 아무도 그가 어디 있는지조차 모른다는 사실이 퍼뜩 떠올랐다. 그는 자신이 아직 집에 안 왔다는 사실을 샤론이 알아차리기는 할지 궁금했다. 만일 자신에게 무슨 일이 생긴다면, 그녀는 얼마나 지나야 걱정할까? 걱정하기는 할까….

그는 고개를 이리저리 돌리면서 등과 목을 뚜둑거렸다. 그런 다음, 그는 얼굴 위로 안경을 밀어 올리고 경찰통제선 테이프 아래로 몸을 숙였다. 맨홀 뚜껑 밑으로 손가락을 집어넣느라 씨름했지만, 간신히 한쪽에 집어넣고 들어 올리며, 그 무게에 투덜거렸다. 무거운 뚜껑을 그가 한쪽으로 끌어내자 시끄럽게 철컹거렸다. 스키너는 주변을 둘러봤지만, 거리는 여전히 텅 비어 있었다. 관심을 갖는 사람들이라고는 새로 사귄 네 명의 친구들뿐이었다.

"잘해 봐요." 스키너가 구멍 안으로 들어가자 애송이가 소리쳤다. "당신 친구를 찾길 바랄게요."

외톨이는 아무 말도 하지 않았다. 하지만 스키너가 아래로 내려가기 전 마지막으로 본 것은 그 공포에 질린, 애절한 두 눈이었다.

사다리를 내려간 후에야 뒤늦게 스키너는 그가 손전등을 가져와야 했음을 알아차렸다. 저 위의 가로등 불빛이 맨홀 구멍으로 새어들며 약간의 조명을 제공했다. 주변을 명확하게 분간할 만큼 충분하진 않았지만, 더듬거리며 다니지 않을 만큼 시야가 적응되자 몸을 쭉 펴고 설 수 있었다.

골 진 강철 통로 안은 위쪽보다 따뜻했지만, 공기는 축축했고 썩은 달걀 냄새를 풍겼다. 그 공기는 얼굴에 젖은 무명천처럼 달라붙는 것 같았다. 스키너는 베트남이, 그리고 라미레즈를 만났던 그 날 밤이 떠올랐다. 수년 뒤, 그는 여기서 다시 그를 찾으려 터널에 뛰어들고 있었다.

그는 허리춤에서 1911을 꺼내 들었다. 그 총의 무게감이 기분 좋게 느껴졌고—안심되었다. 스키너는 앞뒤를 돌아보며 어느 쪽으로 가야 할지 고민했다. 하수관은 양방향으로 뻗어 있었고, 양쪽 다 어둠밖에 보이지 않았다. 잠시 뒤 그는 앞쪽으로 출발했다. 구두가 물속에서 철벅거렸다. 물은 고작 발목 높이였지만, 불쾌하고 미지근했다. 썩은 달걀 냄새는 점점 더 강해졌다. 스키너는 코를 찡그리며 자신이 무엇에 다가서고 있는 걸까 생각했다. 그는 그 생각을 떨치고 묵묵히 나아갔다.

하수관은 똑바로, 평평하게 뻗어 있었다. 들리는 소리라곤 물방울이 똑똑 떨어지는 꾸준한, 단조로운 소리뿐이었다. 어둠은 쇠창살과 다른 통로에서 새어 들어오는 빛줄기로 몇 미터마다 끊기곤 했다. 충동적으로 그는 주머니를 더듬어 핸드폰을 꺼냈다. 핸드폰을 열어 본 그는 비록 막대기 하나가 잡힐 뿐이지만 아직 서비스가 연결된다는 사실에 깜짝 놀랐다.

그는 만약 이 아래에서 잡히면 뭐라고 해명해야 할지 생각해 보았다. 하수구 관리자나 경찰을 마주치면 어떻게 해야 할까? 어째서 FBI 부국장이 한밤중에 워싱턴 D.C. 아래 하수관들을 헤매고 다녔는지 이유를 대기는커녕 왜 범죄 현장을 침범했는지조차 설명하기 힘들 터였다.

그때 비명이 들렸다.

소리 때문에 터널이 진동하는 것 같았다. 비명이 그친 뒤에도 소리는 사방에서 메아리치며 계속 울렸다. 확실하진 않았지만, 바로 앞쪽에서 들려오는 것 같았다. 스키너는 서두르며 걸음을 빨리했다. 구두가 물속에서 시끄럽게 철벅거렸다. 얼마 안 돼서 하수관이 구부러지기 시작했다. 그는 그 굽이를 돌았다. 그러고는 그 자신이 비명을 지를 뻔했다.

그곳에는, 위쪽에서 새어 들어오는 한 줄기 가로등 불빛을 받으며 베트남에서 보았던 환각이 웅크리고 있었다. 그것은 쥐인간이었는데, 다만 그 오랜 세월 전에 겪었던 환각보다 훨씬 더 크다는 점만 달랐다. 너덜너덜해진 누더기가 털이 수북한 그의 근육질 몸에 들러붙어 있었고, 목에는 반짝이는 은빛 무언가가 달랑거렸다. 뾰족한 주둥이와 굵은 수염은 피로 얼룩져 있었다. 손가락 끝에 달린 길고 더러운 발톱들 역시 그랬다. 검은 발톱 한 쌍이 장화 속 발가락에서 튀어나와 있었다. 그 괴물의 뾰족한 귀가 씰룩거렸다. 그 쥐인간에게서 나는 악취는 지독했다. 하수관 냄새보다도 더 심했다.

그 괴물은 아직도 경련하고 있는 한 노숙자의 몸 위에 웅크리고 있었다. 그 희생양은 내장이 다 드러난 채, 찢어진 상처에서 피를 뿜어내고 있었다. 경악한 스키너는 그 남자가 아직 살아 있음을 알아차렸다. 그는 그 쥐인간이 벌어진 구멍 속으로 발톱이 돋은 두 손을 집어넣어 더 따뜻한 내장들을 꺼내 포식하는 순간에조차 살아 있었다.

괴물은 스키너를 보더니 꽤액 소리를 질렀다. 그 소리는 그와 라이벡이 베트남에서 들었던 그 음산한 소리와 아주 비슷했다. 하지만 베트남에서 들은 소리는 고통스러운 울림을 담았던 반면, 이번에는 분노한 기색이 역력했다.

"움직이지 마." 스키너는 말했다. 그의 목소리는 거의 속삭임에 가까웠다. 갑작스레 입안의 침이 말라붙은 것 같았다. "손들고 물러서."

그 괴물은 구슬 같은 검은색 눈동자를 깜박이며 긴장했다. 그 시선에는 악의적인 지성이 담겨 있었다.

스키너의 주의가 그 괴물의 목에 걸려 있는 은빛 물체에 다시 쏠렸다. 그는 그것이 한 쌍의 군번표임을 깨달았다.

"라미레즈? 자넨가?"

이 물음에, 그 쥐 같은 것은 혼란스러워 보였다. 그것은 미처 끝내지 못한 자신의 식사를 내려다보더니 다시 스키너를 올려다보았다. 그러고는 다시 꽥하고 소리치더니 뛰어올랐다.

스키너는 중앙부를 겨냥하며 총을 두 방 쏘았다. 그 괴물은 하수관 바닥으로 굴러떨어졌다. 그러더니 몸을 홱 돌리며 거대한 꼬리를 휘둘렀다. 스키너는 가슴에 그 꼬리를 얻어맞고 바닥에 쓰러졌다. 그의 권총이 어둠 속으로 미끄러졌다.

숨을 헐떡이며, 스키너는 일어나 앉았다. 바지와 코트는 더러운 하수관 물에 흠뻑 젖었고, 안경은 흐려졌다. 그는 서둘러 안경에서 끈적거리는 물질들을 닦아낸 다음 총을 찾아 주변을 기어 다녔다. 총은 물보다 약간 위에 놓여 있었다. 그가 돌아섰을 때 그 괴물은 사라지고 없었지만, 도망치며 발톱이 금속을 긁는 소리가 들렸다.

그는 몸을 굽혀 별 기대 없이 희생자의 맥박을 짚어 보았다. 말할 것도 없이 그 남자는 죽어 있었다. 스키너는 일어서서 추적을 서둘렀다. 터널 옆으로 핏방울이 떨어진 흔적을 보고 그는 자신이 그—뭐든지 간에 그것에 상처를 입혔음을 깨달았다. 그게 실제일 리 없었다. 이 아래쪽은 불빛이 부족했고, 상황이 베트남에서 벌어진 그 일과 유사한 나머지 그의 마음이 장난질을 치고 있다고 생각했다. 스컬리가 여기 있었다면, 그녀도 같은 생각이라고 확인해주었을 것이다.

곧, 그의 사냥감이 긁어대는 소리가 멈췄다. 스키너는 그 살인마가 멈춰 서서 그를 덮치려고 기다리고 있는지, 아니면 그에게서 벗어나 달아났는지 궁금해하며 속도를 늦추었다. 모퉁이를 또 한 번 돌았을 때, 그는 둘 다 아님을 알게 되었다.

라미레즈가 물속에 앉아 사지를 뻗고 어깨를 늘어뜨린 채 가슴에 고개를 푹 떨구고 있었다. 그는 괴물이 입었던 것과 같은 누더기를 걸치고 있었지만, 누더기는 이제 훨씬 헐렁해서 간신히 그의 몸에 걸려 있는 정도였다. 군번표는 여전히 목에 둘러져있었다. 스키너가 다가가는 소리에 그는 피곤한 듯 고개를 들었다. 그의 입과 손은 피로 얼룩져 있었다. 더 많은 피가 가슴에 난 총상에서 흘러나왔다.

"라미레즈? 정말 자넨가?"

그 상처 입은 남자가 얼굴을 찌푸렸다. "누구요?"

"스키너일세. 그 해병대. 우리 베트남에서 만났지 않았나."

"워—월터?" 고통에도 불구하고, 라미레즈는 빙긋 웃었다. "이런 망할! 정말 자네로군, 엉?"

스키너는 총을 겨눈 채 조심스럽게 그에게 다가갔다. 라미레즈는 고개를 저었다.

"총은 필요 없어, 월터. 더 이상은. 난 죽을 거야. 영화에 나오는 개소리는 다 진실이 아니야. 은 총알 따위는 필요 없다고. 그냥 총알이면 충분해."

"라미레즈…. 나는…."

"괜찮아. 괜찮아. 나도 이러고 싶었어. 잘 된 거야."

스키너는 총을 총집에 꽂아 넣고 라미레즈 옆에 무릎을 꿇었다. 그는 전화기를 꺼내어 아직 약하게 신호가 뜨는 것을 확인했다.

"기다려. 내가 지원 요청할게. 정신만 차리고 있어." 그가 말했다.

"아니야. 아무도 부르지 마. 그냥 나랑 있어 줘." 라미레즈가 쌕쌕거렸다.

"개소리 마. 구조 요청 하지 않으면 자넨 곧 죽을 거야."

"난 죽고 싶네, 월터. 다만 혼자 죽고 싶진 않아. 그냥 나랑 있어 줘, 괜찮지? 부탁이야. 나랑 있어 줘, 지난번처럼."

고개를 끄덕이며 스키너는 핸드폰을 도로 주머니에 넣었다. 그런 다음, 망설임 없이 다가가 라미레즈의 피 묻은 손을 잡고 꼭 쥐었다.

"대체…, 대체 무슨 일이 있었던 건가?"

라미레즈는 콜록거리며 피를 토했다. "그 터널 안에서였어. 그날 밤 나를 죽게 뒀어야 했어, 그렇다고 자넬 탓하는 건 아닐세, 월터. 자넨 그저 도와주려 했을 뿐이니까. 하지만 내가 당했을 때…, 그게 물었을 때…, 그게 날 감염시킨 것 같아. 일이 바로 일어나진 않았어. 나는 헬기로 수송됐고, 다시 세상에 나오기 전에 사이공의 어느 병원에 이 주간 있었지. 그달 말이 되기 전에 미국으로 돌아왔고. 그때 이 일이 벌어진 거야."

"언제 어떤 일이 벌어졌는데?"

"그 변화 말이야. 한 달에 한 번 찾아와. 여자들 그거 하는 것처럼. 달이나 그런 거랑 관계있는 것 같진 않아. 어떨 땐 빨리 오고. 어떨 땐 늦게 오고. 하지만 한 달에 한 번은…."

그는 기침이 또 한 번 그의 몸을 휩쓰는 동안 말을 멈췄다. 피가 그의 입과 코에서 솟구쳤다. 경련이 멎자 그는 숨을 헐떡거렸다.

"한 달에 한 번, 나는 이렇게 변해. 나도 그러고 싶지 않아…. 하지만 피할 수가 없어. 그리고 배가 고파…. 너무나 배가 고파져, 월터."

"말하지 말고 쉬어." 스키너는 목이 메었다. 말이 목 안으로 잠겨 들었다.

"곧…, 그럴 거야. 하지만 이 말은 해야 해…, 해야 해…. 나는 몇 가지…, 나쁜 일을 저질렀어, 월터. 정말 나쁜 짓들을. 훨씬 더 심한…, 우리가 거기서 저지른 짓보다 훨씬 더 나쁜 짓들을 말이야. 나는…, 내내 갇혀 있었어. 두 명의 주인 사이에 잡혀 있었다고…. 알겠나? 나…, 그리고 다른 놈. 그 다른 놈이 통제하게 되면…, 그놈이 통제하게 되면 나는 주체할 수가 없어…. 정말 빌어먹게 죄책감을 느꼈지…. 더는…, 갇혀 있고 싶지 않아…. 하지만 나는 어쩔 수 없었어…. 스스로는…, 그런 선택을 할 수가 없었어."

그의 말소리가 잦아들더니 가슴으로 왈칵 숨을 토해냈다. 스키너는 그의 손을 꼭 쥐며 그가 죽었다고 확신했다. 하지만 다음 순간 라미레즈는 쌕쌕거렸다.

"이해…, 하겠나, 월터?"

눈을 감으면서 스키너는 고개를 끄덕였다. "이해해."

라미레즈는 스키너의 손을 쥐고 웃었다.

"이것으로…, 두 번이나…, 자네가 나를 구하는군…, 멍청이."

그런 다음 그의 숨이 이번엔 영원히 끊어졌다.

스키너는 그를 끌어안고, 어둠 속에서 울었다.

"그 아래서 무슨 일이 벌어졌는지 알고 싶소."

그 말을 뱉은 사람은 타들어 가는 몰리 담배꽁초를 스키너 책상 위의 재떨이에 화난 듯 문질렀다. 그런 다음 담뱃갑을 흔들어 다른 담배를 꺼내더니 불을 붙였다.

"말한 대로요. 그가 몇 건의 폭행과 살인을 저지른 장본인이오."

"나는 세부 사항을 원하오, 스키너 씨."

스키너는 책상 위에 놓인 마닐라 봉투 쪽으로 고갯짓했다. "세부 사항을 원한다면, 경찰 보고서에 전부 기재되어 있소."

"내 말뜻 알지 않소. 당신은 자신의 지위에 감사하지 않는 것 같군. 내가 좀 상기시켜야 할지도 모르겠어."

"내가 한 일이 맘에 들지 않는다면, 국장님께 들고 가시든가. 아니면 감사과장 블레빈스한테 얘기하시오. 그 사람이랑은 죽이 잘 맞을 것 같은데."

그 담배 피우는 남자가 눈을 가늘게 떴다. "그게 무슨 말이오?"

"말하자면 내 사무실에서 꺼져 달란 얘기요. 난 바쁘오."

"알겠소." 그는 담배 연기를 커다랗게 내뿜었다. "당신 업무량을 좀 들여다봐야 할지도 모르겠군."

스키너는 무심한 척하려 애쓰면서 어깨를 으쓱했다. 그러고는 재떨이를 자기 쪽으로 당겼다.

"한 가지 더. 여기서는 담배를 피우지 말았으면 좋겠소."

"세상에는 간접흡연보다 더 안 좋은 일들이 얼마든지 벌어질 수 있다오, 스키너 씨."

그는 책상 너머로 손을 뻗어 반쯤 핀 담배를 재떨이에 문질러 껐다. 그런 다음 다른 말없이 등 뒤로 사무실 문을 쾅 닫고 떠났다.

한숨을 쉬면서 스키너는 책상 서랍을 열어 재떨이를 그 안에 넣었다. 그런 다음 서랍을 밀어 닫고 창밖을 바라보았다. 옆구리 옆에 주먹을 말아 쥔 채였다. 그는 축축한 것이 뺨을 타고 흐를 때까지 자신이 울고 있음을 알아차리지 못했다. 라미레즈가 지난밤에 한 말

—그의 유언이 떠올랐다. 그가 두 주인 사이에 갇혀 있었으며, 자기 스스로는 결정을 내릴 수 없었다는 말이.

그런 다음, 아직도 떠도는 담배 냄새 속에서 스키너는 일어나 멀더에게 가 보기로 결정했다.

TRUST NO ONE

THE X FILES™

엘패소로 돌아가면 내 목숨은 보잘 것 없겠지

Back in El Paso My Life Will be Worthless

키이스 R.A. 드칸디도

* 'Back in El Paso my life will be worthless'는 1959년 마티 로빈스가 부른 '엘패소(El Paso)'의 가사 중 일부. 엘패소에서 여자 때문에 사람을 죽이고 도망친 카우보이가 사랑하는 여자가 그리워 자신이 죽는다는 것을 알면서도 엘패소로 돌아가 결국 그녀의 품에서 죽었다는 내용의 가사.

_ 옮긴이

J. 에드거 후버 빌딩, 워싱턴 D.C.
1994년 4월 3일, 오전 9시 17분

특별수사관 잭 콜트는 교장실에 불려간 학생 같은 심정으로 부국장의 사무실에 도착했다. 보통은 특별수사관 담당보(the Assistant Special Agent in Charge)에게 업무 지시를 받았지만, 이번에는 ASAC가 스키너 부국장에게 직접 지시받으라고 말했다.

부국장 비서가 그에게 웃어 보였다. "잠깐만요." 그녀는 전화기 버튼을 누르더니 말했다. "콜트 수사관이 왔습니다."

스키너의 목소리가 전화기 스피커 너머로 작게 흘러나왔다. "들여보내요."

콜트는 비서에게 고개를 끄덕이고 나무문을 열어 스키너의 탁 트인 사무실로 들어갔다. 부국장은 창문을 등진 채 책상 옆에 서 있었고, 주름 잡힌 셔츠에 청바지를 입고 카우보이 부츠를 신은 낯익은 남자가 손님용 의자 중 하나에 앉아 있었다. 남자는 일어서며 벗겨져 가는 머리를 손으로 훑었다.

"와줘서 고맙네, 콜트 수사관." 스키너가 말했다. 그의 말은 항상 이를 꽉 깨물고 말하는 것처럼 들렸다. "자네도 존슨 형사를 알겠지."

"물론입니다." 콜트는 악수를 하려고 손을 뻗었고, 엘패소 경찰서의 마틴 존슨은 그 손을 굳게 맞잡았다. "엘패소[75]에서 여기까진 무슨 일입니까, 마틴?" 콜트의 얼굴이 일그러졌다. "맙소사, 노빌리스가 다시 항소하는 겁니까?"

존슨은 다시 의자에 앉았다. "아니오. 하지만 곧 할 것 같소. 시체가 두 구 더 나왔으니까. 갈색 머리의 여자들로, 둘 다 목이 졸렸고, 복부가 갈라졌으며 —."

"모방범이군요."

"— 그리고 여자들의 주요 부위에 스킨 크림이 묻어 있었습니다."

콜트는 움찔했다. "누군가가 그 사실을 언론에 흘렸군요."

"아니. 그러지 않았소." 존슨은 단호하게 말했다. "맹세코, 엘패소에서 그 특정 사실을 아는 친구들은 가드너 박사, 나, 마르티네스 형사밖에 없소. 그래서 내가 전화를 거는 대신 여기 날아온 겁니다. 말이 많으면 새게 마련이니까."

콜트는 고개를 저었다. "노빌리스는 아직 교도소에 있고요?"

"제길, 그놈은 아직 독방에 있습니다. 면회객도 없고, 편지를 보낸 적도 없어요. 그놈한테 오는 편지도 전부 못 읽게 하고 있습니다."

"누구한테 편지를 받는 겁니까?"

존슨은 어깨를 으쓱했다. "항상 똑같지요. 지지자들, 변호사들, 성도착자들. 그는 편지들을 전혀 보지 못했으니, 그것도 아닙니다. 우리가 다른 놈을 잡은 것 같소. 이번에도."

"그럴 리가 없습니다." 콜트가 딱 잘라 말했다.

스키너가 즉시 끼어들었다. "됐네, 콜트 수사관. 이 새로운 살인사건들은 분명히 수사가 필요하네."

"이봐요." 존슨이 말했다. "우리가 고향에서 다루는 살인사건의

---

75) 미국 텍사스 주 서쪽 멕시코 국경에 인접한 도시.

대부분은 멍청이가 다른 멍청이를 죽이는 일들뿐입니다. 운동화를 두고 다투는 녀석들, 자리를 두고 다투는 마약책들, 여자들을 두고 다투는 머저리들. 그런데 이 괴상한 사건은 우리의 한계를 벗어나 있어요. 그래서 우리가 애당초 이 년 전에 당신들을 부른 겁니다."

콜트는 스키너의 책상 위에 놓인 서류를 알아차렸다. "제가 봐도 되겠습니까?"

스키너는 고개를 끄덕였다.

서류를 집어 들면서 콜트는 말했다. "당신이 우리를 부른 건, 당신이 놈들을 잡아넣은 후에도 살인이 계속 벌어졌기 때문입니다. 아를로 몬트로스를 체포하고 두 건의 살인이 더 있었고. 벅 하버슨을 체포한 다음에는 네 건이 더 있었고. 제베디아 짚키스를 체포한 다음에는 다섯 건이 더 발생해서 그때 내가 엘패소로 가는 비행기에 올라탄 겁니다."

"그리고 당신이 프랭크 노빌리스를 체포했지요. 이제 우리는 살인 사건이 두 건 더 생겼고."

"노빌리스를 잡은 건 증거가 그를 가리켰기 때문입니다. 증거는 거짓말을 하지 않아요."

스키너의 전화기가 울리고, 비서의 목소리가 들렸다. "스컬리와 멀더 수사관이 왔습니다."

콜트가 고개를 번쩍 들어 부국장을 보았다.

스키너는 전화기의 버튼을 눌렀다. "들여보내요."

문이 열리자, 콜트가 입고 있는 옷과 아주 유사한 회색 정장에 키가 크고 마른 검은 머리의 남자와 녹색 바지 정장을 입은 예쁘장한 빨강머리 여자가 들어왔다.

새로 도착한 두 사람을 가리키면서 콜트는 물었다. "이 두 또라이가 여기서 뭐 하는 겁니까?"

능청스럽게 웃으면서 멀더가 말했다. "사실 우리는 '정신적으로 문제가 있는'이라는 용어를 더 선호합니다. 그리고 엄밀히 말하자면, 내가 또라이지요. 여기 스컬리는 회의론자고요."

"스컬리와 멀더는 정상적인 범주를 벗어난 사건들에 경험이 많지." 스키너가 말했다.

눈알을 굴리면서 콜트는 말했다. "맙소사. 이 사건은 멀더의 미치광이 외계인 어쩌고가 아닙니다. 이건 연쇄살인입니다. 그리고 네." 그는 멀더가 입을 열려고 하자 재빨리 말을 이었다. "나도 당신이 '행동과학 및 강력범죄' 쪽에서 일했던 건 압니다."

"난 그냥 우리가 앉아도 될지 물어보려고 한 건데요." 멀더는 말했다.

존슨이 일어서자, 스키너가 재빨리 말했다. "존슨 형사, 이쪽은 특별수사관 폭스 멀더와 그의 파트너, 특별수사관 데이나 스컬리입니다. 이들이 콜트 수사관을 지원할 겁니다."

멀더가 존슨과 악수하자, 스컬리도 악수했다. "두 분 다 만나서 반갑군요. 이제 가야겠소. 오늘 밤 비행기로 돌아갑니다. 내일 공항으로 여러분을 마중 나가지요." 존슨이 말했다.

"고맙습니다, 형사님." 스컬리가 살짝 웃으며 말했다.

콜트는 스키너에게 시선을 돌렸다. "저는 혼자 일합니다, 부국장님."

"아니, 콜트 수사관, 자넨 수사국을 위해 일하네. 자네가 파트너십에 대한 FBI 절차를 어기도록 허가받았는지 아닌지는 전적으로 자네를 감독하는 사람들에게 달려있겠지. 자네의 ASAC는 자네를 제멋대로 내버려 뒀는지 몰라도, 나는 이 건에서는 그렇게 하도록 허가해 두지는 않겠네. 자네 셋 모두 내일 아침 비행기로 엘패소에 가서 최근 발생한 살인사건들을 조사하고, 프랭크 노빌리스가 감옥에 가게 된 사건들과 일치하는지 확인하게. 내 비서가 사내 통신으로 티켓을 보내줄 걸세."

콜트는 긴 한숨을 내쉬었다. "행복하다 행복해, 기쁘다 기뻐[76]. 좋습니다, 우리 다 엘패소로 가지요."

비스타 애틀랜틱 항공 1013편
워싱턴 D.C.와 텍사스 주 댈러스 간 운항 중
4월 4일

"이봐, 당신들이 왜 나한테 배정됐는지 이제 알겠군."

콜트는 통로 건너편에 앉아 있는 멀더와 스컬리를 쳐다보고 있었다. 수사국에서 일등석을 끊어준 것에 대해 콜트는 마음속으로 스키너에게 감사하고 있었고, 게다가 운 좋게도 그의 옆자리는 비어 있었다. X-파일 머저리들은 건너편에 있는 두 자리에 앉았다. 멀더는 무릎 위에 워크맨을 올려놓고 헤드폰을 귀에 꽂은 채 눈을 감고 있었다. 그는 창가 자리에 앉았고, 스컬리는 통로 쪽에 앉아 서류를 읽는 중이었다.

---

76) Happy happy, joy joy. 〈Ren & Stimpy〉라는 미국 TV 만화에서 유행한 문구. 정말 안 좋은 일이 있을 때도 세상은 당신에게 행복하고 즐거운 얼굴을 기대한다는 뜻으로 쓰임.

스컬리는 독서용 안경을 벗고 서류를 트레이테이블에 내려놓은 다음 녹색 눈을 빛내며 콜트를 쳐다보았다. "그래서 왜죠, 콜트 수사관?"

"수사국에서 당신네 작은 머저리 부서를 계속 유지하는 것과 같은 이유겠지. 사건 해결에 대한 비율을 높이려고."

"뭐라고요?" 스컬리가 눈살을 찌푸리며 물었다.

"왜 이래, 그게 아니면 당신들을 계속 두는 이유가 뭐겠어? 당신들은 사실상 종결될 수 없는 정신 나간 사건들을 도맡고 있잖아. 하지만 특수 부서이기 때문에 정상적인 통계에는 잡히지 않지. 그러니 일반 국민들은 실제보다 사건 해결률이 높다고 생각하고 더 안전하게 느끼는 거야."

"정말 그렇게 생각해요?"

"당신은 아닌가? 이봐, 스컬리 수사관, 지난밤에 나는 당신네 최근 사건들 이력을 짚어 봤어." 콜트는 지난밤 사무실에서 야근하며 읽었던 서류들을 손가락으로 꼽기 시작했다. 이 머저리들을 떠맡게 될 거라면, 그들이 맡았던 사건들에 대해 감을 잡고 싶었던 것이다. "지난 몇 달 동안, 당신들이 맡은 사건들은 이렇지. 아발론 산 건, 네 명이 죽고 두 명이 실종 및 사망으로 추정되며 검거 실패. 그리고 매사추세츠 주 우스터 건, 한 여자가 강간 폭행을 당했고 잡역부 둘이 살해되었으며 멀더 수사관까지 공격당했으나 검거 실패. 매사추세츠 주 밀퍼드 헤이븐 건, 여섯 명이 살해당하고 한 여자가 실종 및 사망으로 추정되며 검거 실패. USS 아덴트함 건, 거의 전 함대원이 실종 및 사망으로 추정, 검거 실패. 플로리다 주 깁슨턴 건, 세 명이 살해되고 용의자는 여전히 실종 상태, 검거 실패. 버지니아 주 멀레이 건,

세 살짜리 아이 포함 가족 세 명이 살해당함, 그리고 짐작이 가겠지만, 역시 검거 실패."

"종결지은 사건도 몇 건 있어요. 알칸서스 주 더들리의 닭 공장, 아이다호 페이필드의 살인사건들, 노스캐롤라이나의 INS 스테이션, 미니애폴리스에서 죽은 성도착자…."

콜트는 손을 들었다. "그래, 물론, 당신들도 두어 건 얻어걸린 게 있겠지. 나도 미니애폴리스의 그 미친 패스터 건은 인정해, 그건 괜찮은 습격이었어. 하지만 까놓고 보자고. 수사국에서 당신들의 허접한 해결률을 참아주는 유일한 이유는, 당신들 덕분에 나머지 우리들이 좋아 보이기 때문이라고."

스컬리는 고개를 저었다. "그건 하나의 가설일 뿐이에요."

"이봐, 어쨌거나 나는 혼자 일하는 게 좋다고, 알겠어? 당신네 둘이 따라와서 막판에 일이 변기에 빠지게 되면 수사국 뒤를 닦아주는 건 좋아. 하지만 거기 도착하면 나한테는 관여하지 말라고. 파트너라면 충분히 겪었으니까." 순간 그는 지난밤에 읽었던 무언가를 떠올렸다. "당신도 그 이유를 잘 알겠군."

"그건 또 왜죠?"

"내 마지막 파트너는 머리에 총을 맞았어. 그전에도 이미 제정신이 아니었지만, 두개골에서 달칵거리는 총알이 상태를 더 악화시킨 거지. 듀안 베리[77] 말이야."

스컬리는 굳어 버렸다. 대부분의 사람들은 차이점을 전혀 못 느낄

---

77) 〈X-파일〉 시즌 2의 등장인물. 자신이 외계인에 납치되었다고 주장하여 정신병원에 수감되었으나, 정신병원을 탈출하여 인질극을 벌였으며 그 과정에서 전직 FBI 요원임이 밝혀졌다. 결국 체포됐지만, 다시 도주하여 스컬리를 납치한 바 있다. 이 에피소드는 시즌 4, 5에서 스컬리가 납치되어 암을 얻게 되는 이야기로도 연결된다.

순간이었지만, 콜트는 그녀의 표정은 거의 그대로지만 몸 전체가 얼어붙은 것을 눈치챌 수 있었다.

"총을 맞기 전에도 바짝 긴장해 있었지. 항상 자기 자신을 삼인칭으로 말해대서 밥 돌하고 파트너 하는 것 같았다니까." 그는 그녀에게 미안한 시선을 던졌다. "당신이 겪은 일은 유감이지만."

"난 괜찮아요." 스컬리는 그 두 단어를, 살해된 희생자들의 가족들이 바보같이 어떻게 지내느냐고 묻는 사람들에게 답할 때와 똑같이 확신이 결여된 채 내뱉었다.

"어쨌거나, 저 또라이와 이 년이나 파트너를 했으니 당신도 내가 왜 팀워크라는 개념을 그다지 열정적으로 받아들이지 않는지 알겠군."

비행기 바닥의 가늠할 수 없는 지점을 바라보고 있던 스컬리는 고개를 다시 들고 콜트를 똑바로 쳐다보았다. 그 모든 상황에도 불구하고 스컬리 수사관은 분명 심문에 지독하게 능하리라는 생각에 콜트는 움찔했다.

그녀는 말했다. "당신은 우리의 사건 해결률을 언급했어요. 어쩌면 생각만큼 좋지 않을지도 몰라요. 하지만 최소한, 우리는 적어도 하나 이상의 비극이 터지기 전에 막을 수 있었어요. 혹은 막지 못해도 상황이 더 나빠지기 전에 개입했어요. 그리고 우리가 이룬 성과들은 멀더 수사관과 내가 '함께' 일했기 때문에 가능했고요."

콜트는 어깨를 으쓱했다. "정 그렇다면야. 하지만 나는 혼자서 종결지은 사건들이 당신들 둘이 한 것보다, 혹은 당신의 옛 납치범과 파트너였을 때보다 더 많다는 것만 알아둬."

엘패소 카운티 부검실

텍사스 주, 엘패소

4월 4일

"빌어먹을."

콜트는 우울한 '기시감'을 느끼며 검시대 위에 오른 두 구의 시체를 바라보았다.

"뭔가 잘못됐습니까, 콜트 수사관?" 멀더가 물었다.

"음?" 콜트는 잠시 꼬리표가 두 개 붙었음을 잊고 있다가 고개를 들었다. 그들 셋은 안내자에게 안내를 받아, 지역 언론이 지난 몇 년간 '엘패소 리퍼'라고 칭해온 범인의 최근 두 희생자가 있는 부검실에 들어와 있었다. "아니, 그냥—그게, 바로 좀 전까지 나는 엘패소 경찰이 실수했다고 반쯤 기대하고 있었어. 이건 그냥 관련 없는 두 건의 살인이라고. 하지만 지금 이 시체들을 보니…."

문간에서 어떤 목소리가 들려왔다. "당신이 여전히 지적질 해대는 개자식인 걸 보니 반갑네요, 잭."

콜트는 구부정한 인물이 안으로 들어서자 흘끗 보며 미소를 지었다. 루이즈 가드너, 엘패소 카운티의 검시 과장이었다. "항상 그렇지요, 루이즈. 당신도 알잖아요."

"이번엔 누굴 데려왔네요?"

왼손으로 다른 수사관들을 가리키면서 콜트는 말했다. "이쪽은 루이즈 가드너 박사, 이쪽은 데이나 스컬리와 폭스 멀더 수사관. 나를 도울 겁니다."

"정말이에요? 부모님이 당신한테 폭스라는 이름을 지어줬다고요? 형제들 이름은 ABC, NBC, CBS인가요?"[78]

멀더는 주저 없이 말했다. "저희 큰 형 이름은 듀폰입니다. 하지만 형은 우리 가족의 골칫덩어리예요."

스컬리는 농담이 계속되기 전에 끼어들었다. "저도 의사입니다. 부검을 돕고 싶네요."

가드너는 의치를 뽐내며 웃었다. "스컬리 수사관, 방금 내 보조에게 아주 기쁜 하루를 만들어주셨네요. 그는 이 일에 겁을 내고 있었거든요. 기꺼이 당신 의견을 따를 거예요."

콜트는 고개를 끄덕였다. "나는 목격자들을 재조사해야겠어요."

"같이 가요." 멀더가 말했다.

움찔하면서 콜트가 입을 열었다. "이봐, 멀더 수사관, 당신은―?"

"스키너 부국장님의 지시에 따라 당신을 보조하라고요? 당연히 그래야죠." 멀더는 콜트에게 냉소적인 미소를 날렸다.

"좋아." 콜트는 아주 긴, 아주 성난 한숨을 내쉬었다.

"난 여기 언더우드 부인부터 시작할 거예요." 가드너가 말하면서 첫 번째 희생자인 엘리노어 언더우드의 시신을 가리켰다. "스컬리 수사관, 준비한 다음 알바레즈 양한테 덤벼보지 않겠어요?"

그녀는 고개를 끄덕이고 수술복과 장갑을 가지러 옷장으로 향했다.

콜트는 한숨을 쉬며 그나마 한 명을 떼어냈다는 점에 안도했다. 운이 좋으면 멀더도 떼어 버릴 수 있을 터였다.

콜트와 멀더가 처음으로 심문한 사람은 첫 번째 희생자의 남편, 토드 언더우드였다.

---

78) 폭스(Fox)를 비롯해 모두 미국 방송사 이름.

"2일 밤에 어디 있었는지 말해 줄 수 있습니까, 언더우드 씨?"

"경찰한테 이미 다 말했는데요. 나한테 이런 건 왜 묻는 겁니까?"

"우린 경찰이 아닙니다, 언더우드 씨." 콜트가 참을성 있게 말했다. "우린 FBI입니다. 엘리노어의 죽음과 지난 몇 년간 이 도시에서 벌어진 다른 죽음들 사이에 상관관계가 있는 것으로 보입니다."

언더우드는 눈을 깜박였다. "뭐라고요? 당신들 엘패소 리퍼를 말하는 겁니까? 이봐요, 그 개자식은 감옥에 가 있잖아요. 어쨌든, 난 일하고 있었습니다."

멀더가 질문했다. "엘리노어가 최근에 새로 알게 된 사람이 있습니까? 혹은 한동안 못 만났다가 다시 만나게 된 사람은요?"

"없어요. 내 말은, 엘리노어는 콜센터에서 일해요. 항상 사람들이 들락거리지요. 그러니 거긴 늘 새로운 사람들로 가득해요, 하지만 그뿐입니다."

얼굴을 찌푸리면서, 멀더는 서류를 확인했다. "여기에는 그녀가 무직이라고 되어 있는데요."

"그래요, 지난주에 잘렸어요."

콜트는 한숨을 쉬었다. 그 사실은 서류에 없었다. 그는 나중에 마틴 존슨에게 꼭 한마디 해야겠다고 생각했다.

다음은 도나 알바레즈의 룸메이트, 카타리나 로소브였다. 그들은 둘 다 도시 바로 외곽에 있는 블리스 개인병원에서 간호사로 일했다.

"사실, 당신들이 와줘서 반가워요." 로소브는 러시아 억양을 약간 섞어 말했다. "그 형사가 뭔가 생각나면 전화하라고 했지만, 안타깝게도 제가 그 사람이 준 명함을 잃어버려서요. 병원에 도나에게 아주 무례했던 사람이 있었어요. 그 사람은 다른 고객을 방문하고 있었고

—이 일은 도나가 당하기 일주일 전에 있었던 일이에요. 30일인가 31일인가 그래요. 1일 전인 건 알아요, 왜냐하면 의사들이 간호사한테 만우절 장난을 치기로 결정하기 전이었거든요." 로소브의 어조에서 그녀가 그 특별한 전통을 얼마나 하찮게 생각하는지가 드러났다.

"왜 이 일을 경찰한테 알리지 않았습니까?" 콜트가 물었다.

로소브는 멋쩍어 보였다. "사실, 그 일이 있자마자 바로 잊었어요. 병원에는 무례한 사람들이 항상 있거든요. 하지만 이 남자는 너무 무례해서, 생각해보니 기억이 났어요."

"생김새를 설명할 수 있겠습니까?"

"설명은 못 하겠지만, 우리 병원에는 감시 카메라가 있어요. 보안상 이유로, 테이프들은 일단 꽉 차면 전부 보관하고 있어요."

콜트는 몇 가지 질문을 던지며 보고서에 기록된 바와 같이 알바레즈에게 남자 친구가 없었는지 확인했다. 그런 다음 그와 멀더는 떠났다.

"뭐, 지나치게 낙관하고 싶지는 않지만, 벌써 시작했을 때보다 좀 나아진 것 같군. 병원의 진상 방문객이며 언더우드의 해고된 일자리며. 그 남편도 배제하고 싶진 않고. 알바레즈가 사귀는 사람이 없었다는 건 참 안타깝지만." 콜트가 말했다.

멀더는 얼굴을 찌푸렸다. "그렇다고 달라지는 게 있습니까? 엘패소 리퍼 같은 연쇄살인마들은 자기 희생자들을 사적으로 아는 경우가 거의 없어요. 가끔 그런 망상에 시달리긴 하지만, 사실 대게는 낯선 사람들이에요. 그 문제라면, 엘패소 경찰과 당신이 잡아넣은 사람들 전부 희생자들한테는 낯선 사람이었잖아요."

"그래, 그리고 전부 다른 사람이었지. 이제는 다르게 접근해야 할 때일지도 몰라."

"개인적인 친분은 말이 안 돼요. 해고된 텔레마케터와 개인병원 간호사 사이에 아주 거대한 공통분모가 있다고 생각된다면 몰라도." 멀더는 웃었다. "게다가, 사람들이 딱히 '이유'가 있어서 텔레마케터를 죽이고 싶어지는 건 아니잖아요. 어쨌든, 당신 이론은 아직 유효합니다. 우린 알바레즈의 애인하고 이미 대화를 나눴거든요."

콜트는 얼굴을 찡그렸다. "뭐라고?"

고갯짓으로 작은 집을 가리키면서 멀더는 말했다. "집을 자세히 안 봤군요? 침실은 하나였고, 거실 소파는 접히지 않는 거였어요. 그들은 같은 방에서 잤고, 같은 침대를 썼을 가능성이 높아요. 아마 같이 일하기 때문에 비밀로 했을 거예요. 게다가 텍사스의 개인병원들은 동성 관계를 우호적으로 보지 않는 남부 사람들의 케케묵은 돈으로 기금이 조성되는 경우가 많으니까요."

수 초 동안, 콜트는 멀더를 그저 바라보기만 했다. 반박하고 싶었지만 그 집에 대한 기억을 되짚어 보니, 알바레즈의 죽음에 룸메이트가 몹시 상심하고 있었다는 존슨의 말이 아니더라도 모든 단서들이 거기에 있었다.

"당신 참 재수 없군."

멀더는 히죽거렸다. "정신적으로 문제가 있는 특별수사관치곤 나쁘지 않죠."

콜트는 한숨을 쉬었다. 그는 멀더가 수사하는 내내 이렇게 독선적이지 않기를 빌었다. "좋아. 이제 우리 갈라지지. 나는 언더우드가 일했던 곳을 확인할 테니, 당신은 블리스 병원에 가서 감시 테이프를 훑어 봐." 파트너들을 떠맡아야만 한다면, 고단한 일은 꼭 그들 중 하나에게 맡기리라.

이슬방울 모텔, 120호실
텍사스 주, 엘패소
4월 4일

정말로 마지못해서, 콜트는 발이 두 쌍 더 있는 것이 발품 파는 일에 나름 유용하다는 것을 인정해야 했다. 그는 모텔 방의 안락의자에 앉아 있었고, 다른 두 X-파일 머저리들은 창가에 놓인 탁자 옆 의자에 앉아 있었다.

스컬리가 먼저 최근의 두 희생자에 대한 부검 내용을 알려주었다. "둘 다 특이사항은 없었어요. 안타까운 일이죠, 새로운 게 나왔다면 실마리가 됐을 텐데. 어쨌거나, 엘리노어 언더우드와 도나 알바레즈는 톱니 모양 칼날에 경동맥이 잘려 죽었어요. 둘 다 사후에 복부가 갈렸고, 외음부에 스킨 크림이 묻어 있었고요. 크림은 아직 테스트 중이지만, 가드너 박사나 나나 엘패소 리퍼의 살인에 쓰인 것과 같은 크림이라고 확신해요."

콜트가 으르렁거렸다. "제발 좀 그렇게 안 부르면 안 될까?"

희미하게 웃으며 스컬리가 말했다. "미안해요. 가드너 박사가 그렇게 말하기에. 그녀는 뛰어난 병리학자더군요. 아무튼, 다른 사건들과 마찬가지로 쓸 만한 단서는 없었어요. 하지만 두 가지가 걸리더군요."

그 말에 콜트는 반응했다. 스컬리가 지적한 바와 같이, 이전 살인과 다른 무엇이 발견되었다면 유용했겠지만, 동일한 수법이라는 말을 다시 듣는 건 그저 벽에 머리를 박고 싶게 할 뿐이었다.

스컬리는 계속했다. "우린 어떤 흔적을 발견했어요. 그런데 실험 결과 협잡물[79]로 나오더군요."

"그래서?"

"서류를 확인해봤어요. 그랬더니 같은 협잡물이 다른 희생자들 몇몇에서도 발견되었더군요. 가드너 박사에게 다른 사건들에서 나온 물질들을 분리해서 실험을 더 해 보라고 했어요." 그녀가 한숨을 쉬었다. "하지만 어쩌면 콴티코로 보내야 할지도 모르겠네요. 여기 연구실은 그다지 기준에 부합하지 않아서요."

"그래, 서부 텍사스에 온 걸 환영해." 콜트가 중얼거렸다. "지난번에 여기 온 후 시장, 주지사, 나 셋이서 여기 실험실이 불충분하다는 점에 대해 아주 긴 이야기를 나눴었지. 그 사람들이 아주 잘 들어줬다니 기쁘군."

멀더가 고개를 저었다. "정치인들에게 호도되다니 충격이네요, 정말 충격적이에요.[80]"

콜트는 멀더에게 시선을 돌렸다. "카사블랑카? 그 영화가 당신 취향인 줄은 몰랐는데." 비록 델베키오 수사관이 멀더에게 무슨 일이라도 생기면 그 수집품은 자기 거라고 주장하긴 했지만, 콜트는 멀더의 영화 수집품에 대한 소문이 사실인지 아닌지 전혀 알지 못했다.[81]

멀더가 미끼를 물지 않자, 콜트는 스컬리에게 다시 관심을 돌렸다. "두 가지라고 했나?"

---

79) 이물질이 섞여 혼합되어 있는 것.

80) 원서에서는 'shocked, shocked'를 두 번 반복해서 사용되었는데, 이 강조하는 기법은 1942년 영화 〈카사블랑카〉에서 유래되었다. 뻔히 알았던 사실을 마치 몰랐던 것처럼 능청스럽게 둘러대는 상황에서 나온 표현.

81) 이전 에피소드에서도 다뤘지만 멀더는 포르노 영화 수집에 취미가 있다고 알려져 있다.

고개를 끄덕이며 스컬리는 말했다. "입안에 가루가 들어 있었어요. 실험 결과 부스러진 뼛가루로 나오더군요."

콜트는 실망하며 뒤로 기댔다. "아아, 그건 모든 시체에 있었어. 페티시 같은 거라고 생각하는데."

하지만 멀더는 느긋하게 기대고 있다가 갑자기 몸을 꼿꼿하게 세웠다. "뼛가루라고요? 확실해요?"

"실험실이 뼈도 분간 못 할 정도로 형편없진 않아요." 스컬리는 또다시 살짝 웃으며 말했다. "네, 확실해요."

"그건 송장 가루일 수도 있어요."

"무슨 가루라고?" 콜트는 이런 흐름이 맘에 들지 않았다.

"몇몇 북미 원주민 부족에겐 스킨워커에 대한 전설이 있어요. 다른 동물의 형태를 취할 수 있는 형태변신자들이죠. 작년에 몬태나 주 브라우닝에서 스컬리 수사관과 내가 한 번 마주쳤었어요."

콜트는 스컬리에게 시선을 던졌지만, 그녀는 포커페이스를 유지하고 있었다. 물론, 딱히 부정하고 있지도 않았다.

순간 그는 브라우닝에서 있었던 사건에 대한 서류를 떠올렸다. 해당 지역에서 북미 원주민 한 명이 목장 주인에게 살해당했고, 그 목장 주인은 그 후 아마도 첫 번째 희생자의 아들에게 죽임을 당했으며, 그 아들은 스컬리가 자기 방어차 쏜 총에 맞았다. 멀더의 보고서에는 스킨워커며 늑대인간에 대한 언급이 있었던 반면, 스컬리는 보고서에 "임상학적 낭광[82]"이라고 무난하게 언급했을 뿐이었다.

멀더는 아직도 종알거리고 있었다. "나바호족 전설에서는, '이이날드루쉬이'가 희생자의 얼굴에 송장 가루를 뿌린다고 해요. 가루는

---

82) 狼狂. 자신이 늑대라고 생각하는 정신질환. lycanthropy.

갈아낸 뼈로 만들고, 작은 아이의 뼈가 이상적이라고요."

참을성이 느껴지는 어조로 스컬리는 말했다. "멀더, 이 사건이 우리가 브라우닝에서 본 것과 유사하다고 해도, 모든 전설상에서 스킨워커는 동물의 형태를 취하고 있어요."

"맞아요, 하지만 동물로 변하기에서 사람으로 변하기로 옮겨가는 건 그다지 큰 도약은 아니잖아요. 과학적으로 말하자면, 아마 더 쉬울 거예요. 질량 변화가 덜하니까."

콜트의 입에서 격렬한 웃음이 터져 나왔다. "그런 말을 하면서 '과학적으로 말한다'는 어구를 사용하다니 믿기지가 않는군."

"하지만 증거에 들어맞잖아요." 멀더는 주장했다. "형태를 바꿀 수 있는 살인자라면, 언론에 밝혀지지 않은 부분까지 포함해서 동일한 수법으로 저질러진 동일한 사건들이 발생하는데 용의자는 극히 다른 이들로 넷이나 되는 이유를 설명할 수 있어요. 협잡물도 설명되고요. 그건 스킨워커가 사용하는 변형된 피부 세포일 수 있어요."

콜트는 단호하게 말했다. "멀더 수사관, 나는 분명히 당신이 콴티코를 수석으로 졸업했다는 사실을 알고 있어. 아마 그해에는 유난히 멍청이들만 모였다고 생각되는데. 아무튼, 수사관이라면 가설을 먼저 세우고 증거를 거기에 껴 맞추지 말아야 한다는 콴티코의 가르침을 당신도 지켜. 우리는 증거를 발견한 다음에 가설을 세운다." 멀더는 다시 말하려 했지만 콜트는 말을 끊었다. "그 이야기는 그만 듣지. 병원에선 뭘 찾았나?"

잠깐 동안, 멀더는 예의 그 공허한 눈빛으로 콜트를 그저 바라보았다. 그런 다음 편지지 크기의 종이 여러 장으로 채워진 서류철을 집어 들었다. "개인병원엔 온갖 최고급 장난감들이 다 있더군요. 보안 카메라는 슈퍼-8 테이프에 녹음되고, 컬러 프린터는 네 대나 있었어요. 이 남자가 로소브 간호사가 말했던 자입니다. 31일 오후 세 시가 조금 지난 시간부터 알바레즈 간호사에게 고함치기 시작했더군요."

그는 콜트에게 서류철을 넘겼다. 콜트는 서류철을 열고 살짝 서늘하게 느껴지는 말린 종이 몇 장을 보았다. 장마다 짧고 검은 머리에 두꺼운 뿔테 안경을 쓴 키 큰 남자가 로소브와 다투는 감시 카메라의 화면을 인쇄한 사진이 담겨 있었다. 각 인쇄물에는 왼쪽 아래에 "3/31/95 15:07" 등등으로 계속되는 날짜와 시간이 찍혀 있었다.

콜트는 크게 웃었다. "놈을 잡았군." 그는 자기가 가져온 서류철을 집었다. "언더우드는 또 다른 텔레마케터, 오빌 호블록이라는 남자와 다툰 다음에 해고됐어. 그리고 '다툼'이라는 말은 육체적인 다툼이었다는 뜻이고. 내가 호블록의 운전면허증을 복사해왔어. 직원이 보관하고 있더군."

그는 문제의 사본을 꺼내어 스컬리에게 넘겼다.

오빌 호블록 소유의 텍사스 주 면허증에 있는 그 사진은 멀더의 근사한 컬러 인쇄물에 나온 사람과 거의 완벽하게 일치했다.

시 청사, 엘패소 경찰서 본부

텍사스 주, 엘패소

4월 5일

"이봐요, 내가 말하잖아요, 나는 그 여자들을 죽이지 않았다고요! 심지어 엘패소에는 있지도 않았어요!"

존슨 형사에 따르면, 엘패소 경찰은 아직 실업 상태라 집에서 TV를 보고 있던 오빌 호블록을 별다른 소동 없이 잡아들인 모양이었다. 이제 그는 지역 경찰이 사용하는 시 청사 구역의 작은 조사실에 앉아 있었다.

"호블록 씨, 우리는 당신이 피해자 중 한 명과 언쟁을 벌이고 있는 녹화 영상을 가지고 있습니다. 그리고 당신이 또 다른 피해자와 신체적인 다툼을 벌였다는 목격자도 있어요."

그는 고개를 저었다. "이럴 줄 알았어. 당신네 개자식들이 나를 엘리의 죽음과 엮을 줄 내 알았다고. 이봐요, 그래, 우리는 싸웠어요. 그 여잔 딱딱하기 짝이 없는 년이었고 내 뺨을 때렸다고요. 하지만 난 안 죽였어요. 다른 여자는 누구였는지 알지도 못한다고요."

"도나 알바레즈 간호사." 콜트는 멀더가 그 앞의 철제 테이블에 놓아둔 컬러 인쇄물을 내밀었다. "이건 31일에 그녀에게 소리치고 있는 당신입니다. 그녀는 이틀 뒤에 죽었어요."

"이봐요, 나는—." 호블록은 그 인쇄물을 쳐다보더니 뿔테 안경 아래로 눈을 크게 떴다. "맙소사. 이 남자는 나랑 똑같이 생겼잖아."

"그건 당신이에요."

"아니, 아니에요!" 호블록은 의자에서 안절부절못하기 시작했다. "그날이 31일이라고요? 난 그때 엘패소에 있지도 않았어요. 코퍼스크리스티에 있었어요. 직장에서 잘린 다음 아버지를 뵈러 거기 갔었단 말이에요. 아버지 집에는 손님방이 없고, 나는 등이 아파 아버지 소파에서는 잠을 못 자요. 그래서 데이스 호텔에 묵었어요. 거기 30일부터 삼 일 동안 머물렀고, 그동안에 그 팝 가수가 총에 맞았고요."

"뭐?" 콜트는 셀레나라는 라틴계 가수가 31일 코퍼스크리스티의 자기 팬클럽 식장에서 총에 맞은 사실을 알고 있었다. 그가 조금이나마 그 일을 기억했던 이유는 델베키오의 딸이 무척 상심했고, 그 어린 마야가 얼마나 가슴을 두드리고 있는지 델베키오가 좀처럼 입을 다물지 못한 채 주절댔기 때문이었다.

그런 다음 두 시간 동안, 콜트는 호블록의 심문을 계속했다. 그 남자는 신경질적이었고, 몇 번이고 자제심을 잃고 고함을 질러댔다. 그가 언더우드와 어쩌다 언쟁을 벌였는지 파악하기는 어렵지 않았다. 하지만 그처럼 성마른 인간이 어떻게 콜트가 쫓고 있는 세심한 연쇄 살인범이 될 수 있는지는 좀처럼 파악하기 어려웠다.

어느 순간 문에 노크 소리가 들리더니, 스컬리가 고개를 내밀었다. "실례합니다만, 콜트 수사관? 아내분에게 전화가 왔어요. 긴급한 일이라는군요."

콜트가 결혼하지 않았다는 것은 스컬리도 분명히 아는 사실이었다. 그녀는 호블록이 무엇이든 잘못됐음을 눈치채지 못하게 콜트를 밖에서 봐야 한다고 알리고 있었다.

"잠깐만요." 그는 말하며 스컬리를 따라 밖으로 나왔다.

스컬리는 그의 뒤에서 문이 닫히자마자 말했다. "저 사람이 아니에요. 그는 알바레즈를 죽이지 않았어요. 멀더가 테이프에서 본 자가 누군지는 모르겠지만, 그 역시 저 사람이 아니에요." 그녀는 그를 복도 안쪽 VCR과 텔레비전이 있는 방으로 데려갔다. 멀더와 존슨은 이미 와 있었다.

"존슨 형사, 스컬리 수사관, 그리고 나는 당신이 호블록의 주의를 끄는 동안 일하느라 바빴죠. 이거 좀 봐요." 멀더가 말하며 VCR 리모컨의 시작 버튼을 눌렀다.

"손녀한테서 얻은 영상이오." 존슨이 말했다. "그 아이가 셀레나의 엄청난 팬이지요. 자기 침실에 성지도 마련했을 정도요."

테이프는 셀레나 살인사건에 대한 코퍼스크리스티의 지역 뉴스 보도부터 보이기 시작했다. 그들은 셀레나가 총을 맞은 호텔에 묵었던 사람들을 인터뷰하고 있었다. 첫 번째는 신경질적인 여자였고, 두 번째는 자신의 호텔 생활을 방해한 모든 사람에게 상당히 열 받아 있는 흑인 남자였다. 그다음에는 뿔테 안경을 쓴 매우 낯익은 인물이 등장했다.

"저기, 나는 이 일이 비극이라고 생각해요. 그렇게 젊은 여자이니 더요. 내 말은, 나는 음악은 듣지 않아요, 요즘 아이들이 듣는 건 쓰레기예요, 하지만 그 여자는 아직 스물다섯 살도 안 됐잖아요. 그건 정말이지 그냥 끔찍한 거예요."

그가 말할 때, 영상 바닥에 이런 자막이 깔렸다. '오빌 호블록.'

콜트는 고개를 흔들었다. "이럴 리가 없어."

존슨이 말했다. "내가 호텔을 조사해 봤소. 호텔에선 그 사건 때문에 누가 얼마나 묵었는지 상당히 자세하게 알고 있더군요. 호블록은 자기가 말한 날짜에 그곳에 있었소. 다시 말해 그가 알바레즈나 언더우드를 죽일 방법은 없었다는 뜻이오."

"좋아요, 좋아." 콜트가 말했다. "그 사람은 용의자에서 제외합니다. 가서 내보내요."

"우리한텐 아직 용의자가 있어요. 호블록과 아주 닮은 누군가가 병원에서 알바레즈한테 호통을 치고 있었으니까요." 멀더가 말했다.

멀더에게 손가락질을 하면서 콜트가 말했다. "그 형태가 변하는 사람 어쩌고는 말도 꺼내지 마, 멀더. 우린 증거를 다시 확인해보고,

목격자도 더 조사하고, 누가 이 짓을 저질렀으며 그들이 어떻게 스킨 크림에 대해 알아냈는지 알아낼 거야."

일어서면서 존슨이 말했다. "뭐라고요?"

스컬리가 존슨이 화난 어조로 계속 말하기 전에 끼어들었다. "콜트 수사관, 최근의 두 살인사건을 보도한 언론 기사엔 스킨 크림에 대한 언급이 없었어요. 아마 아직 모를 거예요."

"글쎄, 프랭크 노빌리스가 이 두 살인사건을 저지르지 않은 건 분명해." 콜트는 말했다. "하지만 그가 다른 이들을 죽였다는 증거는 상당히 강력하지. 배심원도 분명 그렇게 생각할 거야."

"사실," 멀더가 말을 꺼냈다. "내가 노빌리스에 대한 서류를 다시 보는 중인데, 그 사건에는 구멍이 아주 많더군요. 노빌리스와 현장을 엮는 물리적인 증거도 없고, 목격자가 설명하는 바는—."

콜트는 거의 폭발 직전이었고, 실제로 멀더를 한 대 치고 싶은 욕구를 느꼈다. "도대체 어디까지 할 거야? 당신은 여기 나를 지원하러 온 거야, 멀더! 지난 서류들을 재검토하는 건 당신하고 상관없는 일이라고."

콜트로선 분하게도 말을 꺼낸 사람은 다시 스컬리였다. "어쩌면 이 사건들은 동일한 사건인지도 몰라요. 당신이 여기 온 이유는 살인범이 같을지도 모른다는 이유 때문이잖아요. 우린 당신이 이 년 전 노빌리스를 쫓기 전에, 몬트로스, 하버슨, 짚키스에 대한 사건들을 조사한 것과 같은 이유로 노빌리스 건을 들여다봤어야 했어요."

콜트는 스컬리를 노려보았다. 이 말에 응수할 만한 좋은 답이 생각나지 않았다. 그래서 그는 형편없는 답을 지껄이는 대신 시청각실을 박차고 나갔다.

이슬방울 모텔, 120호 실
텍사스 주, 엘패소
4월 7일

다음 이틀 동안, 콜트는 호블록을 족쳐 보기로 결심했다. 그는 비디오테이프에 찍혀 있었고, 알바레즈와 언더우드 사이의 유일한 공통점이었다. 그러니 그가 범인이어야만 했다.

하지만 안타깝게도, 그에겐 완벽한 알리바이가 있었다. 특히 셀레나가 총을 맞은 사건에 이어진 그의 인터뷰 영상은 몇몇 방송사에 채택되기도 했다. 설상가상으로, 그는 코퍼스크리스티까지 아홉 시간의 거리를 차를 빌려 타고 갔었고, 그의 신용카드가 I-10과 I-35[83] 도로 사이에 있는 몇몇 주유소와 휴게소들에서 사용되었다. 그가 돌아왔을 때 렌터카의 주행거리는 약 2,400km로, 엘패소에서 코퍼스크리스티 사이를 왕복한 데다 약간 추가된 정도와 일치했다.

멀더와 스컬리도 그다지 나은 상황은 아니었다. 마지못해서, 콜트는 오후 일곱 시에 그들과 모텔 방에서 다시 만났다. 그 머저리들은 친절하게도 그 지역의 텍사스와 멕시코풍이 뒤섞인 요리점에서 음식을 포장해왔다.

엔칠라다[84]를 한 입 삼킨 후에, 스컬리가 말했다. “우린 노빌리스 건으로 당신이 조사했던 목격자들을 다시 인터뷰했어요. 수 디에트리흐는 그 사람이 노빌리스였는지 이제는 확신하지 못하겠다고 하더

---

83) I=interstate. 미국의 주(州) 사이를 잇는 고속도로 명칭.
84) enchilada. 밀가루나 옥수숫가루를 반죽해서 얇게 구운 멕시코식 빵류인 토르티야에 고기와 채소 등을 넣고 매운 소스를 뿌린 멕시코 음식.

군요. 돈 에간은 당신이 앞뒤를 무시한 채 자기 말을 인용했다고 했고요."

콜트는 치킨 타코를 집어 들면서 곁눈질을 했다. "그래, 우리가 그를 증인석에 세우지 않은 이유가 있지. 그 늙은이, 짐 톨리는 어때?"

"그 사람은 우리랑 말하기를 거절했어요. 당신이 증언하라고 강요했다면서."

"뭐? 그런 짓은 하지 않았어! 빌어먹을! 시체가 두 구 늘었는데, 이제 전부들 발을 빼는군." 콜트는 주먹으로 책상을 내리쳤다.

소다 음료를 홀짝이면서 멀더가 말했다. "사람들이 순간적인 열기로 목격자에게 증언을 강요하는 일이 처음은 아니잖아요. 특히 엘패소 리퍼처럼 오랫동안 잡히지 않은 연쇄살인범이라면."

"그래서 아무것도 건진 게 없다는 건가?" 콜트가 말했다.

고개를 갸웃하면서 멀더가 대답했다. "뭐, 노빌리스의 항소를 위한 근거는 상당히 건졌죠."

"전혀 웃기지 않아, 멀더."

"웃기려는 의도가 아니었습니다."

콜트는 능글맞게 웃었다. "그렇군, 당신의 무표정한 얼굴은 워낙 분간하기가 어려워서." 능글맞은 표정이 사라지더니 그는 자신의 타코를 뜯으며 잠시 생각에 잠겼다. 인정하기 싫은 만큼이나 이 또라이들은 제대로 방향을 잡고 있었다. "좋아, 당신들이 하고 있는 일을 좀 더 파 보자고. 나는 모든 걸 재조사하고 싶어. 88년에 벌어진 첫 번째 사건부터 다시 시작해 보지."

전화기가 울렸다. 콜트는 의자에서 일어나 두 개의 더블침대 사이에 놓인 탁자로 걸어가 수화기를 집어 들었다. "콜트입니다."

"존슨 형사요. 콘코디아 묘지로 바로 와줘야겠소, 콜트 수사관. 시체가 또 나왔소."

콘코디아 묘지
텍사스 주, 엘패소
4월 7일

"저 빌어먹을 기자들 좀 내보내."

엘패소 경찰 한 명이 '엘패소 리퍼'의 새로운 희생자를 보려고 얀델 드라이브의 철제 울타리를 넘어들어온 것으로 보이는 사진가를 잡아끌었다. 그 파파라치는 제4계급[85]의 일원들이 가득 모여 있는 묘지 문밖으로 던져졌다.

새로운 희생자의 이름은 줄리안 쿠글러였다. 다른 희생자들과 마찬가지로 갈색 머리의 여자였으며, 복부가 갈라졌고, 목 졸린 흔적이 있었으며(끈 자국이 남았을 뿐, 사용된 무기의 증거는 없었다), 외음부에는 스킨 크림이 묻어있었고, 입안에는 가루가 남아 있었다. 이에 더해 상처 부위에서 협잡물도 발견되었다.

쿠글러는, 특이하게도 잔디보다 흙이 많은 묘지 바닥에 누워 있었다. 공원이라기보다 목장처럼 보이는 이런 묘지를 콜트는 처음 보았다.

스컬리가 한쪽에서 통화하는 동안, 멀더는 콜트와 나란히 시체를

85) 서구 봉건제도의 계급인 성직자, 귀족, 평민에 더해 새로운 권력으로 나타났다는 뜻에서 언론인, 기자들을 제4계급이라 칭한다.

검사했다. 입가를 가리키며 멀더가 말했다. "송장 가루가 더 있네요."

"그 얘기는 제발 그만하자고." 콜트가 짜증스럽게 말했다.

스컬리가 통화를 마치고 핸드폰의 조그만 플라스틱 안테나를 내린 다음 전화기를 주머니에 넣었다. "콴티코였어요. 모든 범죄 현장에서 나온 협잡물을 검사했지만, 답을 찾지 못했다는군요. DNA 조합을 발견했지만, 확인할 수가 없대요."

"그럼 살아있는 것에서 나온 건가요?" 멀더가 물었다.

"아마도요. 하지만 그것이 무엇인지 알아낼 수가 없대요. 충분하지가 않다는군요."

콜트가 얼굴을 찡그렸다. "그건 말이 안 되는데."

"이 사건에서 말이 되는 게 있다면, 쿠글러 양이 아직 살아있겠죠." 스컬리는 말했다.

"그렇겠지." 콜트는 한숨을 쉬었다. "좋아, 여자를 가방에 넣고 저 독사들한테서 떼어 내자고. 여긴 혈흔이 없으니, 사후에 버려졌을 거야."

존슨은 경찰이며 다른 형사들과 수다를 떨다가 세 명의 연방수사관이 서 있는 곳으로 다가왔다. "좋은 소식이 있소. 우리의 개자식이 처음으로 실수를 한 모양입니다. 한 무리의 사람들이 놈이 시체를 버리는 걸 봤답니다."

"언제요?" 멀더가 물었다.

"여섯 시 삼십 분쯤. 경찰들이 지금 진술을 받고 있어요."

콜트는 고개를 끄덕였다. "좋아, 시체를 가드너에게 가져가죠. 스컬리 수사관, 당신이 그녀를 도와주겠나?"

스컬리는 말했다. "물론이죠."

콜트는 멀더가 밀집한 경찰들에 밀려 입구에 옹기종기 모여 있는 한 무리의 기자와 민간인들을 바라보고 있는 것을 알아차렸다. 스티븐스 거리에 있는 철제 울타리 옆 보도에서 사복형사와 순찰 경찰들이 시민들과 얘기하며 증언을 받고 있었다. "어쩌면 운이 좋을지도 모르겠어요." 멀더가 말했다. "앞서 희생자들 때는 목격자들이 멀리서 흘끗 봤을 뿐이었잖아요. 이번이 진짜 믿을만한 목격자 진술을 얻는 첫 번째 기회예요. 놈이 이런 실수를 했다면, 다른 실수도 저질렀을 수 있어요."

"그랬으면 좋겠군." 콜트가 말했다.

세 명의 FBI 수사관들이 울타리 일부를 지나칠 때, 목격자 중에 카우보이모자를 쓴 키가 크고 나이 든 한 남자가 그들을 보았다. "저 사람이오!" 그 남자는 소리치며 콜트를 가리켰다.

땅딸막한 십 대의 라틴계 여자가 갑작스레 스페인어 세례를 퍼부었다. 예전만큼은 아니지만, 그래도 콜트는 그 여자가 카우보이모자를 쓴 남자와 같은 말을 하고 있다는 정도는 알 만큼 스페인어를 기억하고 있었다. 그들은 콜트를 가리키며 그가 했다고 말하고 있었다.

"도대체 뭐야?"

이제 목격자들 전부가 비명을 지르고 고함을 치며 콜트에게 손가락질을 해댔다.

"저 사람이에요!"

"저 사람이 살인마요!"

"저 개새끼를 잡아, 당장!"

"아 디오스, 엘 아세시노![86]"

---

86) ay dios, el asesino. '맙소사, 이 살인자'라는 뜻의 스페인어.

존슨은 그들 셋을 바라본 다음 멀더에게 말했다. "저 사람을 여기서 데리고 나가시오!"

콜트는 자신을 공포와 분노에 차서 바라보는 그 모든 사람들을 멍하니 바라보았다. "내가 아닙—."

그는 멀더가 놀라우리만치 강하게 그의 팔을 움켜잡는 것을 느꼈다. "갑시다."

하지만 콜트는 그저 서서 이해가 안 된다는 듯 바라볼 뿐이었다. "저 사람들은 어떻게 내가 했다고 생각할 수—."

"잭." 멀더가 강하게 불렀다. 그 또라이가 처음으로 자신의 이름을 불렀다는 사실에 콜트는 겨우 정신을 차렸다. "가야 해요."

"그래, 그래야지." 그는 멀더를 따라 잭 콜트를 잡아들이라고 요구하는 성난 폭도로 돌변한 군중 사이를 재빨리 뚫고 나갔다.

엘패소 경찰서 본부, 시 청사
텍사스 주, 엘패소
4월 8일

"볼 만하군요."

콜트는 프랭클린 산 위로 해가 뜨는 장엄한 풍경에서 눈을 돌려 뒤로 다가선 스컬리를 바라보았다. 그들은 엘패소 시청 내 경찰 본부의 동쪽으로 난 창가에 서 있었다. 스컬리는 밤새 쿠글러를 부검하며 착용했던 모자와 장갑, 보안경은 벗었지만, 파란 수술복은 아직 입고 있었다.

콜트에겐 스컬리의 절제된 감탄을 공유하는 것보다 더 중요한 일이 있었다. "도대체 지금 무슨 일이 벌어지고 있는 거지, 스컬리 수사관?"

"안타깝게도 좋은 소식이 별로 없네요." 스컬리는 천천히 말했다. "남아 있는 증거는 다른 희생자들과 정확히 일치해요, 하지만 협잡물이 무엇인지, 혹은 뼛가루가 어디서 온 것인지는 전혀 알아내지 못했어요. 우리가 찾아낸 유일한 생물학적 증거는 희생자 것이고요." 그녀는 시선을 약간 비키고 있었지만 이제 콜트를 정면으로 마주 보았다. "덧붙여서, 여덟 명의 목격자들이 묘지에 시체를 버린 사람이 당신이라고 진술했어요. 자매 관계인 두 명을 제외하면 그 여덟 명은 서로 전혀 알지 못하는 사이였고, 지난밤 이곳에 오기 전까지는 만난 적도 없어요."

"그 사람들은 미쳤어!" 콜트는 흥분하지 않으려고 숨을 깊게 들이마셨다. 그는 밤을 새운 상태였다. "이봐, 데이나, 내가 한 짓이 아니라고."

"나도 알아요, 하지만 이 목격자들은 범인이 적어도 당신과 아주 닮았다고 확신하고 있어요." 스컬리는 한숨을 쉬었다. "어젯밤에 어디서 무얼 했는지 말해줘야겠어요."

콜트는 눈을 굴렸다. "내가 뭘 했는지 알잖아."

"아니죠, 잭." 스컬리는 열중해서 말했다. "난 몰라요. 당신은 지난 며칠간 멀더와 나를 피해 다녔잖아요. 우리를 당신한테서 떼 놓기 위해서. 어제, 우린 모텔에서 저녁 일곱 시에 만날 때까지 당신을 전혀 보지 못했어요. 아침에 일어나자마자 내가 당신한테 확인 전화를 걸었을 때 소식을 들었을 뿐이에요. 그럼 하루 종일이 비어요.

그 사이 살인사건이 벌어졌고 당신은 시체를 버리고 있는 장면을 목격당했어요. 멀더 수사관과 나는 이 부분에서는 당신을 뒷받침해 줄 수 없어요. 게다가 당신은 살인사건의 수법들에 익숙하고 훈련받은 연방수사관이에요. 다시 말해서 당신한테는 수단이 있다는 말이에요."

"좋아, 좋아." 그는 그날 하루를 돌이켜보았다. "나는 모텔 방에서 전화를 걸고 있었어. 호블록의 알리바이에 구멍을 찾으려고."

"모텔 전화기를 썼나요?" 스컬리가 기대를 품고 물었다.

콜트는 고개를 저었다. "아니, 내 핸드폰을 썼어. 그편이 전화내용을 다 저장하기도 쉽고, 비용 정산하기도 쉬우니까." 그는 한숨을 쉬었다. "게다가 리셉션 바가 형편없어서, 밖에서 바를 세 개 찾을 때까지 돌아다녔어. 솔직히 내가 어디를 갔는지도 모르겠어. 이 동네 길은 잘 모르니까."

"좋지 않네요, 잭."

"그래." 그는 한숨을 쉬었다. "콜라나 마셔야겠어." 그는 자판기를 향해 복도를 어슬렁거리며 걸어갔다. 바지 주머니에 손을 뻗다가, 뒷주머니에 아무것도 없는 것을 알고는 깜짝 놀랐다. "이런, 맙소사, 지갑이 없어."

"어디다 뒀는데요?" 스컬리는 물었다.

콜트는 전날 밤부터 회상해 보았다. "당신들한테 멕시코 음식값을 주려고 꺼냈다가, 묘지로 오라고 전화가 왔을 때 탁자에 두고 온 것 같아." 그렇게 평범한 이유를 댈 수 있다는 사실에 안도하며 그는 스컬리에게 돌아섰다. "콜라 하나 사게 오십 센트 빌릴 수는 없겠지?"

"안타깝네요, 수술복엔 주머니가 없어요." 스컬리는 실제로 조금 웃었다. 상황 전체가 터무니가 없었다. 그는 자신에게 말하는 사람이 스컬리라는 사실을 몹시 고맙게 생각했다. 멀더였다면, 형태변신자들에 대한 헛소리에 시달릴 터였다.

멀더 생각을 하자니, 그 멀더가 모퉁이를 돌며 나타나 말했다. "스컬리, 콜트, 여기 있었군요. 엘패소 경찰에 살인자가 라 루즈 거리의 한 집에 있다는 익명의 제보가 막 들왔어요."

"갑시다." 콜트가 열의에 차서 말했다. 이 사건에 적절한 돌파구를 마련해 줄 무언가—그리고 자기 머리를 교수대에서 빼내 줄 무언가를 찾아야 했다.

"거기서 봐요." 스컬리가 말하며 수술복을 갈아입으려는 듯 여자 화장실로 사라졌다.

콜트와 멀더는 배차용 주차장으로 내려가 방탄조끼를 입고 있는 존슨과 그의 파트너 마르티네즈와 마주쳤다. 마르티네즈는 조용히 멀더에게 방탄조끼를 건넸지만, 존슨은 콜트를 쳐다보고 있었다. "당신은 못 가오, 잭."

"오, 집어치워요, 마틴, 나는 수사 책임자라고요."

"당신은 '용의자'요, 잭. 나는—."

한 손을 들면서 콜트는 말했다. "거기까지만 하시죠, 형사님. 당신보다 먹이사슬에서 훨씬 더 높은 저 위의 누군가가 지시를 내릴 때까지, 이건 아직 내 사건입니다. 당신이 가진 엉성한 증거로 나를 체포해 보든가, 아니면 빌어먹을 방탄조끼 내놔요."

잠깐 동안 험악한 정적이 흐른 후, 존슨이 마르티네즈에게 고개를 끄덕였다. 마르티네즈는 차 트렁크에 다가가 조끼를 하나 더 꺼냈다.

콜트가 방탄조끼를 다 입었을 무렵, 스컬리가 도착해서 자기 조끼를 받았다.

엘패소 경찰차 뒷좌석에 앉아 있는 동안, 멀더가 콜트에게 속삭였다. "당신도 알죠? 형태변신자라면 어떻게 호블록이 동시에 두 장소에 있을 수 있었는지, 그리고 어떻게 당신처럼 생긴 사람이 쿠글러를 살해할 수 있었는지 설명된다는 거, 안 그래요?"

"입 닥쳐, 멀더." 콜트는 중얼거렸다.

그들은 라 루즈에 있는 단층집에 도착했다. 그 집은 해당 블록에서 유일하게 진입로의 문이 닫혀 있고 자물쇠로 채워져 있는 집이었다. 자물쇠 자체도 많이 녹슬어 있었다.

엘패소 경찰기동대가 먼저 진입해서 집 안을 확인했다. 오래 걸리지는 않았고, 그 집은 버려져 있던 것처럼 보였다.

콜트, 멀더, 스컬리는 기동대장으로부터 이상이 없다는 신호를 받은 뒤 들어갔다. 집 안에 깔린 나무 바닥은 벗겨지기 시작했고, 마른 정도가 다른 혈흔들로 뒤덮여 있었다. 가구는 전혀 없었고, 심지어 방문조차 달려 있지 않았다.

다만 아주, 아주 많은 핏자국이 남아 있을 뿐이었다.

"신사 숙녀 여러분." 콜트가 미소를 띠며 말했다. "범죄 현장이 나타난 것 같군요."

"그보다 더 좋은 게 있네요." 멀더가 말했다.

콜트는 돌아서서 멀더가 창틀에 놓여 있는 지갑으로 향하는 것을 보았다. "맙소사, 놈이 자기 '지갑'을 두고 갔어? 제보자가 누구였든 간에 놈을 상당히 놀라게 했나 보군."

하지만 지갑을 살펴보던 멀더의 표정이 바뀌었다.

콜트는 그를 쳐다보았다. "뭔가, 멀더?"

지갑은 콜트의 것과 아주 유사해 보였다. 반으로 접히는 단순한 갈색 가죽 지갑으로, 투명한 플라스틱 카드꽂이가 달려 있었다.

멀더는 가장 바깥쪽의 카드꽂이를 젖혀, 아주 친숙한 메릴랜드 주 운전면허증을 펼쳐 보였다.

콜트는 속이 울렁거리는 것을 느꼈다. 갑자기 숨이 막혔다. "그건 —그게 내 지갑일 리 없어."

"게이더스버그에 살고, 아메리칸 익스프레스 플래티넘 카드를 소지했으며 블록버스터 비디오[87] 회원인 잭슨 P. 콜트가 또 한 명 있지 않은 이상…." 멀더는 굳은 얼굴로 올려다보았다. "유감이군요, 콜트 수사관."

"나도 그렇소." 존슨이 말하며 콜트의 팔을 움켜잡았다. "잭슨 콜트, 당신을 줄리안 쿠글러 살해 혐의로 체포합니다. 당신은 묵비권을 행사할 권리가 있고…."

엘패소 카운티 교도소
텍사스 주, 엘패소
4월 9일

"미안해요, 잭."

콜트는 유치장 안에 앉아서, 멀더의 말이 차갑기 짝이 없는 위로라고 생각했다. 그는 잠겨 있는 유치장 안에 앉아 있어 본 적이 없었다.

---

87) 비디오 대여점 체인의 이름.

시각적으로는 문이 열려 있을 때나 별다를 바가 없었지만, 심리적으로는 그 차이가 엄청났다. 콜트는 밀실공포증을 겪어 보지 않았지만, 자신이 이 비좁은 공간에 완전히 갇혀있음을 아는 지금은 어렵지 않게 그런 고통을 맛볼 수 있었다.

콜트가 있는 층에는 여섯 개의 유치장이 있었지만, 사람이 있는 곳은 그의 방뿐이었다. 유니폼을 입은 경찰이 콜트의 방 맞은편 끝 책상에 앉아 있었고, 책상 위에 놓인 모니터에 각각의 유치장 내부가 비쳤다.

그는 체포된 지 몇 시간 만에 기소인정 여부 절차를 밟았다. 검사는 존슨과 마르티네즈, 그 개자식들에게 콜트가 무례하고 불안정하며 기분 나쁘고 모욕적으로 굴었다는 진술을 받았고, FBI와의 연계성 때문에 도주 우려가 있다고 주장했다. 그런 다음 그는 베리를 언급하며 FBI에 구류되어 있던 그의 전 파트너의 최근 사망이 그를 얼마나 미치게 했을지 토로했다.

"스키너에게 전화했어요. 뭐, 사실은, 스컬리가 전화했지요. 하지만 그가 말하길 수사국은 지역 경찰에 협조하는 것 외에 공식적으로는 아무것도 할 수 없다더군요."

판사가 지나치게 열정적인 나머지 그는 재판까지 보석 없이 구속되었다. 결국, 또 다른 판사가 프랭크 노빌리스가 수감되어 있는 동안 도나 알바레즈, 엘리노어 언더우드, 줄리안 쿠글러가 살해당했다는 합리적인 의심을 근거로 항소심을 승인했다.

"도움이 될지 모르겠지만, 나는 이 일이 형태변신자 가설에 신빙성을 더한다고 봅니다. 그 협잡물은 형태변신자의 피부 세포라고 생각하고요. 스컬리는 그것이 정체를 알 수 없는 DNA라고 했어요. 우리가 그런 종류의 DNA 조합에서 무엇을 찾아야 할지 모른다고 보면 말이 되지요."

콜트는 멀더에게 거의 관심을 두지 않고 있었다. 도대체 말이 되지 않았다. 어떻게 호블록이 동시에 두 장소에 있을 수 있나? 어떻게 여덟 명이나 되는 사람들이 콜트라고 주장할 정도로 그와 닮은 사람이 자신도 모르게 존재할 수 있나? 어떻게 그 많은 증거가 엘패소 리퍼가 아닌 수많은 다른 사람들을 가리킬 수 있나?

"죽이는군." 그는 혼자 중얼거렸다. "이제 나까지 놈을 엘패소 리퍼라고 부르고 있네."

"뭐라고요?" 멀더가 물었다.

"아무것도 아니야." 그는 고개를 저었다. 그의 인생이 무너지고 있는데, 그가 할 수 있는 거라곤 엉터리 별명을 쓰는 자신을 책망하는 것뿐이라니.

멀더는 잠시 당황한 듯 보이다가 계속했다. "뭐, 어쨌든, 스컬리 수사관과 내 계획은—."

"돌아가는 거지." 마틴 존슨의 목소리가 끼어들었다. 그는 문으로 들어오고 있었다. 스컬리는 짜증스러운 표정을 지은 채 그 뒤를 따라왔다.

"뭐라고 하셨죠?" 멀더는 다시 당황했다.

"FBI는 이번 수사에서 제외되게 되었소, 멀더 수사관." 존슨이 딱딱하게 말했다. "이 사건은 주 경계를 넘지 않았으니, 당신들은 단지 우리 요청에 따라온 겁니다. 그 요청이 철회됐소."

"형사님, 아직 해결할 사건이 남아 있습니다." 멀더가 말하기 시작했지만, 존슨은 한 손을 들어 올렸다.

"듣고 싶지 않습니다, 멀더 수사관. 나는 워싱턴으로 날아갔던 것도, 이 모든 일이 벌어진 것도 안타까워요. 당신과 스컬리 수사관은 내일 아침 우리 관내를 떠나주시오." 그는 콜트를 향해 돌아섰다. 콜트는 존슨의 눈이 초췌하고 슬퍼 보이는 것을 알아차렸다. 하지만 자신의 처지를 고려할 때, 콜트는 전혀 그 형사에게 연민을 느낄 수 없었다. "당신은 말이오, 잭 — 당신은 여기 일반 구치소에서 머물게 될 거요. 여기 한 개 층을 당신한테 배정하겠소. 연방수사관을 경비가 가장 엄중한 교도소에 넣지는 않을 거요. 거기선 당신 목숨이 나무로 된 폐소화만큼이나 값어치 없을 테니까. 그러니 재판까지 여기 머무시오."

멀더는 존슨을 쳐다보았다. "지금 실수하고 있는 겁니다, 형사님. 살인자는 아직 밖에 있어요. 그는 누구 행세든 할 수 있고, 다시 살인을 저지를 겁니다."

콜트는 눈을 굴리며 곧 무너질 듯한 침대에 놓인 얇디얇은 매트리스에 누웠다. 저 도깨비 멀더가 계속 주장하고 있는 헛소리에 의지하다니.

하지만 그게 헛소리일까? 그가 지켜보는 동안 멀더와 스컬리는 주저하며 그에게 격려 어린 시선을 보내고 떠났다. 콜트는 멀더의 생각이 그렇게까지 미친 소리인지 생각해 보았다. 어쨌든, '누군가'가 병원 보안 카메라 영상에 잡혔고, '누군가'가 묘지에 쿠글러의 시체를 버렸다.

존슨도 그에게 동정 어린 시선을 보냈지만, 콜트는 스컬리와 멀더의 시선은 기꺼이 받았으되, 자신에게 수갑을 채운 자가 그런 시선을 보내는 것에는 관심이 없었다. "꺼져 버려, 마틴."

“미안하게 됐소, 잭—하지만 당신도 말했잖소. 증거는 거짓말을 하지 않는다고.”

그러고는 바로, 콜트는 생각으로 가득한 채 혼자 남겨졌다.

아니, 정확히 혼자는 아니었다. 책상 앞에 보초가 남아 있었다. 존슨이 떠나고 삼십 초쯤 지나자, 그 경찰이 일어나 유치장 쪽으로 다가왔다.

“이 모든 일이 정말 유감이야, 콜트 수사관. 이런 말로 기분이 나아질지 모르겠지만, 저 사람들은 당신이 다른 이들까지 살해했다는 이론을 뒷받침할 증거가 없어. 쿠글러 양 하나뿐이지. 아주 좋은 여자였지. 그 여자는 나머지처럼 딱히 죽이고 싶진 않았지만, 당신을 엮어야 했거든.”

콜트는 그 경찰을 바라보았다. 명찰에는 ‘니벤’이라고 적혀 있었다.

“도대체 당신은—.”

“그게, 당신들이 지나치게 좁혀오고 있었어. 뭐, 당신이 아니라 멀더와 스컬리가 그랬지. 그 두 사람은 솜씨가 좋아. 멀더는 사실 이따금 창의적일 때가 있고, 스컬리는 똑똑해. 그 둘이라면, 아마 나를 잡았을 거야. 젠장, 멀더는 송장 가루를 알아본 유일한 사람이었어. 이제쯤이면 누군가가 단서를 잡을 줄 알았는데, 그렇게 운이 좋진 않더군. 어쨌든, 당신네 수사관들이 지나치게 다가오게 둘 수는 없었어. 그래서 적당한 갈색 머리 여자를 골라서 하던 대로 죽이고 당신한테 그 여자 살인을 덮어씌운 거지.”

이제 콜트는 니벤을 빤히 쳐다보고 있었다.

“그럴 리가 없어.”

“오, 그런 거야. 존슨 형사와 당신이 햄스터처럼 쳇바퀴 도는 모습을 지켜보는 것도 한동안은 재미있었지. 하지만 이제는 거물들이 나타나서 말이야. 재미를 볼 수 없으니, 그만해야지. 나는 엘패소를 떠나. 심지어 더는 살인도 하지 않을 거고. 솔직히, 살인이 주는 그 긴장감도 시들해지고 있단 말이지. 그냥 어딘가 다른 곳에 가서, 다른 취미를 찾아볼까 해."

마침내 콜트도 어떤 일이 벌어지고 있는지 알아차렸다. "좋아, 니벤 경찰관, 아주 웃겼어. 하지만 농담할 기분이 아니라고."

"오, 이건 농담이 아니야, 콜트 수사관." 그는 한숨을 쉬었다. "좋아, 증명해 보이지."

콜트가 소스라치게도, 니벤의 모습이 변하면서 움직이며 물결치기 시작했다. 콜트는 속이 울렁거렸고, 니벤의 눈이 위치를 바꾸고 그의 코가 줄어들고 입술이 넓어지며 피부색이 변하자 목구멍으로 담즙이 솟구쳤다.

"이럴 리가 없어." 그는 중얼거렸다. 멀더의 터무니없음은 그저 이런 거였다. 연쇄살인범 셋 중 하나가 그렇듯이, 트라우마로 뒤틀린 나머지 뛰어난 지성이 오락가락하는 상태. 멀더의 여동생은 그가 어렸을 때 실종됐고 그는 외계인에 대해 어떤 환상을 만들어냈다. 그편이 여동생이 가출했다고 믿기보다 더 속 편했기 때문이다.

하지만 형태변신자 헛소리는 그저 이랬다. 쓰레기. 그런 얘기며 외계인이며 늑대인간이며 밤에 나타나는 그런 것들은 다 '사실'이 아니었다. 콜트는 그것을 알고 있었다.

하지만 이제 다른 사람이 니벤 경찰관의 유니폼을 입고 그의 앞에 서 있었다.

"양해해 줘." 이 낯선 사람이 니벤의 목소리로 말했다. "다시 못 보여줘도 말이지. 이건 '아프거든'. 그래서 보통은 일 년에 한 번 정도 형태를 바꾸지. 하지만 당신한테 진실을 알려주고 싶었어. 그 정도는 해 줘야 된다고 생각했지. 내가 당신 인생이며 모든 걸 무너뜨려 버렸으니까."

콜트는 여전히 믿지 못하겠다는 듯 쳐다보고 있었다. "이럴 리가 없어."

니벤은 새로 생긴 어깨를 으쓱했다. "됐어, 믿지 말든가. 이러나저러나 나한테는 차이가 없으니까. 말했듯이, 난 엘패소를 떠날 거야. 재판에서 좋은 결과 얻길 빌겠어."

그런 다음 니벤—혹은 이제 누가 됐든—은 돌아서서 떠났다.

콜트는 이제 혼자였다.

멀더가 옳았다.

엘패소 리퍼는 아직 밖에 있었다.

그리고 그는 결코 범인을 잡지 못할 터였다.

잭 콜트는 비명을 질렀다.

"엘패소 리퍼" 사건에 대한 특별수사관 데이나 스컬리의 보고서

4월 11일

특별수사관 잭슨 콜트는 오늘 아침 유치장 안에서 사망한 채로 발견되었다. 자살임이 분명했다. 특별수사관 콜트의 유치장 경비 임무를 맡았던 엘패소 경찰서의 대런 니벤 수사관은 실종되었다.

특별수사관 콜트의 자살로 줄리안 쿠글러 살인사건은 종결되었지

만, 도나 알바레즈와 엘리노어 언더우드의 살인사건은 아직 미결 상태이다. 그 두 살인사건이 발생했을 당시 특별수사관 콜트는 이곳 워싱턴에 있었기 때문이다. 엘패소 경찰서의 마틴 존슨 형사는 자신이 아직 엘패소에서 활동 중일지 모를 특별수사관 콜트의 공범을 찾을 계획이라고 발표했다. 기자회견에서 존슨 형사는 프랭크 노빌리스가 여전히 앞선 "엘패소 리퍼" 살인사건의 가해자이고, 그의 이론상 특별수사관 콜트와 공범이 다른 세 건의 모방 범죄에 책임이 있음을 명확히 했다.

범인이 형태변신자일지도 모른다는 특별수사관 멀더의 가설은 블리스 개인병원 감시 카메라에 잡힌 오빌 호블록의 사본에 대한 적절한 풀이이긴 하지만 이를 뒷받침하는 증거는 전혀 없다.

나 역시 특별수사관 콜트가, 자신이 받은 혐의에 대해 유죄가 아님을 믿는다. 특별수사관 콜트가 이런 행위를 할 수 있다고 생각하지는 않는다. 그러나 그의 자살, 그에 대한 증거, 다른 범인을 뒷받침하는 증거의 결여 덕에 종결된 수사에 다른 대안을 제시하지 못하고 있다.

이 사건은, 안타깝게도, 수사국에 미결인 채로 남아있는 또 다른 X-파일이 되었다.

옮긴이 | 안현주

이화여자대학교에서 국문학과 영문학을 전공했다. 졸업 후 기업에서 마케팅 관련 일을 하다가, 현재 전문 번역가로 활동하고 있다. 레이먼드 챈들러의 〈나는 어떻게 글을 쓰게 되었나〉, G. K. 체스터튼의 〈못생긴 것들에 대한 옹호〉를 기획 및 번역했고, 레이먼드 챈들러의 〈당신 인생의 십 퍼센트〉를 우리말로 옮겼다.

〈X-파일: 아마도 믿지 마라 part-B〉로 계속됩니다.

THE X FILES™

TRUST NO ONE

아무도 믿지 마라 Part A

1판 1쇄 발행 2016년 3월 25일

지은이 팀 레본 외
옮긴이 안현주

발행인 박광운
편집인 박재은

발행처 손안의책
출판등록 2002년 10월 7일 (제307-2015-69호)
주소 서울 성북구 오패산로 79-4, 2층
전화 02-325-2375 팩스 02-6499-2375
카페 http://cafe.naver.com/bookinhand
이메일 bookinhand@hanmail.net

ISBN 979-11-86572-09-2 04840

정가는 뒤표지에 있습니다.
파본이나 잘못된 책은 구입하신 곳에서 교환해 드립니다.

* 이 도서의 국립중앙도서관 출판예정도서목록(CIP)은 서지정보유통지원시스템 홈페이지(http://seoji.nl.go.kr)와 국가자료공동목록시스템(http://www.nl.go.kr/kolisnet)에서 이용하실 수 있습니다.(CIP제어번호: CIP2016006900)